바람의 화원

1

| 일러두기 |

1. 이 글은 소설이다.
2. 내용 중 당시 시대상과 제도는 여러 기록을 바탕으로 했으며 수록작품 또한 실제 작품에 근거했다. 다만 실존
했던 일부 등장인물의 성격과 행동은 소설적 개연성을 위해 재구성된 허구이다. 이 점 후손 여러분의 혜량을
바란다.
3. 강관식, 유홍준, 강명관, 정병모, 이명옥, 정종미, 임영주, 조용진, 김홍규, 고 오주석 씨 외 일일이 이름을 열
거하지 못하는 수많은 연구자들의 한국미술, 단원과 혜원 풍속화, 조선풍속사, 동양화의 화법, 색채 재료, 한
국화 도상학 등 다양한 분야의 저서와 연구논문이 아니었으면 이 책은 세상에 나오지 못했을 것이다. 사전에
일일이 양해를 구하지 못한 결례를 지면으로 사과드린다.
4. 수록된 도판은 간송박물관과 국립중앙박물관, 호암미술관의 사용허가를 받았다.

이정명 장편소설

바람의
화원

The Painter of Wind

1

밀리언하우스

사라진 한 천재를 추억함

베토벤과 모차르트, 고흐와 고갱, 피카소와 마티스… 한 시대를 풍미한 두 천재의 삶은
늘 매력적이다.

궁중화원 김홍도와 신윤복. 소재나 표현기법은 다르지만 18세기 조선 화단의 혁신적
화풍을 이끈 두 천재 화가다. 김홍도가 서민들의 건강한 삶을 단순하고 힘 있는 필치로
그린 반면, 신윤복은 여인들의 내밀한 삶을 세련되고 섬세하게 표현했다. 그 중 같은 화
제畵題를 다른 방식으로 그린 그들의 그림은 말할 수 없는 호기심을 불러일으킨다. 그
들은 왜 제목과 등장인물조차 같은 그림을 다른 방식으로 그렸을까?

화풍의 상이함 만큼이나 그들의 삶의 궤적도 극과 극으로 다르다. 궁중화원으로 활동
하며 당대에 이름을 떨친 김홍도의 기록에 비해 신윤복은 '속된 그림을 그려 도화서에
서 쫓겨났다'는 후문만 떠돌 뿐 역사에서 완전히 지워졌다. 1928년 오세창(吳世昌·
1864~1953)이 쓴 『근역서화징』에 나오는 두 줄이 유일한 기록이다.

　신윤복申潤福. 자 입보笠父. 호 혜원蕙園, 고령인. 부친은 첨사 신한평申漢枰. 벼슬은 첨사
다. 풍속화를 잘 그렸다. 부친 신한평은 화원이었다.

한 시대를 풍미했던 최고의 화원이 어떻게 역사 속에서 완벽하게 사라졌을까?
이 이야기는 바로 그 호기심과 물음에 대한 수많은 대답들 중 하나이다.

나는 하나의 이야기를 하려고 한다. 한 얼굴에 관한 아주 길고도 비밀스런 이야기를.

가르치려 했으나 가르치지 못한 얼굴, 뛰어넘으려 했으나 결국 뛰어넘지 못했던 얼굴,

쓰다듬고 싶었으나 쓰다듬지 못했던 얼굴, 잊으려 했으나 결코 잊지 못한 얼굴······.

나는 그를 사랑했을까? 아마 그랬을지도 모른다. 아니, 사랑하지 않았을지도 모른다.

산꿩의 날갯짓 소리에 설핏 잠에서 깨었다. 낙숫물이 떨어지는 낮은 처마엔 날아간 꿩의 기척이 남았다. 내가 모르는 곳에서, 내가 모르는 시간 속으로 비가 내렸다. 늙은 몸은 긴 낮을 견디지 못한다. 고적한 산속 누옥의 마루턱 너머로 눈길을 던진다. 앞뜰엔 여름풀이 우거지고 새들이 덧없이 날아오른다. 무엇을 위해 날아오르려 하는가. 새야! 세상의 영화란 흔적 없는 여름비 같음을……

늙은 육신은 더이상 가는 붓대 하나조차 지탱하지 못한다. 붓을 놓은 지 이미 오래, 마음만 빈 화폭 위를 서성인다. 흰 종이를 가만히 들여다보면 하나의 얼굴이 떠오른다. 가르치려 했으나 가르치지 못한 얼굴, 뛰어넘으려 했으나 결국 뛰어넘지 못했던 얼굴, 쓰다듬고 싶었으나 쓰다듬지 못했던 얼굴, 잊으려 했으나 결코 잊지 못한 얼굴……

추성부도 秋聲賦圖, 종이에 담채, 56×214cm, 호암미술관
구양수의 추성부를 인용해 쓸쓸한 가을밤의 고독과 적막감을 그렸다.
늙은 단원의 서글픈 애상이 메마른 화폭 위에 황량한 풍경으로 드러난 걸작이다.

　처음 만났을 때 그는 나의 제자였고, 나는 그의 스승이었다. 그러나 나는
그에게 배웠고, 그는 나를 가르쳤다. 우리는 서로 마음을 나눌 유일한 친구
였고, 죽도록 이기고 싶은 경쟁자였고, 정욕으로 뜨겁게 불타는 연인이었
고, 넘고 싶은 벽이었다. 죽어서도 넘지 못할 높은 벽.

　그 시절 나는 모두의 별이었다. 스물 몇 무렵에 선대왕의 어진御眞을 그
리던 바로 그날부터. 조선의 팔도에 모르는 이 없는 궁중화가, 도화서의 큰
선생, 주상의 총애를 받는 자비대령화원, 그림에 뜻을 두었다면 모사하지
않은 자가 없는 화원 중의 대화원.

　나는 화원으로서 지상의 모든 영화를 누렸다. 남들은 나를 천재라고 불
렀다. 하지만 나는 그 흔한 호칭이 못마땅했다. 도화서 밖에서도 도화서 안
에서도, 허접한 장사치에서 지존하신 주상전하까지, 구실을 달지 못한 그

호칭조차 우습기만 했다. 나의 이름은 별처럼 평생을 빛났다. 빛나는 것은 별밖에 없으리라 나는 생각했었다.

그러나, 내가 별이었다면 그는 밤하늘을 가르는 벼락이었다. 너무나 갑작스러워 감당할 수 없는 그 빛은 차라리 재앙이었다. 그를 둘러싼 세상에게도, 바로 그 자신에게도. 뜨겁지 않으면서도 모든 것을 불태워버리는 재앙, 미처 준비할 겨를도 없이 달려들어 눈을 멀어버리게 하는 재앙, 그리고 마침내는 어둠 속으로 영원히 사라져버리는 재앙.

그를 본 순간 나는 눈이 멀었다. 그라는 뜨거움은 내 가슴에 평생 지워지지 않을 깊은 불자국을 남겼다. 나는 그를 넘어서려 했으나 넘어서지 못했다. 그는 내가 딛고서지 못한 단 한 사람, 내가 이루지 못한 단 하나의 꿈이었다.

나는 그보다 빨리 죽고 싶었다. 그러나 나는 그가 죽은 후에도 오래 살아남았다. 나는 알고 있다. 내가 죽는 날까지 그의 재능을 따라잡지 못할 것임을. 내가 이렇게 늙은 몸으로 살아 있음은 단 하나의 이유, 그가 남긴 것들을 갈무리하고 그의 이름을 증거하기 위해서다. 이 늙은 화공이 아니면 누가 그의 이름을 어둠 속에서 꺼내어 불러줄 수 있을까. 한낱 무뢰한, 오입쟁이들의 호사에나 오르내릴 그 이름을 그 누가 정갈하게 닦아줄 수 있을까.

지금부터 나는 하나의 이야기를 하려고 한다. 한 얼굴에 대한 아주 길고도 비밀스런 이야기를. 아마도 당신은 나의 이야기를 믿을 수 없을지도 모른다. 하지만 누구든 이 이야기를 진실로 믿고 싶어질 것이다, 나의 이야기를 듣는다면. 설사 진실이 아닌 늙은 자의 노망이라 해도…….

나는 아직도 그날을 잊을 수 없다. 그 얼굴을 처음 만난 이른 아침을. 그는 어린 소년이었다. 빛나는 두 눈, 복숭아처럼 발간 두 뺨, 꼭 다문 찰진 입술……. 그 모든 것을 가슴속에 화인으로 새겨버린 나는 도화서 생도청의 젊은 교수였다. 그리고 그는 내가 가르쳐야 할 생도였다.

눈을 감으면 떠오른다. 무서리가 마르지 않은 도화서 생도청, 낯선 손님처럼 안개가 서성이는 촉촉한 앞뜰, 습기를 말리기 위해 피운 아궁이의 장작불이 타닥거리는 소리, 은근한 불기운과 아련히 감도는 연기, 청마루 너머 생도방에서 재잘대는 아이들의 미변성未變聲……. 그 아이들은 무진년에 도화서에 입시한 견습생도들이었다.

나는 큰숨을 한껏 들이켜 달콤한 아침공기를 마셨다. 그리고 성큼 마루턱을 올라 생도방의 여닫이문을 열어젖혔다. 그리고 그 아이를 만났다.

나는 그를 사랑했을까?

아마 사랑했을지도 모른다.

아니, 사랑하지 않았을지도 모른다.

생
도
청

홍도

"그린다는 것은 무엇이냐?"

윤복

"그린다는 것은 그리워하는 것입니다. 그리움은 그림이 되고, 그림은 그리움을 부르지요.
문득 얼굴 그림을 보면 그 사람이 그립고, 산 그림을 보면 그 산이 그리운 까닭입니다."

1

옥색 두루막자락을 스적스적 스치며 선생은 서안으로 다가앉았다. 김홍도金弘道. 하지만 사람들은 단원檀園이라는 호로 부르기를 즐겨했다. 열일곱에 주상의 어진을 그렸다는 그림천재. 바다 건너 왜국의 지도를 그려 주상께 바쳤다는 대가.

"그린다는 것은 무엇이냐?"

흰 화선지에 뚝뚝 떨어지는 먹물처럼 선명한 목소리였다. 누구도 대답하지 못했다. 가끔 침을 삼키는 소리, 머리통을 긁는 소리가 들렸다.

"눈에 보이는 형상을 종이 위에 붙잡아두는 것입니다."

코밑이 거뭇거뭇한 뒷줄 생도의 목소리가 기어들었다. 홍도는 자신의 눈길을 피하는 검은 눈동자들을 하나하나 찌르듯 둘러보았다. 불안에 흔들리는 눈빛, 두려움에 떠는 눈빛, 아무 생각도 없는 멍한 눈빛들…….

틀렸다! 얄팍한 재주로 벼슬자리나 탐하는 녀석들! 궁정화가라는 허울로 벼슬아치들의 초상이나 그려주고 돈이나 벌려는 녀석들! 홍도는 마른침을

바 람 의 화 원

넘기며 쓴 입맛을 다셨다.

아침햇살이 방 한가운데까지 길게 비쳐들었다. 소년은 손가락을 폈다가 오무리며 무언가에 열중하고 있었다. 손가락을 움직일 때마다 하얀 종이 위에 온갖 모양의 그림자가 나타났다가 사라졌다.

"무엇하는 놈이냐! 여기가 어디라고 잔망스런 장난이냐?"

소년은 화들짝 놀랐으나 두 눈은 생기를 잃지 않았다. 이제 겨우 열서너 살이나 되었을까. 버럭 소리를 지른 자신이 오히려 겸연쩍었다.

"다시 한 번 묻는다. 그린다는 것은 무엇이냐?"

"그것을 어찌 제게 물으십니까?"

"내 교수라 하나 그걸 한마디로 설명할 재간이 없어 묻는 것이다."

소년은 촉촉한 눈으로 홍도를 바라보았다.

"그린다는 것은 그리워하는 것이 아닐지요?"

"어찌 그러하냐?"

"가령, '저문 강 노을 지고 그대를 그리노라'라고 읊을 때, 강을 그리는 것은 곧 못견디게 그리워함이 아닙니까."

홍도는 뒤통수를 얻어맞은 듯했다. 그린다는 것과 그리워한다는 것, 그림은 곧 그리움이라는 말을 옳다 그르다 할 수는 없다. 다만 홍도는 그 말을 오래전부터 들었던 것처럼 왠지 낯익은 느낌이었다.

"계속해 보아라."

"그림이 그리움이 되기도 하지만, 그리움이 그림이 되기도 합니다."

"어찌 그러하냐?"

"그리운 사람이 있으면 얼굴 그림이 되고, 그리운 산이 있으면 산 그림이 되기에 그렇습니다. 문득 얼굴 그림을 보면 그 사람이 그립고, 산 그림을 보면 그 산이 그리운 까닭입니다."

팔도의 화공이란 화공은 모두 모여드는 곳. 대를 이은 화원의 가문이 뿌리내린 도화서. 하지만 홍도는 진정한 화인의 혼을 지닌 생도를 만나지 못했다. 알량한 재주로 출세를 좇는 얄팍한 자들만 득실거릴 뿐. 그런데 대체 이 아이는 누구인가.

　그리움에서 그림이 나오고, 그림이 그리움을 낳는다……. 앳된 이 아이는 무엇을 그려야 하는지를 이미 알고 있다. 몇 년씩 먹을 갈고 붓대를 놀린 자들보다 더 정확하게. 그리움을 불러일으키는 그림, 그리움으로 그리는 그림……. 그것이야말로 혼이 담긴 그림이었다.

　"이름이 무엇이냐?"

　"신윤복입니다."

　신윤복申潤福. 홍도는 석 자를 조용히 되뇌어보았다. 날카로운 직관의 미늘 끝에 무언가가 걸려들었다.

　"혹 네 부친이 화원 신한평이 아니더냐?"

　아이는 무언가를 들킨 듯 두 눈을 동그랗게 떴다. 신한평申漢枰이 누구인가. 대대로 궁정화원을 지낸 고령 신씨 가계의 적자. 화인의 피가 온몸을 흐르는 뿌리깊은 화원가문의 대들보. 태어나면서부터 화원이었고, 화원으로 평생을 살아온 인물이었다.

　생도청 맨 뒷자리에 바로 그의 아들이 앉아 있었다.

　홍도는 내키지 않는 걸음으로 화원 회의장에 들어섰다. 화원들의 까칠한 눈길 속에서 카랑카랑한 목소리가 달려들었다.

　"도대체가 생도청이란 곳에 어찌 이런 그림이 떠돌 수 있나?"

　화원 김동주가 흔들어대던 종이를 신경질적으로 내던졌다. 홍도는 엉거주춤 다가가 종이를 집어들었다. 게슴츠레하던 홍도의 두 눈이 점점 커졌다.

기다림
조용한 대가의 뒤뜰에서 누군가를 기다리는 여인의 초조함과 안타까움이 묻어난다.
여인이 들고 있는 것은 승려들이 쓰는 송낙이라는 모자다.

조용한 대가의 뒤뜰. 단아한 벽돌담이 이어진다. 화면 위쪽에서는 무성한 수양버들 가지가 늘어졌다. 가운데에 마른 고목이 서 있고, 고개를 돌린 한 여인의 옆얼굴이 보인다. 여인이 무엇을 보고 있는지, 누구를 기다리는지는 알 길이 없다.

"안정적이지만 대담한 구도, 강한 고목의 기세와 흐드러진 수양버들의 조화, 누군가를 기다리는 듯한 여인……. 생도의 습작이라기에는 나무랄 데 없어 보입니다만……."

홍도가 그림에서 눈을 떼지 않은 채 중얼거렸다.

"저런 못 말릴 자를 봤나. 눈이 있으면 보란 말일세. 그 그림이 무엇을 그린 것인지."

원로화원 강안석이 쯧쯧 혀를 차며 나무랐다. 홍도는 다시 그림을 들여다보았다. 단순하다 할 만큼 간단한 구도, 편안한 느낌을 주는 황색계열의 단일색, 아래로 늘어지는 수양버들과 위로 치솟는 고목의 절묘한 대비, 아득한 시간의 한가운데를 베어낸 듯한 여인의 자태, 어딘지 모를 곳으로 던진 여인의 무심한 시선……. 모든 것은 모호했다. 짧은 순간을 그렸지만 영원 같았고, 일상적인 풍경이었으나 비할 바 없이 생경했다. 십수 년 도화서의 양식에 길든 화원들로서는 상상도 하지 못할 구도와 묘사였다.

"볼수록 빼어납니다. 단순한 여인의 옆얼굴에서 수만 가지 생각이 떠오르니까요."

"화면 가운데다 떡하니 아녀자를 배치하는 것이 말이 된다고 생각하나?"

사실 도화서 그림에 여자를 그리는 것은 금기 중에서도 금기였다. 정밀한 기록화나 의궤儀軌에서 어쩔 수 없이 여자를 그려야 할 때조차 화면 구석에 배치하거나 비정상적일 정도로 작게 그려넣었다. 그런데 이 그림은 여자를, 그것도 화면 중간에 버젓이 그려둔 것이다.

"하지만 아녀자라는 사실을 깨닫지 못할 정도로 자연스럽지 않습니까."

점입가경을 마주한 화원들의 혀차는 소리가 들렸다.

"알고도 모른 척하는 것인가, 아니면 정말 몰라서 하는 소린가? 이것은 명백한 춘화도야. 저질스럽기 짝이 없는 더러운 그림이라고!"

춘화라면 홍도 역시 청나라에서 흘러들어온 적나라한 것들을 물릴 정도로 보았다. 젊은 화원들은 몰래 노골적인 정사장면을 그려 저자에 내다팔기도 했다. 적나라하면 적나라할수록 그림은 비싸게 팔렸다. 은밀한 춘화 습작을 팔아 기방출입을 하는 생도녀석들까지 있었다.

"제 눈으론…… 이 그림에서 춘화의 느낌을 찾을 수 없습니다."

고개를 갸우뚱하는 홍도에게 강안석은 격한 목소리를 쏟아부었다.

"저 여인의 발치에 뿌리박은 고목을 보고도 모르겠나!"

여린 봄풀이 돋아나는 부드러운 흙속에 뿌리박은 검고 뭉툭한 고목등걸이 위로 치솟아 있었다. 순간 홍도는 강안석의 말뜻을 알 것 같았다.

"남녀가 반벌거숭이로 얽힌 춘화가 저자거리에 지천으로 나돌고 있습니다. 설사 춘화라 하더라도 이렇듯 은근하게 승화된 바에야……."

"저런, 저런! 그림을 두 눈으로 보고도 저런 소리를 하니……. 잘 보게, 이 사람아. 그 아낙이 무엇을 들고 있는지."

뒷짐진 여인의 손에 들려 있는 것은 승려가 쓰는 송낙이었다. 홍도는 마른침을 삼켰다.

"이제 알겠는가. 정분을 맺고 내뺀 중놈이 빠뜨린 송낙을 들고 여염의 아낙네가 안절부절하는 광경일세. 이런 속된 그림이 민가의 화실도 아니고, 저자를 떠도는 환쟁이 품속도 아닌 도화서에서 나오다니 말이 되는가!"

강안석이 다시 목소리를 높였다. 그제서야 홍도는 아무말도 하지 못했다.

"이 그림이 어디서 나왔습니까?"

"생도청 외유사생에서 나왔네. 어떤 놈의 소행인지 알아내고 당장 잡아들이게."

외유사생外遊寫生은 '자유롭게 그리라'는 화제로 도화서 생도들이 해마다 치르는 행사였다. 딱딱한 도화서양식에 젖은 생도들에게는 모처럼 주어지는 자유였다. 하지만 거기에는 도화서의 치밀한 노림수가 숨어 있었다.

생도들은 '도화서양식'의 충실한 이수자이자 전승자여야 했다. 선 하나를 긋는 데도 반드시 근거가 있어야 했고, 붓질을 한 번 꺾는 데도 규율을 따라야 했다. 그러나 엉덩이에 뿔난 고약한 자들은 어디에나 있기 마련이다. 그들은 거침없는 붓질로 정묘한 도화의 법도를 망가뜨리는 것으로도 모자라 충실한 양식의 계승자들마저 물들일 우려가 있었다. 아무 대상이나 골라 내키는 대로 그리라는 외유사생은 제흥에 겨워 양식을 무시하는 자들을 솎아내는 장치이기도 했다.

"하오나 외유사생은 그린 사람의 이름조차 밝히지 않는데 어찌 잡아내라 하십니까?"

"잡아내야 해! 반드시 그놈의 손모가지를 비틀어 다시는 붓을 잡지 못하게 해!"

홍도는 대답 대신 팽개쳐진 그림을 집어들었다. 궁금증은 화원회의보다 홍도의 내부에서 더 뜨겁게 끓어올랐다. 어떤 녀석이 이토록 대담하고 완벽한 그림을 그렸을까. 범인은 분명 생도들 중에 있을 것이다. 서른 명 중의 한 명……. 하지만 무슨 수로 찾아낸단 말인가. 은밀한 춘화도를 그린 배포라면 웬만한 추달에는 눈도 꿈쩍하지 않을 것이다. 그렇다고 생도방 하나하나를 쥐잡듯 뒤질 수도 없는 노릇이었다.

홍도는 그림을 들여다보며 연신 쿵쾅대는 가슴을 가라앉히려 애썼다. 사실 범인을 잡아내고 싶은 마음은 눈곱만큼도 없었다. 단지 누가 그렸는지를 알고 싶을 뿐……. 녀석은 물고를 내야 할 문제아가 아니라 어쩌면 엄청난 재능을 지닌 천재일지도 모른다.

"저 철없는 작자하고는……. 춘화라니 아예 가슴이 뛰는 모양이로군."

혀차는 소리를 흘려들으며 홍도는 히죽히죽 웃는 얼굴로 그림을 챙겼다.

생도청의 하루는 첫닭이 울기 전에 시작되었다. 깜깜한 어둠이 푸른 기운을 머금는 시간, 마침내 동쪽 하늘은 짙붉음과 연한 붉음, 차가운 붉음과 따스한 붉음이 섞여 요동쳤다.

부드러운 송연먹松煙-* 향기가 화실 안을 그윽하게 맴돌았다. 어슴프레한 새벽빛과 향기로운 묵향이 섞여 코와 눈은 어지러울 정도였다. 윤복은 계란을 굴리듯 조심스럽게 매끄러운 벼루 위로 송연먹을 문질렀다. 오래간 먹물이 벼루 위에 넘칠 듯 윤택한 빛을 뿜었다. 기숙방에서 깨어난 생도들이 화실로 향하는 발자국 소리가 요란했다. 멀리서 오전수업을 알리는 북소리가 들렸다.

생도청 교당에는 고즈넉한 정적이 떠돌았다. 새벽부터 벼룻물을 긷고 먹을 간 생도들은 해뜰 무렵이면 녹초가 되곤 했다.

홍도는 작은 부채를 펼쳐들고 교당 마루를 걸었다. 음탕한 생도를 잡아내라는 화원회의의 호통은 갈수록 더 심해졌다.

난감했지만 어린아이들을 잡아놓고 주리를 틀 수도 없는 일, 답은 아이들에게서 직접 찾아내야 했다. 서안에 다가앉은 홍도는 나지막하게 입을 열었다.

---

* 소나무를 태운 그을음에 아교 등을 섞어 만든 먹.

"오늘은 정묘한 묘사력을 위해 의궤를 모사하는 실습을 하겠다."

"모사실습이라면 어제 김동주 교수님께서 시키신 바 있습니다."

뒷자리에 앉은 한 아이의 볼멘소리였다. 어떻게든 힘든 모사수업을 피해 보려는 심사였다.

다른 화원의 그림을 똑같이 베끼는 모사수업은 고되고 따분한 시간이었다. 작은 점 하나, 붓 자국 하나는 물론 원화의 실수까지 똑같이 베껴야 했다. 하지만 생도청 수업을 맡고 있는 교수 화원들에겐 시간을 때우기에 더없이 좋은 방법이었다. 원본 그림 한 점을 걸어놓고 늘어지게 자고 일어나면 수업시간이 끝나는 것이다.

하지만 홍도는 평소에 아이들에게 모사수업을 시키지 않는 편이었다. 아이들의 재주를 하나의 틀에 끼워맞추는 짓이라 생각했기 때문이다.

"연습을 통해 정밀한 묘사력을 기르는 것이 모사의 가장 큰 목적이다. 잘된 그림의 필치와 기세를 그대로 따라함으로써 뛰어난 화원의 기법을 배울 수 있다."

보조교수가 교당 앞쪽에 한 폭짜리 족자를 세웠다. 수군거리는 소리가 점점 커지더니 마침내 웅성거림으로 바뀌었다. 소란을 깨고 앞자리의 한 아이가 말했다.

"교수님! 어제 모사한 그림을 어찌 또다시 그리라 하십니까?"

"똑같은 그림이지만 과제는 다르다."

홍도는 입가에 부드러운 웃음을 거두지 않은 채 옆에 선 보조교수에게 짧게 말했다.

"아래위가 뒤집어지도록 병풍을 거꾸로 세우게."

완전히 뒤집어진 그림을 지그시 바라보며 홍도는 하얀 이를 드러내고 웃었다.

"오늘 과제는 뒤집어진 병풍을 모사하는 것이다. 자, 시작하거라. 정오가 되기 전에 끝내야 하니까……."

그제서야 아이들은 허겁지겁 서안 위에 종이를 펼치느라 부산을 떨었다. 방안에는 순식간에 먹향이 짙게 들어찼다.

얼마나 시간이 지났을까. 꿈결처럼 수업종료를 알리는 북소리가 들렸다.

"각자 자신의 그림에 이름을 적어내거라."

홍도는 아직 먹물이 덜 마른 아이들의 그림을 하나하나 찬찬히 살펴보았다. 알 수 없었다. 어디서부터 녀석을 찾아야 할까. 분명한 것은, 발칙한 그림을 그린 맹랑한 생도녀석을 찾아내지 못한다면 결국 자신에게 불똥이 튈 것이라는 사실이었다.

영복은 도화서 우물간에서 오래 손질하지 못한 화구들을 빨고 있었다.
물기를 간직한 토벽 위로 웃자란 담쟁이넝쿨이 반짝였다.

부드러운 담비털 붓은 3년이 지나는 동안 털이 많이 빠졌다. 하지만 붓을 빨고 벼루를 씻을 때면 도화서 생도가 될 수 있었음에 새삼 감사할 뿐이었다. 문득 오래전 어느날 밤의 일이 떠올랐다.

"윤복이도 열네 살이다."

그윽한 송연먹과 진한 유연먹油煙-* 향기 속에서 신한평의 나지막한 음성이 떠돌았다. '열네 살이 되었다'는 말은 곧 '도화서 생도가 될 수 있다'는 말이었다. 전국 사화서私畵署의 도제나 그림에 재주가 있는 자들은 매년 도화서 생도를 뽑는 엄격한 시험에 몰려들었다.

희미한 불빛 아래 열망으로 들끓는 아버지의 두 눈이 빛났다. 화원의 가

---

* 오동나무 기름이나 식물의 씨를 태운 그을음으로 만든 고급 먹.

계를 잇기 위해 야차에게 영혼을 팔아버린 남자. 그림으로 세상을 자신의 것으로 만들려는 남자. 그 욕망의 번득임이 예리한 단도처럼 영복의 가슴을 스쳤다.

"예, 아버지."

선반 위에 나란히 놓인 색색의 안료처럼 영복의 마음은 어지러웠다. 기쁜가 하면 슬프고, 기다렸던가 하면 피하고 싶고, 받아들이고자 하나 두려웠다.

"네가 있으니 윤복이에 대해선 이제 마음을 놓을 수 있겠다."

얼마나 오랜만에 느껴보는 아버지의 사랑스런 눈길인가?

영복은 누대로 궁정화원을 지낸 화인가계의 유일한 오점이었다. 온세상이 떠받드는 재능, 왕의 용안을 앞에 두고도 붓을 떨지 않을 자신감, 정묘하고 세밀하여 터럭 하나도 놓치지 않는 감각을 얻지 못한 것이다.

한때는 자신에게만 깃들지 않은 가문의 축복을 원망한 적도 있다. 아우의 재능을 질투하기도 했다. 하지만 이젠 할 수 있는 일이 생겼다. 도화서 생도가 되어 가문의 빛이자 기둥인 윤복을 곁에서 돌보는 일이다.

영복은 두 눈을 꾸욱 감았다. 오래 갈아 푸른빛이 감도는 먹물 같은 눈동자에서 후드득 눈물이 떨어졌다.

"눈물을 흘리는 것이냐?"

"아닙니다. 누대로 이름난 궁정화원가문의 명망을 마땅히 소자의 대에서 더욱 빛내야 하나, 소자의 재주는 화인의 피가 부끄러운 지경이라 두려워 잠을 이룰 수 없었습니다. 이제야 저도 할 수 있는 일이 생겨 감사할 뿐입니다."

눈물을 훔치는 아들을 한평은 냉정한 눈길로 바라보았다.

"고령 신씨 가문의 화맥이 여기서 끝을 볼 수는 없는 일, 윤복이라면 그 화맥을 다시 살릴 수 있을 것이다. 암. 그 아이는 하늘의 그림을 그릴 아이야. 그 아이를 돌볼 수 있음이 너와 나의 행운이다."

영복은 아버지의 그 말을 단 한순간도 의심하지 않았다. 화원의 가계를 이어나가는 일도, 가문의 명망을 더욱 떨치는 일도 자신이 아니라 윤복의 손끝에서 시작될 것이었다. 신한평은 문득 부푸는 가슴을 억누르기 위해 코를 벌름거렸다.

"그 재주가 윤복이가 아닌 너에게 주어졌으면 너와 내게 조금은 더 큰 행운이었겠지."

"얻을 수 없는 행운을 안타까워하기보다는 지금 가진 행운에 감사해야겠지요."

열일곱. 이제 겨우 코밑에 솜털이 가뭇가뭇한 소년은 한 천재를 위해 모든 것을 포기하는 것을 두려워하지 않았다.

"윤복이의 곁을 한시도 떠나지 말거라. 그 아이의 벼루에 물이 마르면 네가 길어다 붓고, 먹이 다하면 네가 갈거라."

"물을 구할 수 없다면 제 눈물로 먹을 갈고, 먹이 떨어지면 제 뼈를 갈 것입니다."

영복은 마른 입술을 깨물었다. 칭찬을 받기 위한 말이 아니었다. 진실로, 진실로 아우가 위대한 화인이 될 수 있다면 자신의 모든 것을 다 버려도 좋았다.

"그래. 우리가 할 일은 저 아이를 돌보는 것이다. 너와 나는 그렇고 그런 한 시절의 화원으로 죽어가더라도, 네 아우는 영원한 화인의 이름을 얻을 것이다. 나는 한 임금의 화원일 뿐이나, 네 아우는 만인의 화원이 될 것이다."

신한평은 잔주름이 자리잡기 시작한 눈꼬리를 가늘게 뜨며 오래 뒤에 올

가문의 영광을 떠올렸다. 그리고 아직 철들지 않은 아들을 위해 최고의 청나라산 벼루와 송연먹, 담비털 붓과 노루털 중붓, 세모필, 상아주척周尺 한 자루를 챙겨넣었다.

영복은 조용히 붓털을 비비며, 오래전 아버지와의 은밀한 모략을 떠올리며 흐뭇하게 웃었다.

마침내 윤복이 입시했을 때 생도청에서는 큰 들썩임이 있었다. 엄청난 그림솜씨와 아름다운 외모는 생도청 사람들의 입에 오르내리기에 모자람이 없었다. 하지만 사실 뛰어난 그림실력은 그들이 원하는 것이 아니었다. 도화서의 관념화되고 체계화된 화법을 받아들이기에는 윤복의 그림이 너무도 분방했다.

뛰어난 재능에도 불구하고 윤복은 자꾸만 눈밖에 났다. 윤복의 그림은 언제나 못그린 그림보다 더욱 나쁜, '그려서는 안 되는 그림' 의 본보기가 되곤 했다.

하지만 존재의 귀중함은 스스로 발현하였고, 생도들은 범접할 수 없이 뛰어난 그 재주를 어쩔 수 없이 부러워하였다. 빼어난 용모는 나이든 생도들에게 연정의 대상이었고, 어린 생도들에게는 흠모의 대상이었다.

영복은 그런 동생의 뛰어남이 오히려 불안했다. 어쩌면 자신이 지키기에는 너무도 귀하고 소중한 존재일는지도 모른다. 하지만 그것 역시 운명이라면 받아들여야 했다.

영복은 요즈음 모든 것이 불안할 뿐이었다. 김홍도는 교수라 부르기에도 민망한, 한량 같은 자였다. 전통적 도화서양식보다는 쓸데없는 산술문제를 풀게 하거나 한시 수업에 더욱 열중했다. 산술문제를 푸는 것이 어찌 그림에 도움이 될 것이며, 시를 짓는 것이 어찌 그림공부가 될 것인가.

붓을 씻고 벼루를 씻지만 어지러운 마음은 좀처럼 씻겨나가지 않았다.

"며칠 전부터 도화서에 떠도는 춘화 소문을 너도 들었지?"

씻던 담비털 붓의 물기를 털던 영복이 뒤를 돌아보지 않고 물었다. 보지 않아도 알 수 있다. 등 뒤에서 다가오는 해맑은 숨결이 누구의 것인지. 윤복이 걸음을 멈추며 겸연쩍게 웃었다.

"화원회의에서 그림을 그린 생도를 색출하라는 엄명이 떨어졌다고 한다."

"그렇게 쉽게 잡힐 녀석이라면 그런 위태한 짓을 했겠수?"

"몇몇 선임급 생도들도 춘화를 저자로 빼돌려 짭짤한 돈벌이를 하고 있는 모양이더라만……. 이번에는 그냥 넘어갈 것 같지가 않아. 누군지 몰라도 짐을 싸야 할 게다. 혹 말이다. 혹…… 너는 아니겠지? 그래. 어깨에 가문을 짊어진 네가 허튼짓을 할 리 없겠지."

영복은 바라볼수록 대견하고 자랑스런 동생의 어깨를 두드렸다.

29

"오늘은 선과 도형에 대한 문제를 내겠다."

홍도의 말에 아이들은 하나같이 한숨을 내쉬며 입맛을 쩝쩝 다셨다.

"그림을 배워야 할 도화서에서 어찌 또 산술문제를 내십니까?"

앞줄의 아이 하나가 더듬거리며 볼멘소리를 냈다.

"그림을 잘 그리려면 산술과 도형을 알아야 한다. 산술은 더하고 곱하고 나누는 것이니 화면의 분할과 조화에 꼭 필요하다. 도형은 선과 면과 각으로 이루어지는 것이니 원과 삼각형과 사각형을 공부하는 것은 화면을 구성하는 데 필수적이다."

아이는 고개를 갸우뚱거리며 입을 삐죽거렸다. 홍도는 아이들을 내려다보며 몇 개의 점이 찍힌 재생지를 펼쳐들었다.

"붓을 한 번도 떼지 말고, 아홉 개의 점을 모두 지나되 서로 연결된 네 개의 선을 그어보아라."

꿀꺽 침을 삼킨 아이들이 저마다 앞에 놓인 종이에 아홉 개의 점을 찍고 손가락을 바쁘게 움직였다. 하지만 아이들은 곧 지쳐갔다. 대부분의 아이들이 정답 찾기를 포기하고 잡담을 시작할 무렵, 홍도가 주척으로 서안을 탁 쳤다.

"그만! 한 사람도 문제를 풀지 못했으니 상은 없다. 대신 정답을 보여주마."

홍도의 붓끝은 아홉 개의 점이 만든 사각형 바깥쪽에서 시작되어 거침없이 이어졌다. 아이들은 침을 삼키며 붓끝의 움직임을 좇았다.

아이들은 스승의 뚜렷한 붓선을 믿을 수 없다는 듯 쳐다보고 또 쳐다보았다.

"교수님의 풀이방식은 선을 시작한 위치가 사각형의 틀에서 벗어났으니 규정을 위반한 것입니다."

골똘히 문제지를 바라보던 한 아이가 대들듯 따졌다.

"문제는 붓을 떼지 말고 아홉 개의 점을 지나는 서로 연결된 네 개의 선을 그으라는 것이었다. 점들의 연결선 위에서 선을 시작하라 말한 적이 없다."

홍도는 아이들 모두를 둘러보며 말을 이었다.

"너희들은 아홉 개의 점이 만든 사각의 틀 속에서 답을 찾았다. 하지만 너희들이 생각한 사각의 틀이란 애초에 없어. 보아라. 여기에는 아홉 개의 점이 있을 뿐 사각의 틀은 없지 않느냐. 아홉 개의 점에서 보이지 않는 사각의 틀을 만든 것은 너희들 자신일 뿐이야. 틀 속에 갇혀 있는 이상 해답은 없다. 틀을 벗어난 곳에 길이 있는 것이다."

물을 끼얹은 듯 조용한 실내의 침묵을 깨는 목소리가 있었다. 햇살이 비쳐드는 창 쪽에 앉아 있는 생도였다. 갸름한 얼굴선과 반듯한 눈빛이 예사롭지 않은 아이.

"네 개의 선이 가능하다면, 세 개의 선만으로도 점들을 이을 수 있을지요?"

맹랑한 녀석은 스승에게 싸움을 걸고 있었다. 다시 물속 같은 적막이 찾아들었다. 한참이 지난 후에야 홍도는 마른 입술에 쓴웃음을 띤 채 말했다.

"내 생각에…… 네가 낸 문제에는 정답이 있을 성싶지 않구나."

"답은 있을 것입니다. 다만 찾지 못했을 뿐입니다."

상황은 피할 수 없는 싸움으로 전개되고 있었다. 홍도는 녀석의 도발에 너무 쉽게 싸움판에 끌려나와버린 자신의 성급함을 후회했다.

　성큼성큼 앞으로 걸어나온 윤복은 아홉 개의 점이 찍힌 문제지의 양 옆에 빈 종이를 한 장씩 덧붙였다. 그리고 먹물을 묻힌 붓으로 이어붙인 종이의 오른쪽 맨 윗부분에서 옆으로 긴 선을 그어나갔다.

　아이는 붓을 놓으며 손바닥을 털었다. 홍도는 힘겨운 듯 겨우 입을 열었다.

　"훌륭하다. 하지만…… 이 풀이법에는 약간의 모순이 있구나."

　윤복의 단정한 눈썹이 움찔거리자 미간에 가는 주름이 생겼다.

　"세 개의 선은 엄밀하게 보았을 때 점과 완벽하게 일치하지 않는다. 맨 위의 선은 가운뎃점과 일치할 뿐 오른쪽 점의 윗부분과 왼쪽 점의 아래쪽을 스친다. 마찬가지로 중간선은 왼쪽 점의 위를 스치고 오른쪽 점의 아래를 지난다. 아래쪽 선도 마찬가지다."

　말이 끝나자 아이들이 환성을 질렀다. 아이들은 모두가 무언의 공모자들이었다. 뛰어난 동료를 인정하기보다는 모두가 함께 평범해지기를 원했다. 윤복은 뛰어나온 돌부리일 뿐이었다.

　"이 그림으로만 본다면 스승님 말씀이 틀리지 아니하였습니다."

　윤복은 스승의 말이 '옳다'고 하는 대신 '틀리지 않았다'고 말했다.

"그러면 네 풀이법이 틀렸느냐?"

홍도가 다시 물었다. 윤복은 두 눈을 똑바로 뜨며 대답했다.

"제 풀이법은 옳습니다. 사선의 기울기는 꺾인 각도에 비례합니다. 각도가 커지면 경사는 가파르고, 각도가 작아지면 기울기도 완만해집니다. 만약 각도를 무한히 작게 할 수 있다면 기울기는 점점 작아지다 마침내 사라질 것입니다. 그러면 세 개의 점을 지나는 선은 기울어지지 않을 것입니다."

홍도의 귓가에서 징소리가 울리는 듯했다.

"궤변이다. 명확한 해법이라면 모두의 눈으로 확인할 수 있어야 해. 모든 사람의 눈으로 네 풀이법을 확인시킬 수 있겠느냐?"

"할 수 있습니다."

홍도의 눈빛이 흔들렸다. 동시에 아이들은 신음 같은 한숨을 내쉬었다.

"제게 원하는 만큼의 종이를 문제지 옆에 붙일 수 있게 하고, 수십 개의 벼루에 가득한 먹물을 주신다면 반듯한 선을 그어보이겠습니다."

한참이 지난 후에야 홍도는 고개를 끄덕였다.

"되었다. 이곳에 그 많은 종이와 먹물이 없는 이상 네 말을 뒤집기 어렵겠구나."

장작을 쪼개듯 명료하게 논쟁은 끝났다. 하지만 아이들은 대체 어떤 일이 일어난 것인지, 어떤 논쟁이 오갔던 것인지조차 혼미할 뿐이었다.

교수실 방문 너머로 가을빛이 무르익었다. 마당의 석류나무에는 붉은 석류알이 반짝이며 벌어졌다. 홍도는 60장의 모사화를 한 장 한 장을 뜯어보았다. 뒤로 갈수록 실력은 떨어지고 완성조차 하지 못한 그림이 대다수였다.

"이런, 이런…… . 이따위 실력으로 화원이 되고자 한다니…… . 화원의 근본은 보이는 것을 그대로 모사하는 것인데, 보이는 것을 그리지 못하는 화원이 어찌 보이지 않는 것을 그릴 수 있다던가……."

끌끌 혀를 차는 사람은 사방관 아래로 순백의 머리카락이 빛나는 수석교수 장조한이었다. 그러다 그는 '강효원'이라는 이름이 적힌 그림을 발견하자 비로소 흐뭇하게 웃었다. 산세의 생동감과 운필의 역동성이 원본을 베낀 것을 넘어 자신만의 필치에서 돋보이는 수작이었다.

"대단한 재주이긴 하지만…… 이 두 그림을 한번 비교해보시지요."

홍도는 또다른 그림 한 점을 나란히 펼쳤다. 장교수는 헛기침을 하며 두 점의 그림에 번갈아 돋보기를 들이댔다.

"오른쪽의 이 형편없는 그림은 누구 솜씨인가?"

"강효원입니다."

노인이 못마땅하게 고개를 가로저었다.

"실없는 소리만 하고 다니는 줄 알았더니 이젠 거짓말까지 하는가? 같은 아이가 같은 그림을 모사했는데 어찌 이렇게 다른 그림이 나올 수 있단 말인가?"

"두 번째 그림은 거꾸로 놓인 원본을 모사했기 때문입니다."

"그림을 거꾸로 놓고 모사한다? 생도청의 학습법도에 그런 것이 있었던가?"

이 천방지축의 젊은 녀석이 자기 내키는 대로 아이들을 가르치는 것이 노인은 내내 언짢은 터였다.

"춘화의 범인을 잡기 위해서였습니다."

"거꾸로 그림을 그린다고 범인이 나요, 하고 손 들고 나오기라도 한다던가?"

"그런 것은 아니나, 그린 자의 생각과 작업법을 파악할 수 있습니다. 춘화를 그린 자는 도화서양식을 깡그리 무시한 것으로 보아 자유로운 성정을 지녔으며, 생도라 생각할 수 없을 만큼 기교가 뛰어납니다."

노인은 순간 가슴이 철렁했다. 그 정도로 뛰어난 아이라면 자신이 아끼는 강효원뿐이다. 하지만 그 아이야말로 오로지 정묘한 도화서양식이 몸에 배어 있지 않던가.

"걱정 마십시오. 강효원은 아닙니다."

노인의 심중을 읽은 듯 홍도가 한마디 덧붙였다.

"어떻게 그것을 알 수 있나?"

"강효원이 바로 놓고 모사한 그림은 원본보다 정묘하고 뛰어납니다. 그러나 거꾸로 그린 그림은 도화서 생도의 이름이 아까울 만큼 졸작이지요."

"그야 당연하지. 뒤집어놓은 그림을 누가 제대로 따라그리겠나?"

"보이는 대로만 그린다면 원본이 바로 서 있거나 거꾸로 있거나 상관없는 일이겠지요. 하지만 아이들은 모사에 들어가기 전에 먼저 머릿속에서 원본을 자기 마음대로 규정지어버립니다. 눈으로는 원본을 모사하지만, 기실은 자기 머릿속에 투영된 산을 그린 것입니다."

"그림을 뒤집어도 그것은 마찬가지가 아닌가?"

"같은 그림이지만, 뒤집힌 산은 한 번도 본 적이 없는 생소한 풍경일 것입니다. 머릿속 산의 형상은 아무 의미가 없어진 것이지요. 오로지 눈만 믿고 보이는 대로 그릴 수밖에 없는 것입니다."

"정말 이 방법으로 범인을 잡을 수 있단 말인가?"

"잘 그렸느냐 못 그렸느냐가 아니라 두 그림이 얼마나 차이가 나느냐가 열쇠입니다. 두 그림의 차이가 적다는 것은 보이는 대로 그렸다는 뜻이니, 관념을 그리는 전형적 화법을 벗어난 것이지요."

"무슨 소린지는 모르겠지만…… 그래서 춘화를 그린 녀석을 밝혀냈단 말인가?"

35

"문제의 그림은 세 가지 특징이 있었습니다. 단순한 선을 이용한 절묘한 면분할은 그림을 그린 자가 선과 면, 그리고 형태를 인식하는 능력이 뛰어남을 말해줍니다. 또한 나뭇가지와 담장을 화면 양쪽 모서리로 빠져나가게 하고 버드나무의 늘어진 가지만 묘사한 것은 전경을 화면 밖으로 연속해 보이도록 한 것입니다. 작은 화폭에 표현할 수 없는 많은 이야기들을 화면 밖으로 확장시킨 것이지요. 또한 외면한 듯 여인의 시선을 뒤쪽으로 뺀 것은 보는 이의 시선을 화면 뒤까지 입체적으로 확장시켜주는 효과를 주고 있습니다."

노인이 서안을 짚으며 바짝 다가앉았다.

"그 경지의 생각과 표현수준을 지닌 생도를 찾아낸단 말인가? 아니면 짚이는 자라도 있는가?"

"선과 면의 속성을 이해하는 정도, 그리고 정해진 영역을 넘어서는 과감성을 아홉 개의 점과 선의 수수께끼로 시험해본 정도입니다. 여하튼 보통 재주가 아닙니다. 자유로운 필치와 고도로 계산된 면분할, 입댈 곳 없는 구도와 세련된 필치로 그 형상이 아니라 마음을 그렸으니 수석화원 뺨칠 정도이지요."

"자네는 지금 금지된 그림을 그린 아이를 두둔하는 건가?"

노인의 미간에 깊은 주름이 잡혔다. 못마땅한 표정으로 다리를 바꾸어 포개며 노인은 말을 이었다.

"그 그림은 근본적인 결격을 가지고 있네. 금기인 아녀자를 화면 중앙에 배치한 것, 파격적인 구도로 도화서의 엄격한 양식을 무너뜨린 것, 그림 안에 숨겨둔 음란한 장면…… . 근본이 잘못된 채 재주자랑만 하는 자라면 도화서에 있을 이유가 없겠지. 저자거리에서 속된 춘화나 그려 팔면 될 테니까."

평생을 도화서에서 살아왔고 죽어서도 도화서 귀신이 될 노인이다. 그러니 도화서의 양식을 거스르는 해괴한 그림을 보고 어찌 마음이 편할 수 있을까.

"여러 말 말고 자네 마음속에 둔 아이가 누구인지를 말하게."

홍도는 막다른 골목에 몰린 것처럼 갑갑해졌다. 어차피 노인은 홍도의 마음속에 담긴 아이를 짐작하고 있을 것이다. 더이상 숨기려 해도 소용없을 듯했다.

"소인의 짐작으로는 아마도…… 신윤복이 아닌가 합니다만……."

노인은 주름진 손으로 서안을 탕 내리치며 고개를 천천히 끄덕였다.

"역시 그 녀석이었군! 자꾸 엇나가기만 하더니 결국 일을 저지르고야 말았어. 썩은 샘에서 맑은 물 솟기를 바랄 수는 없는 법, 아무리 재주가 뛰어난들 깨끗지 못한 정신으로 의궤며 어진을 그리는 것은 곧 왕실과 주상전하를 능멸하는 것이 아닌가!"

37

도화서의 그림은 화법도 정결하고 양식화되어 있었지만 의례 또한 지극히 양식화되어 있었다. 일단 어진화사御眞畵事가 정해지면, 화원들은 참선 수도를 하듯 먹을 갈고 붓을 가다듬으며 마음을 비워야 했다. 추운 겨울에도 매일 새벽 목욕재계하고 엎드려 선대 어진들을 알현하며 마음의 준비를 해야 했다. 그렇게 신성하기까지 한 일에 춘화나부랭이를 끄적이는 화원이 가당키나 한 일인가.

"화원회의에 아이를 회부하실 생각이십니까?"

노인은 눈을 감은 채 입술에 힘을 주었다. 평생에 한 번 만날까 말까 한 재주를 타고난 제자, 평생을 몸바쳐 지켜온 도화서의 순결하고 고결한 양식……. 둘은 얼음과 불처럼 노인의 가슴속에서 어지럽게 얽혔다.

그 어느쪽도 후회할 수밖에 없는 선택, 하지만 둘 중 하나를 택해야만 한다. 노인의 감은 눈꺼풀이 바르르 떨렸다.

"내일 아침 화원회의에 가겠네."

노인이 한 자 한 자 찍어내듯 말했다. 긴 화살이 지나가 바람이 들어오는 것처럼 홍도의 가슴 한켠이 서늘해졌다.

아홉 개의 점을 잇는 문제의 핵심은 '주어진 틀 안에서 사고하느냐, 그 틀을 벗어나 사고하느냐'였다. 주어진 틀 안에서는 이미 제시된 모범적인 답만을 다람쥐 쳇바퀴 돌리듯 반복할 뿐이다. 새로운 생각, 뛰어난 창작은 틀을 부수고 울타리를 뛰어넘어야만 이루어지는 것이었다.

그림을 그리는 기본은 선線이다. 첫 번째도 선이요, 두 번째도 선이요, 세 번째도 선이다. 선을 통해 공간은 분할되고 조합되고 연관지어진다. 그리고 분할된 면에 따라 비로소 형태가 생겨난다.

조리있는 말 한마디 한마디를 생각하면, 그 아이의 재능이 과연 어디까지인지 가늠하기 힘들었다. 그 아이는 기울기 변화에 따른 각도와 선길이의 연관관계까지 알고 있었다. 그것은 직선의 변환과 교차로 생성되고 분할되는 공간의 개념을 명확하게 이해하고 있다는 뜻이었다.

팔도의 화원들이 불개미처럼 모여드는 도화서. 그들이 하는 일은 그림을 그리는 것이 아니라 강고한 관념을 떠받치는 것에 불과했다. 그들은 뛰어난 자를 받아들이는 법을 알지 못했다. 틀을 깨고, 규범을 어기고, 위계를 흐트러뜨리는 천재성이란 그들에겐 위협일 뿐이었다. 누구든 출세와 돈벌이에 여념이 없었고, 어떻게든 뛰어난 자의 재능에 흠집을 내려고 안달이었다. 상대가 강할 때는 눈치를 보며 주변을 돌다가, 허점을 보이면 피냄새를 맡은 이리떼처럼 달려들었다. 그럴 때 관념과 규율은 상대를 해치는 무서운 흉기였다.

신선이 내려와 화원이 되었다는 소문이 떠돌 정도로 뛰어난 천재화가도 도화서 안에서는 외톨이일 뿐이었다. 명성은 사람을 외롭게 한다. 높이 선 자는 언제나 고독하다. 견고한 양식은 천재를 옥죄고 그 영혼을 결박했다. 예리하던 감각의 창끝은 무디어졌고, 거침없이 휘몰아치던 붓끝은 힘을 잃었다.

생도청은 어줍잖은 속물들에게 천재성을 침식당하지 않기 위해 스스로 택한 홍도의 피신처였다. 칼끝 같은 경쟁자들의 눈초리를 피해 양식에 물들지 않은 아이들을 가르치는 것이 오히려 마음 편했다.

어스름 달빛이 창호지 안으로 하얗게 스며들었다. 발걸음소리가 멎고 문 밖으로 희미한 그림자가 어렸다. 조용히 문이 열리고 소년의 하얀 버선발이 보였다.

반듯한 이마와 길고 단정한 눈썹, 조금은 가늘지만 오똑한 콧대, 야무지게 다문 입……. 가는 턱선은 가냘프다고 생각될 정도였으나 그 얼굴의 아름다움을 돋보이게 하기에는 충분했다.

"너의 문제풀이는 인상적이었다. 너에게 도형학과 산술을 가르친 사람이 있었더냐?"

홍도가 바짝 다가앉자 소년은 가는 속쌍꺼풀이 엿보이는 눈을 깜박였다.

"그저 혼자 궁리하여 깨달은 바이니, 하나의 선으로 아홉 개의 점을 연결할 방법도 있습니다."

"보여줄 수 있겠느냐?"

홍도는 흥분하지 말자고 스스로를 타이르며 종이 위에 다시 아홉 개의 점을 찍어 내밀었다. 아이는 왼쪽에서 오른쪽으로 맨 윗줄 세 개의 점을 잇는 선을 그었다. 종이를 벗어난 붓끝은 커다란 원을 그리며 방안을 한 바퀴 돌았다. 다시 종이 왼쪽에 닿은 붓은 가운데 세 점을 지나 방안을 다시 크게 돌았다. 다시 돌아와 아래쪽 세 점을 이은 아이는 큰숨을 내쉬며 붓을 벼루 위에 걸쳐놓았다.

"종이에는 세 개의 선이 있는데 어찌 하나의 선이라 하느냐?"

"종이 위에 그려진 세 개의 선은 보이지 않게 이어진 하나의 큰 나선형 곡선의 일부입니다."

아이가 빈 붓을 들고 방안을 한 바퀴 돈 것은, 연결되는 나선형의 곡선을 허공에 그리는 행위였던 것이다. 홍도의 말끝이 미세하게 떨렸다.

"네 말은 알겠다만, 그것은 직선이 아니라 곡선이 아니냐?"

아이는 당황하지 않았다.

"곡선이기도 하지만 직선이기도 합니다. "

"곡선이 어떻게 직선이 되느냐?"

"작은 원의 한 부분은 분명 곡선이지만, 원이 점점 커진다면 그 부분도 점차 직선에 가까워질 것입니다. 만약 원이 무한히 커진다면, 그 원 테두리의 작은 부분은 직선이 될 것입니다. 그러니 세 개의 점을 시작으로 무한히 큰 원을 그린다면 세 개의 점을 지나는 짧은 선은 곧 직선이 될 것입니다.”

아이는 직선과 각도의 관계뿐 아니라 원과 곡선의 속성까지도 알고 있었다. 붓을 들고 방 안을 돌았을 때, 아이는 화폭을 평면의 종이 위가 아니라 3차원의 공간으로 확장한 것이었다.

그림의 본질이 사물의 형태를 복제하는 것이라면, 그림을 그리려는 자가 입체를 인식하는 것은 필수적이다. 모든 사물은 공간 속에 존재하고, 공간은 곧 입방立方을 뜻한다.

공간 속의 존재를 평면 위에 옮긴다면 결국 왜곡될 수밖에 없다. 실존하는 사물을 가장 비슷하게 묘사하려면 공간감을 평면 위에 표현하는 수밖에 없다.

아이의 인식범위는 무한한 공간의 영역으로 확장되어 있었다. 홍도는 이 아이의 재능이 자신을 뛰어넘을지도 모른다는 생각에 문득 두려워졌다.

“내일 아침이면 화원회의가 열릴 것이다.”

그 한마디로 홍도는 하고 싶은 이야기, 해야 할 말을 대신했다. 그것은 화원회의가 야릇한 춘화도를 그린 범인으로 윤복을 지목하고 징계에 부칠 것이라는 말의 완곡한 표현이었다.

“알고 있습니다.”

당황한 쪽은 오히려 홍도였다.

“문제의 그림을 그린 자가 네가 맞다는 것이냐?”

홍도는 마음속으로 빌었다. 아니라고 말해라. 제발 네가 아니라고 말해라. 모든 증거들과 심증은 이미 이 아이를 지목하고 있으나, 홍도는 마음 깊은 곳에서 사실이 아니기를 빌었다.

“예.”

홍도의 입에서 깊은 탄식이 터져나왔다. 아니기를 기대했던 안타까움은 이내 배신감으로 바뀌었다.

"네, 이놈! 너는 어찌 신성한 도화서의 생도로 그런 야릇한 그림을 그렸느냐!"

홍도의 나무람은 아이가 아니라 아이를 옭아매고 있는 도화서의 잘난 양식과 규율을 향한 것이었다. 격한 호통에도 아이는 이런 일을 오래 전부터 예견했던 것처럼 담담했다.

"도화서에서 내침을 당하고 싶어서였습니다."

이것은 또 무슨 소리인가. 도화서에서 쫓겨나기 위해 금지된 그림을 의도적으로 그렸단 말인가. 의도적으로 그려, 의도적으로 발각당하고, 의도적으로 화원회의에 회부되려 했단 말인가.

"네가 정녕 그림 한 장으로 화원회의와 생도청 교수와 온 생도들을 의도대로 속였느냐?"

"소인이 의도한 것은 도화서에서 내침을 당하는 것뿐이었습니다."

아이는 망설이지 않고 담담하게 말했다.

"어찌 도화서를 떠나려 하느냐? 팔도의 그림재주 있는 자라면 화원이 되는 것이 필생의 꿈이다."

"도화서에서 배울 것이 없습니다."

"누대로 화원들의 가슴에서 손길로 이어진 견고한 양식을 배우지 않겠다? 정녕 의궤와 어진화사의 광영을 누리고 싶지 않으냐?"

"치밀한 양식에 따라 본을 뜨듯 그리는 의궤를 그림이라 하기 어렵고, 터럭 한 올 다르지 않게 그리는 어진이 어찌 화원의 손길이 담긴 그림이겠습니까?"

"그럼 네가 그리고 싶은 그림은 무엇이냐?"

"형태가 아니라 혼을, 모양이 아니라 내면을, 양식이 아니라 마음으로 그리고 싶습니다."

"혼을 담은 그림은 극한에 이른 양식을 터득해야 그릴 수 있다. 네놈이 이제 몇 해를 배웠기로 그따위 건방진 소리를 하느냐!"

버럭 소리를 지른 건 어떻게든 녀석의 마음을 돌리고 싶어서였을 것이다.

"소인은 어차피 생도청의 골칫거리일 뿐입니다. 수업마다 성실하지 못하고, 과제를 대수롭지 않게 여기며, 생도들과 어울리지 못하는 외톨이인 바에야 도화서를 떠남도 별일 아닐 것입니다."

아이의 눈이 젖어들었다. 홍도는 그 눈을 오래오래 바라보고 싶었다. 그 눈을 바라보며 말하고 싶고, 그 눈을 바라보며 함께 그림을 그리고 싶었다. 그 눈망울에 고였던 눈물이 볼을 타고 툭 흘러내렸다.

"걱정마라. 내가 지켜주마. 너의 재능이 도화서의 썩어빠진 양식에 물들지 않도록 지켜주마."

43

아이가 젖은 눈을 훔쳤다.

"이미 늦었습니다. 내일 아침이면 모든 것이 끝날 것입니다."

달빛이 구름을 벗어나며 마당 위에 하얀 빛을 뿌렸다.

화원청 팔작지붕은 푸른 하늘 위로 솟구쳐 날아갈 듯 웅장했다. 홍도는 자신도 모르게 주눅이 들었다. 화원장 강형석은 눈빛이 형형한 늙은이였다.

"단원은 도화서의 양식과 법도를 무너뜨린 자를 색출하였는가?"

홍도가 말석에 자리를 잡기도 전에 인사말과 서론조차 없이 떨어진 불호령이었다.

"화원회의의 결의에 따라 생도들을 대상으로 사흘 동안 탐문한 결과……."

홍도가 잠시 말을 멈추는 사이 화원들은 귀를 곤추세웠다.

문제의 그림은 도화서 화원들 모두를 깊은 우물 같은 열등감 속으로 빠뜨렸다. 자신들은 죽었다 깨어나도 그릴 수 없는 그림임을 모두가 알고 있었다. 화원들의 패배감과 열등감은 곧 두려움으로 변했다. 자신들의 알량한 재주를 넘어서서 자신들을 비웃기 전에 그자를 찾아내어 반드시 제거해야 했다.

다행히 상황은 그들의 편이었다. 도화서의 양식은 천재가 아닌 자들을 지켜줄 전가의 보도였다. 아무리 뛰어난 그림일지라도 수백 년을 이어온 도화서의 화풍을 벗어난다면 그것은 사악하고 졸렬한 그림에 불과했다. 정결한 도화서양식을 지키기 위해서라도 반드시 색출하여 그 손목을 부러뜨리든가 붓을 빼앗아야 했다.

"탐문과정은 필요없다. 그자 놈의 이름만 말하라!"

강형석이 날카로운 눈꼬리에 주름을 잡았다.

"문제의 그림을 그린 자는…… 궁중화원 신한평의 아들……."

모든 눈이 화원장 옆에 앉아 있는 신한평에게 쏠렸다. 4대에 이어 도화서 화원을 지낸 화원가문의 적손. 병오년에는 수석화원으로 어진화사를 치렀고, 평생 도화서에서 잔뼈가 굵은 최고의 화원. 사가私家의 화실에는 그의 도제가 되고 싶은 전국의 지망자들이 모여들어 숙식을 하며 대기한다. 뿐인가. 초상화를 부탁하는 명망가의 양반들이 줄을 서 있다.

신한평은 이름난 화원들의 그림을 뛰어난 재능과 능란한 수완으로 거액에 중개하는 중개상이기도 했다. 조선팔도에서 그만한 재능과 수완을 가진 화원이 어디 있던가. 그런 그의 아들이 몹쓸 춘화를 그렸다니…….

신한평의 얼굴은 얼음처럼 새파랗게 굳어 있었다. 홍도의 입에서 다음 말이 이어졌다.

"신한평의 아들…… 신영복입니다."

다시 한 번 찬물을 끼얹은 듯 침묵이 흘렀다.

"지난밤 신영복이 소인을 찾아와 모든 사실을 고백했습니다. 삼 년 전 도화서에 입문했으나 부친의 기대에 못 미쳐 고민하던 중, 외유사생에서 생도들과 다른 그림으로 실력을 뽐내고자 양식을 깨뜨리는 우를 범했다는 것입니다."

"화원은 스스로의 정진과 뼈를 깎는 정련으로 완성되는 것이지 알량한 남들의 평가에 의한 것이 아닐진대 어찌 그리 고약한 행실을 한 것인가?"

화원들은 두 눈을 꾹 감은 신한평의 눈치를 힐끔힐끔 살폈다. 한평의 마음은 거세게 들끓고 있었다.

생도청에서 볼썽사나운 그림이 나왔을 때부터 윤복이 아니기만을 빌었다. 하지만 그림을 본 순간 한평은 알아차렸다. 그 아이의 그림을 어찌 모를 수가 있을까. 최고 화원인 자신의 경지를 이미 뛰어넘은 아들의 그림을 말이다.

그 그림이 불러올 엄청난 풍파를 생각하며 며칠 동안 잠을 이루지 못했다. 그러나 피하고 싶던 일은 어김없이 닥쳐왔다. 다만 위안이 있다면, 윤복이 아니라 영복이라는 것이었다. 우연이라면 행운이라 할 것이고, 누군가의 의도라면 머리를 조아려 천 번 절해도 모자람이 없을 터였다.

침묵을 깨고 수석화원 김경언이 목소리를 높였다. 병오년 어진화사의 수석화원 자리를 두고 한평과 경합했던 자였다.

"될 성부른 나무는 떡잎으로 안다고 했습니다. 그렇듯 천박한 자가 어찌 정결한 도화서의 법도를 지키겠습니까!"

날선 말이 끝나기도 전에 홍도의 목소리가 웅성거림을 가라앉혔다.

"그 행실은 괘씸하나 아직 배우는 생도입니다. 호기심어린 한때 실수이니 동정을 보일 것을 청합니다."

팽팽한 대결감이 조용한 실내를 떠돌았다. 침묵을 깨고 화원상이 입을 열었다.

"아직 어린 자라 하나 그 방자함이 괘씸하고 그 음탕함이 지나치다. 수석 화원의 자제가 뭇생도의 모범이 되기는커녕 만고의 조소를 받을 짓으로 다시 도화서의 법도를 허물까 두렵도다."

화원장의 한마디 한마디가 송곳처럼 신한평의 가슴으로 파고들었다. 신한평은 파래진 얼굴로 마루 위에 꿇어앉았다. 그리고 손을 땅에 짚고 고개를 조아렸다.

"용서하십시오, 화원장 어른! 소인이 덕이 모자라고 아는 것이 짧아 자식 건사를 바로 하지 못했나이다. 이제 저 아이를 내치시면 사 대에 걸친 화원 가계를 무너뜨린 소인의 죄 저승에서라도 어찌 씻겠사옵니까!"

재능과 수완과 재물을 모두 가진 화원 중의 화원이 백주에 만인 앞에 무릎을 꿇고 머리를 조아렸다. 그것은 부정父情 때문이 아니라 가문의 영예를 지키려는 안간힘일지도 모른다.

화원장은 부채를 쥔 손등으로 턱수염을 쓰다듬었다.

"허물있는 자를 도화서에 들이지 못할 것이므로 생도청에서 퇴출시킴이 마땅하다."

화원장의 말은 토막토막 무를 자르는 듯했다. 다시 홍도의 카랑카랑한 목소리가 실내를 울렸다.

"못된 행실이라 하나 자신의 입으로 잘못을 고백하고 벌을 달게 받겠다고 한 아이입니다. 생도가 아니라도 좋고 화원이 되지 못해도 좋으나 도화서에 남고 싶다 청했으니 부디 은사를 베풀어주십시오."

"허허……. 생도도 아니고 화원도 아닌 자가 도화서에서 머물 곳이 어디인가?"

화원장이 빈정대는 듯한 미소를 지었다. 홍도는 기다렸다는 듯 대답했다.

"단청실이 있지 않습니까."

"단청실? 궁궐 전각에 단청을 입히는 칠쟁이들이 모인 곳 말인가?"

"그렇습니다. 화사라 하기에도 무엇하지만 단청실 또한 도화서 소관임은 분명하니까요."

"다들 어떠한가? 그 정도면 불편부당한 처결이 될 것 같은가?"

화원장이 좌중을 둘러보았다. 자신은 이미 결정했으니 그대로 추인하라는 무언의 지시였다.

사람들이 고개를 끄덕였지만 꿇어엎드린 신한평은 내내 일어날 줄을 몰랐다.

아침햇살이 기숙동 방안으로 길게 비쳐들었다. 영복은 이마에 송글송글 맺힌 땀을 소맷자락으로 훔치며 방문을 열었다. 해는 이미 저만치 높이 떠 있었다.

영복은 하얗게 부서지며 쏟아져내리는 햇살을 손바닥으로 가리며 실눈을 떴다. 마당엔 화사하게 피어난 봄꽃들이 눈부셨다. 짐보퉁이의 매듭을 동여매자 기어이 눈물이 솟구쳤다.

화원이 되고 싶었다. 아버지처럼, 아버지의 아버지처럼 모든 화원들 위에 우뚝 선 대화원이 되고 싶었다. 아니, 진심을 말하자면 뛰어난 화원도, 특별한 화원도 원하지 않았다. 그냥 화원이 되고 싶었을 뿐이다.

하지만 이제 생도청의 생도가 아닐 뿐더러 영원히 화원이 될 수 없다. 도화서 안에서도 가장 천한 자들이 모여 있다는 단청실. 4대에 걸친 궁중화원 집안의 장손이 목이 부러져라 처마끝만 올려다보며 색을 입혀야 하는 단청쟁이가 되고 만 것이다.

　원했던 일은 아니었다. 하지만 그것만으로도 다행이었다. 윤복의 재능은, 그 눈부신 예인의 혼은 알량한 자신의 모든 꿈을 바쳐도 모자랄 만큼 거룩했다. 윤복을 조선 최고의 화원으로 길러낼 수만 있다면 모든 서러움을 견딜 수 있었다. 그것은 아우의 재능을 지키는 일일 뿐 아니라 누대로 내려온 화원가문의 영광을 지키는 일이기도 했다.

　되었다. 윤복이가 무사하니 그걸로 된 거야. 후회할 일도 없고 후회해서도 안돼.

　스스로 되뇌어보지만 이루지 못한 꿈, 부러진 열망 때문에 영복은 자꾸만 서러워 눈물을 훔쳤다. 김홍도 교수를 찾아간 것은 지난밤 해시亥時가 한참이나 넘은 시각이었다.

　영복은 머리를 조아리며 고백했다. 도화서양식을 어기고 차마 눈뜨고 볼 수 없는 발칙한 그림을 그린 몹쓸 자가 바로 자신임을. 미심쩍은 표정으로 자신을 바라보는 홍도에게 영복은 간청하듯 말했다. 혹 생도청을 벗어나려는 아우가 가형의 죄를 뒤집어쓰고자 할지도 모르나, 그것은 철없는 아이의 잔재간일 뿐이라고……

　홍도는 한참을 생각한 후에 결심한 듯 말했다.

　"네가 네 죄를 스스로 고하였으니 마땅히 그 죄의 대가를 받을 것이다. 물러가라."

　홍도의 방문이 닫힌 후에도 한참동안 영복은 꿇어앉은 그 자리를 떠나지 않았다.

　그래. 된 거야. 아우에게는 아무일도 없을 거야.

　영복은 지난밤의 일을 잊기 위해 머리를 털며 혼자 웃었다. 웃고 싶어서 웃은 것은 아니었다. 억지로라도 웃고 나면 조금쯤 상심이 가실지도 모른다고 생각했을 뿐이다.

갑작스럽게 기숙동의 낡은 나무문 경첩이 끼익하는 소리를 냈다. 흰 생도복을 입은 윤복이었다. 눈물에 젖은 붉은 얼굴로 윤복은 신을 신은 채 대청마루로 뛰어올랐다.

"왜 쓸데없이 나선 거야?"

윤복의 손을 다독이며 영복은 희미하게 웃었다. 윤복은 스르르 온몸에 힘이 빠지며 바닥에 털썩 주저앉았다. 영복은 아직도 물기가 남아 있는 동생의 촉촉한 눈가를 조심스럽게 닦아주었다.

"왜냐하면……."

영복은 잦아드는 목소리를 골랐다.

"왜냐하면…… 네가 이곳에 남아야 하기 때문이야."

"그러면 형은?"

"나도 이곳에 남고 싶어. 어쩌면 너보다 더……. 하지만 우리 둘 중 하나만 남아야 하는 거라면…… 그건 바로 너야."

"난 이곳이 싫어. 그래서 떠나려 했던 거고……."

"머물기 싫다고 모두가 떠날 수 있는 건 아냐. 머물고 싶다고 모두가 머물 수 있는 것이 아니듯이."

"왜! 왜 형이 나대신 단청쟁이가 되어야 해!"

"널 위해서도, 날 위해서도 아니야."

"가문을 위해서라고 말하려는 참이야?"

"아니. 나 같은 자는 상상할 수도 없는 너의 재능과 예인의 혼을 지키기 위해서지."

"그걸 왜 형이 해야 하는 거지?"

"너의 재능을 아는 유일한 사람이 나니까. 도화서양식에 어긋난다고 모두들 널 말썽꾼 취급하지만, 넌 그런 자들이 감히 알아보지도 못할 엄청난 재능을 지녔어. 너의 재능은 너 혼자만의 것이 아니야. 우리 가문의 것이고 모든 사람들의 것이기도 해. 그러니 너는 이곳에 남아야 해. 이곳에 남아서 그런 자들은 꿈도 꾸지 못할 높은 경지를 보여줘야 해."

영복은 동생의 눈을 보며 말했다. 늘 맑게 빛나는 눈, 끝모르게 한없이 빠져들고 싶은 눈, 그 심연 속에 가라앉은 천재성을 엿볼 수 있는 유일한 창.

"가서 다 말하겠어! 내가 그린 거라고. 화원회의에 가서 말하겠어!"

"끝난 일이야. 화원회의의 결정은 번복되지 않아. 설사 잘못된 결정이라도⋯⋯."

영복은 두 개의 보퉁이 옆에 따로 싸두었던 작은 보자기를 풀어 윤복의 앞으로 밀었다.

"네가 가져라. 내겐 더이상 필요없는 물건이니까⋯⋯."

위원석渭原石 벼루* 와 청나라산 송연먹, 그리고 담비털과 귀한 사향노루털로 만든 대중소의 붓들, 정갈하게 손질된 화구들⋯⋯. 더이상 영복에게는 필요없는 것들.

신한평은 벽면에 일렁이는 자신의 그림자를 노려보았다. 곰방대에서 빨아올린 독한 담배연기가 갑갑한 가슴을 더욱 옥죄었다.

끄응 신음하며 꼬아앉은 다리를 바꿨지만 머릿속은 여전히 혼란스러웠다. 촛불이 흔들릴 때마다 벽에 비친 거대한 그림자가 일렁거렸다. 그 녀석은 어릴 때부터 그림자놀이를 좋아했지. 윤복이 빛이었다면 영복은 그 그림자였다. 빛과 그림자는 상반된 경계를 이루며 늘 불안하게 흔들렸다.

---

*평안북도 위원에서 나는 돌로 깎은 최고급 벼루.

한평은 울어야 할지 웃어야 할지 알 수 없었다. 영복을 생각하면 가슴 한 컨이 내려앉고 숨이 막혔다. 4대의 화원가계를 이어야 할 적손이 결국 생도청을 쫓겨났다.

그 아이에게 재능이 없었던가? 그런 것은 아니다. 겉으로 드러남도, 눈에 띄는 점도 없었지만 어릴 때부터 손에 익은 도화서양식의 착실한 계승자였다. 그 아이가 도화서에서 영영 내침을 당하다니…….

하지만 그 불행이 윤복의 것이 아니라는 사실은 다행스러웠다. 윤복은 하늘이 내린 재능을 지녔다. 당대의 찬사를 받을 화원이 아니라, 시대를 뛰어넘어 만인의 우러름을 받을 위대한 천재였다. 거기에 비하면 영복의 재주는 윤복의 붓씻기 도제에도 미치지 못했다. 물론 그것은 영복의 잘못이 아니었다.

신한평은 화원회의에서 윤복 대신 영복의 이름을 말하던 홍도의 얼굴을 떠올렸다.

그자는 늘 삼키기에도, 뱉기에도 껄끄러운 존재였다. 그 시건방진 시선을 느낄 때마다 눈살을 찌푸려야 했지만, 그 천재적인 재능 앞에서는 다시 숨을 죽여야 했다.

병오년 어진화사에서 수종화사隨從畫師 홍도는 이미 수석화원이었던 자신을 능가했다. 그리고 한평은 수종화사였던 홍도에게 붓을 넘겼다. 그 덕에 공신 작위를 받던 날 밤, 한평은 기방에서 밤새 통음했다.

홍도의 천재성은 한평이 부러워할 대상조차 되지 못했다. 하지만 이제는 아니다. 그를 능가할 재능을 지닌 아들이 있기 때문이다. 한평은 윤복을 볼 때마다 자신도 모르게 미소를 짓곤 했다.

홍도의 입에서 영복의 이름이 나왔을 때, 한평은 속으로 눈물을 쏟았다. 영복이 그런 그림을 그릴 재능이 없음을 누구보다 자신이 잘 알고 있었다.

홍도 역시 그 사실을 모를 리 없었다. 짧은 획 하나로도, 작은 점 하나로도 그린 자의 성품과 체구까지 알아맞히는 귀신같은 자 아니던가.

그런 홍도의 입에서 나온 영복의 이름은 두 가지 사실을 말해주었다. 윤복이 계속 생도청에 남을 수 있다는 것, 그리고 김홍도가 윤복의 천재성을 알아차렸다는 것.

그자는 윤복에게 독이 될까, 아니면 약이 될까? 천재들의 세계를 잘은 모른다. 하지만 한 가지만은 분명하다. 윤복이 천재라면 언젠가는 그자와 맞서야 한다는 것. 그리고 그자를 반드시 넘어서야 한다는 것.

한평은 불꺼진 곰방대에 다시 담뱃잎을 재워넣었다. 엄지손가락이 누렇게 절어들 정도로 입에서 곰방대를 떼지 않고 살아온 지 20년. 늙은 나이는 아니지만 살 날이 길지 않음을 깨닫고 있었다. 이태 전부터 짙어진 가래와 밤잠을 못 이룰 정도로 부쩍 심해진 기침 때문에 가슴 한쪽이 늘 답답했다.

한평은 불을 당긴 곰방대를 깊게 빨았다.

화원이 무엇인가. 그림을 그리는 자들? 왕의 얼굴을 그리고, 왕실의 모든 행사를 두 눈으로 지켜보는 자들? 수백 년에 걸친 숭고한 도화서양식을 이어가는 장인들? 끝간 데 없는 정념正念으로 궁극의 양식화를 그려내는 예인들?

그 모든 것이다.

하지만 한평은 담배연기를 길게 내뿜으며 입을 삐죽거렸다.

흥. 모르는 말이지…….

화원을 칭하는 가장 정확한 말은 '밀정'이었다. 예인이기도 하고 장인이기도 하지만, 그들은 누구보다 믿을 만하고 은밀한 밀정들이었다. 누가 그토록 가까이에서, 그토록 오래 왕의 얼굴을 또렷이 바라볼 수 있는가. 정승 판서보다 더욱 은밀하게 왕의 곁에 다가갈 수 있는 자가 누구인가. 누가 왕에게 그토록 큰 즐거움을 안겨줄 수 있을 것인가. 영의정? 좌의정? 우의정? 중전? 후궁들? 무수리들? 그들 누구도 화원이 하는 것처럼 왕에게 하지는 못한다. 아끼는 중신들은 왕의 시름을 더할 뿐이고, 아름다운 여인들도 순간의 즐거움만 안겨줄 뿐이다. 그것들을 어찌 화원이 진상하는 궁극의 즐거움에 비기겠는가.

극도로 세련된 양식미, 누대로 내려오면서 점점 고도화된 정제미, 왕의 위엄을 그대로 옮긴 도판들……. 왕은 그림들 앞에서 비로소 웃고, 안락하며, 위안을 얻는다. 그러니 화원보다 더 큰 영향을 왕에게 미칠 수 있는 자가 누구인가. 그처럼 가까이에서 왕을 친견하고 보좌할 자가 누구인가.

화원들은 본능적으로 임금의 마음을 움직이는 방법을 안다. 화원들은 붓질 한 번, 미세한 먹의 농담만으로도 왕의 기분을 바꿀 수 있다. 시름에 빠진 왕을 한 번의 붓질로 웃게 할 수도, 분기탱천한 왕의 분노를 몇 번의 붓질로 누그러뜨리는 법도 안다. 그런 화원이라면 정승판서를 마당개 부리듯 할 수 있다. 어쩌면 자신에게 그 모든 것들을 주는 왕조차도…….

그러니 뛰어난 화원이라면 조정의 온갖 파당의 유혹이 뻗쳐오기 마련이었다. 때로는 돈으로, 때로는 권력으로 화원들은 매수당하고 고용되었다. 화원들은 가장 믿을 만한 청탁자였고, 가장 뛰어난 수완가였으며, 가장 은밀한 밀정이었다. 당파와 당파, 가문과 가문을 오가며 그들은 정보를 흘리고 옮겼으며, 때로는 정보를 만들어내기도 했다.

신한평 또한 뛰어난 밀정들 중 하나였다. 도화서의 화원인 이상 그렇게 하지 않고 살아갈 방법이란 없었다. 하지만 천재적인 재능을 지닌 아이를 더러운 음모와 술수가 판치는 도화서에 머무르게 해야 할까?

한평은 스스로에게 물었다. 답은 '그렇다'였다. 도화서를 떠난 화원이란 있을 수 없으며, 도화서 화원이 아닌 불멸의 예인이란 상상할 수 없었다.

만인에게 추앙받는 궁극의 예인은 그 모든 술수와 음모를 겪고 나서야 될 수 있었다.

아무리 재능이 뛰어나도 도화서를 떠나서는 아무것도 아니다. 미치광이 환쟁이거나 천방지축의 그림쟁이에 지나지 않을 뿐. 잘 되어봐야 저자거리에서 돈 많은 시전상인 나부랭이들의 비위를 맞춰가며 됫술이나 얻어먹고 그 취한 몰골을 그려줄 수 있을 뿐.

그러나 윤복은 왕의 어진을 그릴 것이다. 내가 그랬고 내 아버지가 그랬듯. 그 아버지가 그랬고 또 그 아버지가 그랬듯. 그것은 한 인물이 아니라 권력을 그리는 일이니까. 비록 중인의 신분에 지나지 않지만, 자신의 존재를 천하에 드러내는 일이니까.

윤복은 그런 인물이 될 것이다. 왕을 그리는 자. 슬픈 왕을 기쁘게 하고 노한 왕을 달래는 자. 왕이 자신의 삶을 기대려는 자. 왕이 자신의 권력을 나누게 하는 자. 그리하여 스스로 권력이 되는 자.

한평은 입술에 힘을 주었다. 구릿빛 관자놀이에서 굵은 힘줄이 불끈거렸다.

얼굴 없는 초상화

정조

"사람은 죽고 산천은 변하나 그림은 천 년을 간다. 그러니 그림을 아는 그대라면 화원들의 죽음을 밝힐 수 있을 것이다."

홍도

얼굴이 없는 인물화, 인물을 그리지 않은 인물화…….

누구를 그리려 한 그림일까? 얼굴 없는 초상화 속의 사내는 누구일까?

2

"나는 사도세자의 아들이다."

희미한 어둠 속에서 윤기나는 목소리가 들려왔다. 등줄기가 찌릿해지며 목덜미에 소름이 돋았다. 어둠이 가득찬 방 안 저편에 한 남자가 반듯하게 앉아 있었다. 지난해에 즉위한 새 임금이었다.

젊은 임금에 대해 홍도는 많은 것을 알지 못한다. 다만 떠도는 이야기로 그의 삶이 순탄치 않았음을 짐작할 뿐이다. 지금도 민가에 소문으로 떠도는 그 사건은 입에 담기조차 참혹하다.

뒤주 속에 갇혀 죽어가는 아버지를 살려달라고 나이 열한 살에 할아버지인 선대왕에게 애원을 해야 했던 소년. 반대파들의 끈질긴 모해와 위협 속에서 실낱 같은 목숨을 부지하며 마침내 보위에 오른 왕.

나는 사도세자의 아들이다.

그 한마디 한마디는 선대왕 시대와의 단호한 결별선언이었고, 새로운 세상이 열렸다는 의미 이상이었다. 궁중모략으로 아버지를 잃고 자신 또한 끊임없는 위협 속에서 살아야 했던 한 청년의 선전포고였다.

그 말은 이미 수많은 조정대신들과 삼사관리들, 권력을 둘러싼 당파인 물들에게 엄청난 파문을 던졌다. 하기야 오래전부터 저자거리에는 음모와 계략이 횡행하는 조정에 곧 몰아닥칠 피바람에 관한 음험한 소문이 나돌고 있었다.

견평방堅平坊 도화서에서 창덕궁으로 향하는 지름길은 좁고 어두웠다. 내관의 길밝이등만 좇아 불려온 길이었다.

어둠과 침묵이 머릿속을 하얗게 부셔냈다. 홍도는 바닥을 짚은 손가락을 힘주어 그러모았다. 무슨 연유로 이 밤에 한낱 천한 도화서 화원을 불러다 이리 참람케 하시는가.

일찍이 조정은 온갖 당파로 조각조각 기운 누더기처럼 혼란스러웠다. 입신과 영달을 꾀하는 화원들은 제각기 살길을 찾아 이 파당 저 파당을 기웃거렸다. 그러다 그들의 끄나풀이 되어 그 영수의 초상을 그리기도 하고, 그들을 위한 염탐꾼과 밀정 노릇을 하기도 했다.

하지만 홍도는 언제 한 번 어떤 파당에 몸담은 적이 없다. 그러니 주상의 속내를 더더욱 알 수 없는 일이었다.

"십 년 전 도화서에서 일어났던 참변을 그대처럼 잘 아는 자도 없을 테지?"

나직한 목소리가 조아린 머리 위로 날선 도끼처럼 날아들었다. 새롭게 왕좌에 오른 임금이 어찌 기억하기에도 참혹한 십 년 전의 일을 캐려 하는가. 이 젊은 임금이 홍도는 위태롭고 안쓰러웠다.

"아뢰옵기 송구하오나 그 일을 잊었나이다. 전하!"

주상은 자세를 고쳐앉으며 말했다.

"나는 다만 억울한 죽음을 돌보려 할 뿐이다."

이 젊은 왕은 십 년 전의 핍박과 설움을 다시 캐내어 보상받으려는 것일까? 그는 보상받을 수 있을까? 보상받는다고 무엇이 달라질 것인가.

홍도는 어지러운 머릿속을 정리하며 간신히 입을 떼었다.

"전하! 물음을 거두어주소서. 벌써 십 년이 지난 일이옵니다."

홍도의 떨리는 목소리가 어둠 속을 떠돌았다. 주상의 반듯한 미간에 가는 주름이 잡혔다.

"백 년이 지나도 억울함은 억울함일 뿐이다. 십 년 전의 도화서 살인사건을 다시 조사하라."

젊은 왕의 카랑카랑한 목소리가 뜨거운 물처럼 조아린 머리 위로 쏟아져 내렸다.

도화서 화원 피살사건은 십 년 전 수석화원 강수항과 그 수종화원 서징이 당한 영문모를 죽음이었다. 도화서 내에서도 변두리방을 지키는 화원들이었기에 의금부에서조차 건성건성 손을 놓은 사건이었다.

당시 갓 스물의 도화서 화원이던 홍도는 의금부와는 별도로 사건을 조사한 적이 있었다.

"당시에도 목격자와 증거가 부족하여 미제로 묻어버린 사건입니다. 십 년이나 지난 지금 어찌 그 죽음의 연유를 명명백백 밝힐 수 있겠사옵니까?"

"사람은 죽고 산천은 변하나 그림은 천 년을 간다. 그러니 그림을 아는 그대라면 화원들의 죽음을 밝힐 수 있을 것이다."

홍도는 무슨 말을 하고자 했으나 끝내 할 말을 찾지 못했다. 다만 숙인 머리를 더 깊이 조아릴 뿐.

이 젊은 왕이 그 일을 끄집어내는 데는 필시 연유가 있을 것이다. 하지만 군왕이 말하지 않는 연유를 굳이 알려 함 또한 죄가 될 것이다. 다만 주상이 원하는 바를 행할 밖에…….

"어리석은 환쟁이오나 성심을 다하여 명을 받들겠나이다."

홍도의 목소리가 떨렸다. 주상은 비로소 길게 숨을 내쉬며 나직하게 말했다.

"은밀하여라."

홍도는 대답대신 몸을 낮추어 깊이 절하고 물러났다.

견평방 샛길로 접어들자 길가 잡초에 서린 이슬이 옷자락을 적셨다. 홍도는 발걸음을 늦추었다.

발걸음 대신 머릿속이 바빠졌다. 이제는 돌이켜 떠올리려 해도 가물가물한 십 년 전 일이었다.

그것은 오랜 상처를 다시 후벼파는 일이기도 했다. 겨우 잊어야 할 것을 잊고 포기해야 할 것을 포기한 지금, 그 시절의 아픔을 다시 헤집어 무엇을 어떻게 하겠다는 것인가.

홍도는 새벽의 궐안으로 자신을 불러 감당치 못할 명을 내린 주상이 원망스러웠다.

도화서에 다다르자 파루를 알리는 종루의 북소리가 들렸다. 홍도는 곧장 화서보관실로 향했다. 그곳에는 오래된 서화나 서책뿐 아니라 역대 화원들의 명부도 보관되어 있었다. 화원들의 그림과 개인문집, 도화서일지와 청나라에서 수입한 화첩들도 있었다. 그곳에서 가물가물한 기억 속에 묻힌 무언가를 찾을 수 있을지도 몰랐다.

지금 믿을 수 있는 단서는 기억보다는 기록이었다. 기억은 주관적이지만 기록은 객관적이고, 기억은 순간적이지만 기록은 영원하며, 기억은 혼동될 수 있지만 기록은 명확할 것이기 때문이었다.

찬 쇳대의 감촉을 느끼며 문을 열자 그윽한 묵향이 코를 찔렀다. 적막한
시간의 갈피 속에 얼마나 많은 이야기들이 두런거리고 있을 것이며 얼마나
많은 인물들의 웃음과 울음들이 스며 있을까.

홍도는 손때 묻은 도화서일지들이 차곡차곡 달별로 쌓여 있는 서가로 다
가갔다. 흔들리는 등잔불을 쳐들고 오래 손이 닿지 않은 도화서일지를 찾
아들자 풀썩 먼지가 일었다.

홍도는 소리 죽여 잔기침을 하며 등잔 아래에서 책갈피를 펼쳤다.

오월 열아흐레.

도화서 화원 김홍도가 수석화원 강수항의 죽음을 보고하다.

묘시 전후에 도화서 수석화원 강수항이 본가에서 사망했다는 의금부의 전갈이
있었다. 수종화사 김홍도가 즉시 현장으로 달려갔다. 현장의 금부관원은 방 안에
반듯이 누운 시신의 사후경직으로 보아 사망시각을 축시경으로 짐작하고 노환에
무리한 작업으로 인한 자연사로 추정했다. 이와 관련한 화원 서징의 의견진술이
있었으나 신빙성 없으므로 기록하지 않는다. 도화서에서는 고인의 장례를 성대히
치르고 존호를 수석화원에서 대화원으로 승격할 것을 결정했다.

본관은 진주. 초상화와 인물에 능했다. 아들로 유언, 진언 형제가 있다. 사가에
운림헌이라는 사화서를 운영하였다.

기록은 그것으로 끝이었다. 새롭게 드러난 사실은 없었다. 흘려쓴 짧은
몇 줄의 글 속에 크고 깊었던 스승의 삶은 초라하게 규정되어 있었다. 홍도
는 다급한 마음으로 스무사흗날의 기록을 찾았다.

오월 스무사흘.

화원 서징이 괴한에게 피살되다.

도화서 화원 서징이 오늘 새벽 자신의 집으로 들이닥친 괴한의 칼에 맞아 숨겼다. 금부는 평소 서징의 괴팍한 성격과 광기어린 태도로 미루어 원한관계에 의한 살인을 의심하고 있다. 서징은 인물을 주로 그리고 의궤나 큰 그림에 참여한 적이 없어 도화서에 크게 기여한 바 없다. 평소 지기인 김홍도 등이 장례를 주관한다.

사건은 그때보다 더욱 은밀하고 음험하게 감추어져 있는 것처럼 보였다. 시간은 사건을 희석시키고, 진실을 풍화시켰다. 그토록 많은 의문과 진실들이 간단한 몇 줄의 기록으로 가려져버렸다. 기록된 거짓이 기록되지 않은 진실을 지워버린다면, 이런 기록은 차라리 없는 편이 낫다.

기억은 못 믿을 것이기는 하지만, 그렇다 해도 유일하게 기댈 수 있는 단서였다. 하지만 무엇부터 어떻게 시작해야 할까? 유일한 사건의 기록은 없는 것만 못할진대, 대체 무엇으로 단서를 삼아 기억을 되살려야 할까?

홍도는 혼란스런 옛기억을 떠올리며 따가운 눈을 부벼댔다.

변고를 듣고 헐레벌떡 스승의 본가에 도착한 것은 어렴풋이 먼동이 터올 무렵이었다.

부드러운 미소를 머금은 스승은 깊은 잠에 빠진 듯 평온했다. 거기에서는 어떠한 의심스러운 점도 발견할 수 없었다. 복된 죽음이요, 평안한 최후라 할 만했다.

방안은 가지런히 정돈되어 있었다. 반듯한 서안과 그 위의 서책 몇 권, 깨끗이 정리된 필통 안의 크고 작은 붓, 그리고 서안 뒤편의 8폭 병풍……. 과로로 죽은 사람의 방이라 하기에는 너무도 정갈했다.

"고인이 이 방에서 돌아가셨소?"

"아니오. 화실에서 돌아가셨으나 가족의 바람이 있어 이 방으로 모셨을 뿐이오."

억센 수염이 삐친 금부관원의 눈빛에 알 수 없는 적대감과 불안감이 어렸다. 그 눈빛은, 어떻게 고인이 이 방에서 죽지 않았음을 알았느냐는 의문을 담고 있었다.

답은 간단했다. 스승의 손목에 묻어 있는 검은 먹 얼룩이었다. 평생을 먹과 함께 살아온 깐깐한 스승이다. 아무리 피곤해도 손끝에 얼룩을 묻히거나 하지 않는 세심한 붓질이다. 하물며 손목 위까지 먹물을 튀길 일은 없을 것이다. 만일 그렇다 해도 화실을 떠나기 전에 깨끗이 손을 씻었을 것이다.

모든 화원은 양반이 되지 못한 신분의 벽을 환부처럼 안고 살아간다. 집 안에서만이라도 양반사대부로 행사하고 싶은 화원이 내실까지 먹 얼룩을 지니고 들어오지는 않았을 것이다.

"그런데 어찌 방에서 돌아가신 양 기별을 한 것이오?"

"금부는 고인이 이 방에서 사망했다고 말한 적이 없소. 다만 자택에서 사망했다고 했을 뿐이지."

관원이 고까운 표정으로 홍도를 노려보았다. 홍도는 평온한 미소가 감도는 스승의 마지막 표정을 다시 살폈다.

죽음은 느닷없고 갑작스러웠지만, 이어진 일련의 일들은 마치 오래전부터 준비해왔던 것처럼 질서정연하게 진행되었다. 화원들은 정해진 절차처럼 숙연한 표정으로 곡을 하고 슬퍼한 후 일상으로 돌아갔다. 도화서 생도들은 새벽마다 벼룻물을 떠 날랐고, 화원의 화실에서는 먹물이 마르지 않았다.

홍도는 지금에서야 다시 생각하고 있다. 그 일은 치밀하게 계획된 그림에 의해 이루어진 것이 아닐까?

뒷목에 소름이 우수수 일어섰다.

그러면, 억울한 죽음의 내막을 좇아 미친개처럼 헤맸던 일도, 범인을 찾지 못한 죄책감에 괴로워하던 시간도 모두가 누군가의 계획에 들어 있었을까? 지금 이 어둠 속에서 괴로워하는 것 또한 그자의 계획에 미리 예정되어 있었을까?

한잠도 자지 못한 두 눈이 그때서야 따끔거렸다. 마음은 무거웠고 머리는 복잡했다. 어느새 희부윰한 여명이 밝아오고 있었다.

홍도는 옷자락을 젖히며 자리에서 일어났다. 누군가를 만나야 한다면 그 기억의 끝자락에 있는 사람을 만나야 하겠고, 어딘가를 가야 한다면 그 기억의 끝을 다시 이어갈 수 있는 곳으로 가야 했다.

오래 눌렸던 오른쪽 발목이 찌릿하게 저려왔다.

거의 육 개월치 그림주문이 밀린 신한평의 화실은 분주했다. 화원들은 밤잠을 아껴 그림을 그리지만 주문은 더욱 밀려들었다. 양반들에게 인기 있는 산수와 사군자는 그리기가 무섭게 팔려나갔다.

신한평은 화실 안을 바쁘게 오가며 도제들을 다그쳤다. 윗사람을 대하고 아랫사람을 다루는 그의 수완은 보통이 아니었다. 화원이 아니라 거간꾼으로도 크게 성공한 사람이었다.

실제로 그는 굵직한 화상으로 이름이 나기도 했다. 귀한 그림을 찾는 고관대작과 도성 부자들의 발길은 어김없이 그의 화실을 찾았다.

문 앞에서 얼쩡거리는 홍도를 화실 옆 별채로 이끈 신한평은 옥색의 찻물을 따랐다.

반갑지 않지만 자신의 집을 찾는 손님에게 웃음을 보이지 않은 적이 없다. 세상일에 어두워 우중충한 신세이지만 이자의 뛰어난 재능을 누구보다 잘 알고 있다.

"그림을 팔아먹어야 할 물건으로 생각해야 하니 딱한 노릇일세. 이건 숫제 화원이 아니라 그림장사가 되어버린 격이니……. 어쩔 땐 세상일에 무심한 자네가 부럽기만 하다네."

은근한 자기자랑 같은 한평의 너스레는 수완 없이 말직을 벗어나지 못하는 홍도를 은근히 비꼬는 듯했다. 한평은 말을 이었다.

"재능이 아무리 뛰어나면 무슨 소용이 있던가. 세상사람들이 알아주어야 할 게 아닌가. 자네 재능에 나의 수완이 더해진다면 최고의 물건이 될 걸세."

요령없고 낯가림 심해 재능을 썩히는 홍도에게 한평은 넌지시 구미당길 만한 제안을 던졌다. 하지만 홍도는 속이 들여다보이는 그 속물근성에 역겨움이 치밀었다.

이자는 모든 사람을 대할 때 이런 식이다. 구매자가 아니면 판매자, 지금 이용할 자와 나중에 이용할 자……. 이자에게 이용가치가 없는 인물이란 없을 것이다.

"분에 넘치는 제안이나 그림이 거래나 흥정의 대상은 아니지요."

이 순진하고 성질 격한 화원녀석은 자신의 감정을 속이지 못한다. 하지만 두고보아라. 언젠가 그림을 팔아달라고 무릎으로 기어들 날이 있을 테니…….

그렇게 눈으로 말하는 동안에도 한평의 얼굴은 여전히 웃고 있었다.

"난 또…… 최고의 화원을 내 사람으로 만들었나 싶었더니……."

한평은 홍도와는 다른 종류의 인간이었다. 그는 세상의 어떤 사람이라도 자신에게 필요한 쪽으로 이용할 수 있는 자였다. 필요하다면 저승사자와도 흥정을 할 것이고, 영달을 위해서라면 똥밭에라도 구를 것이며, 이익을 위해서라면 원수와도 손을 맞잡을 위인이었다.

"어른을 찾아뵌 것은 십 년 전의 변고에 대해 궁금한 점이 있어서입니다."

한평의 얼굴에 잠시 당황하는 기색이 스쳤으나 그는 곧 표정을 고쳤다.

"이제와 하는 말이지만… 그때 사건의 결말을 내지 못한 건 사건을 그대로 묻기를 원하던 도화서 원로화원들의 보이지 않는 압력이 있었기 때문이었지."

한평은 뱀처럼 작은 눈을 반짝이며 다시 차를 따랐다. 시간은 기억을 지우고 진실을 묻어버렸지만 새로운 진실을 드러내기도 했다. 당시에는 목숨이 걸린 사실이었을지는 몰라도 지금에야 의미없는 오래전의 일을 넋두리로 늘어놓을 수도 있지 않을까?

홍도는 생각하기 싫은 기억을 다시 떠올렸다.

원로화원들은 사건을 뒤쫓는 자신에게 드러내놓고 적대감을 드러냈다. 늘 그런 자들이다. 자리보전에 연연하고 한평생 자신의 영달에만 바쁜 자들. 젊은 시절 어진 작업에 한 번 참여한 것으로 평생을 놀고 먹는 자들.

그런 자들이니 도화서 안에서 살인이니, 칼부림이니 하는 말만 들어도 질겁을 했다. 대충 얼버무려 덮은 사건을 헤집어대는 홍도가 눈엣가시였을 것이다.

사건을 파헤치고 다니는 홍도를 나무라는 화원장 김계주의 목소리가 매일 도화서를 울렸다.

"사건에는 밝혀지지 않은 조화가 있습니다. 두 사람의 죽음은 분명한 살인입니다."

화원청으로 불려다니던 어느날, 홍도는 결국 해서는 안 될 말을 하고야 말았다. 사건의 진실을 밝히려는 의지라기보다는 절망적으로 내뱉은 자포자기였다.

그들은 홍도가 그렇게 도발적인 말을, 그렇게 무례한 방식으로 해주기를 원하고 있었는지도 모른다. 김계주는 보일 듯 말 듯한 미소를 지었다.

"자네의 부적절한 처신과 괴팍함을 일찍이 들었으나, 이제 음험한 살인을 운운하니 이 일을 정식으로 문제삼겠네."

다음날 원로회의에서 홍도의 운명은 예정된 바대로 결정되었다. 회의는 화원 김홍도가 본직을 소홀히 하고 허황한 살인의혹을 퍼뜨리는 등 괴팍한 행사를 그칠 줄 모르므로 의궤작업을 비롯한 일체의 화사에서 물러나라고 지시했다.

"멍청한 늙은이들! 지네들끼리 잘해보라지!"

귀끝까지 붉어진 홍도는 갓신을 벗어 패대기치며 훅훅 뜨거운 숨을 내뿜었다. 화원회의는 홍도에게 당장 방을 비우라는 명을 전했다. 홍도는 방으로 돌아와 보잘 것 없는 짐을 꾸렸다.

그리고 생도청의 1년은 2년이 되고 또 3년이 되었다. 격정에 못이긴 젊은 한 시절의 실수가 인생을 송두리째 바꿔놓으리라는 것을 그때는 미처 알지 못했다.

홍도는 냉정하게 스스로에게 되물었다.

그때 나는 내가 해야 할 일을 다 했던가? 나에게 닥친 현실을 피하지 않고 받아들였던가?

아니었다. 지금 생각하면 분명히 알 수 있다. 자신이 비겁했다는 사실을……

홍도는 얼굴표정을 길게 늘어뜨리며 무심함을 가장하여 다시 물었다.

"화원장 김계주 어른이 사건을 무마하려던 이유가 무엇이었습니까?"

한평이 대답대신 지그시 눈을 감았다. 김계주. 당대 도화서의 수장으로 세도를 떨치는 최고의 화원이었다. 줄을 대어야 할 가치가 있는 자이고, 결국은 밟고 올라서야 할 자다. 모든 적들은 친구이며 모든 친구는 적이라는 생각으로 도화서 생활을 겪어온 것이 30년. 한평은 홍도와 김계주 그 어느 쪽도 놓치고 싶지 않았다.

"도화서 화원이 두 명씩이나 죽어나갔으니 어떻게든 빨리 사건을 덮고 싶었겠지."

"김계주 어른은 모두가 알다시피 벽파 영수 조영증 대감의 후원을 받고 있었습니다."

한평은 한마디 한마디를 신중하게 머릿속으로 가다듬으며 들었다. 홍도의 물음에 답하면서도 벽파 영수 조영증에게 누가 되지 않으려는 아슬아슬한 줄타기였다.

"조영증 대감은 왜 서징의 죽음을 캐는 것을 막았을까요?"

한평은 홍도가 그 이야기를 물어올 것을 이미 알고 있었다. 영민하고 두 뇌회전이 빠르지만 그만큼 속내를 감추지 못하는 단순한 자였다. 그렇기 때문에 영달에는 도무지 젬병이겠지만…….

한평은 피식 웃음을 흘렸다.

"자네는 두 화원의 죽음 뒤에 조영증 대감이 있다고 의심하는가?"

"그렇다고 말씀드릴 수는 없지만, 그렇지 않다고 말씀드릴 수도 없습니다."

이런 고지식한 인사를 보았나…….

한평은 홍도를 딱하다는 눈길로 쳐다보며 말했다.

"그렇다면 말을 말게. 지금 와서 까뒤집는다고 일이 해결되지도 않을뿐더러 평지풍파만 일으킬 뿐이야. 죽은 사람은 죽은 사람이고 산 사람은 살아야 하지 않겠나."

신한평이 윤기나는 수염을 쓰다듬으며 두 눈을 지그시 감았다.

북한산 아래 서징의 폐가를 찾은 것은 땅거미가 어둑어둑해질 무렵이었다. 초가지붕은 한쪽이 내려앉았고, 오래된 서까래는 군데군데 썩어 있었다. 담 밑에는 주먹만한 쥐들이 떼를 지어 몰려다녔다.

아린 가슴 속에서 서징의 웃는 모습이 떠올랐다. 그림재주로 치자면 천재 소리를 듣는 자신과 견줄 만하고, 인물로 따지면 신선과 겨룰 만한 준수한 사내였다.

수석화원 강수항의 천거로 도화서 화원이 되었으나 서징은 출신이 막연했다. 경상도 상주 태생이라는 정도만 알려졌을 뿐 그의 가문과 이력은 모호했다. 다만 그림 실력이 워낙 출중하여 생도청을 거치지 않고 화원이 될 수 있었던 것이다.

도화서는 뿌리없는 자들을 쉽게 받아들이지 않았으나 특별한 경우 그림 실력이 뛰어난 자를 뽑아 쓰기도 했다. 자신들의 내부에서 도저히 찾을 수 없는 실력을 지닌 자에게 화원이 되는 은전을 베풀고 그들의 기예와 헌신을 취했던 것이다.

서징 또한 그런 자였다. 그러니 서징은 자신의 출신이나 신분과 같은 개인사나 가족 등 사생활에 관해서도 일절 입을 열지 않았다. 도화서 안에서 비교적 가까운 사이라 할 홍도에게도 마찬가지였다.

하지만 홍도는 그점을 섭섭하게 생각하지도 않았고 군이 알려고 하지도 않았다. 도화서의 화원에게는 별로 자랑스럽지 못한 개인사나 가족사 말고도 얼마든지 나누어야 할 이야기가 많았다. 새로운 그림에 대한 의견, 새로운 구도와 기법, 재료에 대한 논의를 하는 것만으로도 충분했다. 게다가 홍도의 성격 자체가 남의 속을 미주알 고주알 알고 싶어하지 않는 데다 무언가 말 못할 사정이 있는 듯한 서징의 상처를 건드리고 싶지도 않았다. 들리는 말로 서징은 어린 시절 부모를 잃고 떠돌며 이 절 저 절의 단청쟁이로 일하기도 하였고 저자의 환쟁이로 떠돌기도 했다고 한다.

사실 서징이 홍도보다 대여섯 살 연장이었으나 그는 나이 한두 살로 위아래를 나누는 일을 우습게 여겼다.

허물좋은 신분과 나이의 위계 따위는 안중에도 없는 듯 거침없는 성정을 지녔기 때문이다.

그러니 출세와 벼슬에는 뜻이 없고, 그림 중의 상품이라 치는 사군자와 산수는 마다한 채 인물화나 별나고 기괴한 그림에만 몰두했다. 대가의 기와집을 짓는 데 주춧돌의 위치와 기둥, 칸칸의 구조를 그려 미리볼 수 있게 하는가 하면, 갈수기에 저수지의 물을 퍼올리는 듣도 보도 못한 기계를 그려 목수들을 불러 만들기도 했다.

말 많은 사람들에 의하면 그의 화실은 무슨 대장간을 보는 듯하다고 했다. 용도와 정체를 알 수 없는 기괴한 기계장치와 수많은 도면으로 가득차 있다는 것이었다. 언젠가 조심스럽게 묻는 홍도에게 서징은 사람 좋은 웃음을 머금고 말했다.

"점잖치 못하지만 쓸모는 있지. 고작 붓질 몇 번에 난초촉 몇 대 찌끄려 놓고 명품입네 하는 것보다야 새 기계를 만드는 도면이니 유용하지 않은가."

괴팍한 겉모습 속에 맑은 정신과 깊은 지식을 지닌 주인을 잃어버린 폐가는 을씨년스러웠다. 돌담은 무너지고 흙벽은 떨어져 나갔으며 문살은 부러져 있었다.

썩어가는 화실 문짝을 밀어젖히자 끼익하는 기분나쁜 소리가 났다. 어둠과 정적의 장막처럼 끈적이는 거미줄을 두 손으로 걷어냈다. 서징이 살아 있을 때 만들었던 의기倚器들이 썩고 삭은 채 여기저기 나뒹굴었다. 수레를 굴리는 것만으로 거리를 측정할 수 있다는 기리고차記里鼓車, 손잡이만

앙상하게 남은 탈곡기…….

먼지 사이에서 하얀 이를 드러내며 활짝 웃는 서징이 불쑥 나타날 것 같
았다. 하지만 그것은 단지 바람일 뿐, 세월은 많은 것을 바꾸어놓았다. 그
리고 바뀐 것은 쉽게 돌아오지 않았다. 남은 것이라곤 확실하지도, 정확하
지도 않은 희미한 기억의 조각들뿐…….

화실 밖으로 나서자 멀리 서쪽 하늘이 귤빛으로 노랗게 물들어가고 있었
다. 멀리서 흰저고리 차림의 여인이 옆구리에 광주리를 들고 다가왔다. 서
징과 담 하나를 사이에 두고 살던 옆집 아낙이었다.

앞머리를 흘려내린 채 오르막을 힘겹게 오르던 여인이 갑자기 앞을 막아
서는 낯선 사내를 보고 흠칫 놀랐다.

"혹 십 년 전 저 집에 살았던 화원을 기억하는가?"

갑작스런 질문에 긍정도 부정도 하지 못한 여인은 경계하는 눈으로 홍도
를 바라보았다.

"저는 모릅니다요. 목구멍이 포도청에다 푸성귀로 하루 끼니를 떼우기
도 힘든 처지에 십 년 전 일이라니……."

여인이 말을 채 끝내기도 전에 홍도는 도포자락에서 꺼낸 엽전꾸러미를
여인의 광주리에 훌쩍 던져넣었다. 철커덩 하는 쇳소리와 묵직한 무게감이
여인의 지친 마음을 순식간에 고동치게 했다.

"어떤 것이라도 괜찮네. 그 불상사가 일어나던 즈음의 기억이 있으면 말
해보게."

여인은 눈길을 내리깔며 주춤 물러섰다.

"그날 아침…… 나물광주리를 챙겨 집을 나서는데 포졸 한 무리가 들이
닥치더군요. 무슨 변고가 난 것 같았습니다. 하기야 며칠 전부터 낯선 사람
들이 화원의 집을 찾는 것이 이상하긴 했습니다만……."

홍도가 먹이를 문 짐승처럼 예민해졌다.

"낯선 사람들? 어떤 사람들 말인가?"

"글쎄요. 여종 행색의 여인도 있었던 것 같고…….."

홍도의 머릿속에서 갑자기 수십 마리의 고삐 없는 말들이 사방으로 달리기 시작했다.

"그 사람들이 화원의 내실로 들던가?"

홍도가 그렇게 물은 데에는 이유가 있었다.

아내를 여의고 혼자 살아온 서징이었으니, 이 산골벽지까지 찾아온 여인이라면 혹 그를 사모하던 여인은 아니었을까?

장가를 들었으나 역질로 아내를 잃고 혼자 산다는 말을 들은 적이 있다. 그 이상은 알고 싶지 않았지만 일을 당하고 보니 문득 그의 여자 관계에 생각이 미친 것이다.

"내실이 아니라 화실로 들어갔습니다. 여인뿐만 아니라 다음날에는 대갓집 막종처럼 보이는 젊은 사내와 어린 사내아이 또한 들렀습죠."

"여종과 젊은 막종과 사내아이라…….."

그 세 사람을 찾을 수 있다면 서징의 죽음을 밝힐 단서를 찾을 수도 있을 것이었다. 답은 두 가지일 것이다. 그들이 서징을 죽였든가, 그것이 아니라면 그들이 서징의 죽음을 불러왔던가…….

하지만 어디에서 그들을 찾는단 말인가? 여종 행색의 여인, 대갓집 막종, 어린 사내아이…….. 어떤 방식으로도 조합되지 않는 세 명의 방문자.

홍도는 답답해졌다.

"서징에게 혹 핏줄이 있었던가?"

"예. 어린 딸이 하나 있었습니다."

"그 아이는 어찌 되었나?"

홍도의 물음에 여인은 금방 울상이 되어 눈가에서 눈물을 찍어냈다.

"으이그……. 말도 하기 전에 어미를 잃은 어린것이 다시 졸지에 그 변고를 당하니 어쩔 도리가 있습니까……."

"아, 그러니까 어떻게 되었는지를 묻고 있지 않나!"

홍도가 버럭 소리를 질렀다. 고함은 여인이 아니라 스스로에게 지르는 분노의 목소리였다. 비명에 간 동료의 혈육을 건사하지 못하고 낯선 여인에게 묻는 자신에 대한 자책이었다.

부끄럽고 죄스러웠다. 십 년 전…… 그때는 어렸고, 모든 일들은 삽시간에 번지는 불길처럼 갑작스러웠고 버거웠다. 하지만 사람이 이렇게 매정하고 무심하고 매몰찬 짐승이던가!

홍도는 어금니를 꾹꾹 씹으며 자책감을 억눌렀다.

"변고가 있던 날 아침, 화실에서 우는 어린것을 냅다 안고 뛰쳐나왔습죠. 며칠 후 경상도 상주 땅에 산다던 화원어른의 집안형님이라는 분이 그길로 아이를 데려갔습니다요."

상주 땅이라면 왕복 보름길, 찾아가서 몇 마디 물어볼 수야 있겠지만 철부지 어린아이가 무엇을 기억할 수 있을 것인가. 설사 기억한다 하더라도 그 아이에게 아픈 기억을 되새기게 한다는 것도 못할 짓이었다.

이 어둠의 어느 끝에서 시작해야 하나…… 홍도의 얼굴에 낭패감이 어렸다.

"혹 그 세 사람의 용모나 신체의 특징을 기억할 수 있나?"

"에구……. 십 년 전 잠시 스치듯 본 사람의 얼굴을 어떻게 기억하라 하십니까. 다만 기억에 남아 있는 건…… 그이들 모두 가을도 다 지난 계절에 무명옷 위에 거친 베옷을 입고 있었지요."

홍도의 두 눈이 반짝 빛났다.

다음으로 홍도가 찾아간 곳은 강수항의 집이었다. 마지막으로 스승의 집을 찾았을 때, 아직 상복을 벗지 않은 스승의 큰아들 강유언은 눈물이 마르지 않은 눈으로 홍도에게 말했었다.

"아버님은 이미 돌아가신 분이고 의금부에서도 자연사로 종결한 사건이오. 설사 공의 짐작대로 아버님이 누군가에 의해 피살되셨다 해도 증명할 길은 없소. 다만 남은 식솔들은 아버님의 명예와 가문의 이름에 누가 되지 않기를 바랄 뿐이오."

그렇겠지. 집안의 어른이 누군가에게 살해당한 것보다는 그림을 그리다 화실에서 조용히 숨진 편이 가문의 체면에 훨씬 유리할 테니까. 죽은 사람은 어차피 죽은 사람, 살아 있는 자들은 가문을 이어가야 할 것이다.

스승은 오래전 떠났으나 가문은 더욱 번성하여 별채를 세 칸이나 더 지었다. 한눈에 보기에도 웅장한 대가의 위용 앞에 스승의 존재가 무색해진 것 같아 홍도는 쓸쓸해졌다.

마당에는 예전보다 더 많은 종들이 바쁘게 오갔고, 새로 얹은 기와는 산뜻했다. 사랑채로 들자 회칠한 축대와 귀갑문龜甲文을 새긴 화려한 담장이 보였다. 대청마루에는 오래전 젊은 시절의 스승을 닮은 강유언이 우뚝 서 있었다.

"급작스런 변을 당하여 걱정했으나 난관을 이기고 정진해 과거에 급제하셨다 들었습니다."

홍도가 눈을 내리깔며 말했다. 강수항의 죽음 이후 그 후 두 아들이 연이어 입신했다는 이야기를 들은 적이 있다. 화원은 중인의 신분으로 과거에 응시하지 못하나, 어진화원 강수항의 공적을 높이 사 나라에서 그 후손들에게 은전을 내렸다는 것이다.

"선친의 업적을 높게 보신 조정어른들의 도움이 컸습니다."

강유언이 홍도의 표정을 살피며 조심스럽게 말했다.

"그런데 어쩐 일로 갑작스럽게……."

"몇 가지 알고 싶은 점이 있어서……. 폐가 되진 않을 테니 걱정마십시오. 종자들에게 몇 가지 문질하는 것으로 족합니다."

홍도가 말끝을 얼버무렸다. 강유언의 얼굴에 긴장한 기색이 드러났다.

"십 년 전의 일입니다. 가슴 찢어짐으로 말하자면야 자식인 저보다 더할 사람이 어디 있겠습니까. 말릴 마음은 없으나 새삼 아픈 상처를 건드리시지는 않았으면 합니다."

강유언이 입술에 힘을 주었다. 홍도는 허리를 숙여 절하고 사랑을 물러났다.

다음날 아침 강유언의 집으로 갔을 때, 입궐한 그를 대신해 청지기가 홍도를 안내했다. 홍도는 그에게 십 년 전부터 일해온 집안의 종들을 만나고 싶다고 했다.

"대화원께서 돌아가신 직후 젊은 막종 하나와 계집종 하나가 눈이 맞아 야반도주를 했고, 늙은 행랑아범은 죽었습니다. 지금은 식모와 마당쇠, 그리고 소인이 남았습니다."

"그렇다면 대화원께서 돌아가시던 해의 변고를 아시겠소."

홍도의 말에 청지기가 경계의 눈빛을 보였다.

"미련한 자가 나이먹어 머릿속이 점점 어두워져만 가니 바로 어제 일조차 깜빡깜빡합니다. 어찌 오래전의 가물가물한 일을 떠올리라 하십니까. 갑작스런 변고에 혼비백산 장례를 준비하고 손님을 치른 기억밖에 없습니다."

홍도는 물에 불은 손을 앞치마에 닦는 식모에게로 다가섰다. 하지만 그녀 또한 도움이 안 되기는 마찬가지였다. 초상을 치르는 동안 음식준비에 바빠 아무것도 기억나지 않는다는 대답이었다. 구슬러도 보고 윽박질러도

보았으나 소용없었다.

그들은 말을 하지 않는 것인가, 아니면 말을 못하는 것인가?

가슴을 졸이고 있을 때 막종 하나가 시큼한 땀 냄새를 풍기며 중문을 들어섰다. 홍도는 똑같은 질문을 던졌다.

"십 년 전 대화원 어른께서 돌아가신 즈음의 일을 기억나는 대로 말해주게."

"소인이 아둔하여 금방 들은 것도 까먹을 지경이니 그때 일을 어찌 기억하겠습니까? 마당에 가득한 손님상을 나르느라 아무것도 볼 겨를조차 없었습니다요."

막종은 홍도의 눈을 피해 발끝에 시선을 고정시킨 채 중얼댔다. 기다렸다는 듯 따라온 청지기가 나섰다.

"도움을 드리려 했으나 큰 도움이 되지 못한 것 같아 송구스럽습니다."

"아니오. 나름대로 의미는 있었으니까…"

중치막자락을 여미며 나서던 홍도가 다시 몸을 돌려 막종에게 물었다.

"고개를 들어 나를 보게. 나를 기억하겠는가?"

막종은 홍도의 말이 끝나기도 전에 고개를 가로저었다.

"모릅니다요. 기억하지 못하겠습니다요."

흔들리는 사내의 눈을 똑바로 들여다보던 홍도는 빙긋 웃으며 커다란 솟을대문을 나섰다.

원하던 대답은 얻지 못했다. 하지만 헛된 일은 아니었다. 원하던 대답을 얻지 못한 것이 소득이니까. 그들은 무언가를 감추고 있거나 거짓말을 하고 있었다. 그 침묵과 거짓은 강유언의 지시 때문일 것이다.

집안의 종자들을 만나게 해달라고 강유언에게 미리 부탁한 것은 잘한 일이었다. 강유언이 종자들에게 미리 철저한 함구령이 내릴 수 있도록 여유를 준 것이니까.

마당쇠는 스승의 변고가 살인이라고 떠벌이며 집안을 설쳐대던 서징과 드잡이까지 했던 자였다. 그런데도 단지 술병을 날랐을 뿐이라고 대답했다. 강유언은 분명 무언가를 숨기려 하고 있었다. 더이상 얻어낼 수 있는 것은 없을 것이다.

실마리는 어쩌면 엉뚱한 곳에서 풀릴지도 모른다.

대문을 나서며 홍도는 스승의 집을 다시 한 번 힐끗 쳐다보았다.

화실이 있던 곳에는 화려한 사랑채가 들어섰다. 한때 젊고 부지런한 도제들이 땀흘리던 화실은 흔적도 찾아볼 수 없었다. 화원의 운명을 끔찍이도 싫어했던 강유언이 부친의 존재 자체를 지우려 한 것 같아 홍도는 씁쓸해졌다.

하지만 대문 계단을 내려서는 순간 머릿속이 확 밝아지는 듯했다. 모래밭에서 바늘을 찾아낸 기분이었다.

스승의 도제! 그것을 왜 진작 생각하지 못했을까. 화실을 떠난 도제들이야말로 오염되지 않은 순수한 증인이었다. 강유언도 그들의 입을 틀어막을 수는 없을 테니까……. 하지만 뿔뿔이 흩어진 자들을 어디에 가서 찾는단 말인가? 어떤 자는 모든 꿈을 접고 낙향했을 것이고, 또 어떤 자는 알량한 그림재주로 장터를 떠돌거나 대갓집 사랑손을 청하며 동가식서가숙하고 있을 것이다.

헛되고 부질없으며 무모하기까지 하지만, 무언가 해야 했다. 많은 도제들과 수종화원을 거느린 큰 규모의 사화서를 찾아야 할까?

하지만 깐깐하고 고지식했던 스승의 도제라면 실력이 아무리 좋아도 요령없는 벽창호이기는 마찬가지일 것이다. 그런 벽창호가 몸을 의탁할 만한 화원은 누구인가?

머리가 생각하기도 전에 두 발이 먼저 움직였다.

홍도가 향한 곳은 김수명의 화실이었다. 김수명은 도제 넷을 데리고 초라한 화실을 꾸려나가는 수석화원이었다. 등신이란 소리를 들을 만큼 고지식하고 물정에 어두운 치였다.

화실은 자신의 사랑채 옆에 돌담을 쌓고 지은 두 칸짜리 별채였다. 초라하리만치 소박한 화실 안에서 세 명의 도제들이 먹을 갈고 그림을 그리고 있었다.

햇살이 드는 창가에서 난을 치던 김수명은 조심스럽게 들어서는 홍도를 놀란 눈으로 바라보았다.

"단원이 아닌가. 이렇게 누추한 곳에는 갑자기 웬일인가?"

머릿수건을 벗자 약간 벗어진 이마가 반들거렸다. 먹으로 얼룩진 그의 손이 덥석 홍도를 잡아 다탁으로 이끌었다. 도제 하나가 먹물 묻은 손을 씻고 차를 내왔다.

"예. 실은…… 십 년 전까지 스승님의 화실에서 도제살이하던 자들을 수소문할까 하여……."

"대화원의 도제살이를 하던 자라… 그렇다면 제대로 찾아왔네만."

말끝을 흐린 김수명이 화실 구석으로 갔다. 홍도의 머릿속이 촛불이 켜진 듯 환해졌다.

어두침침한 구석에 한 사내가 웅크리고 있었다. 김수명이 어깨를 툭툭 치자 사내는 놀란 눈으로 돌아보았다.

"혹 강수항 대화원의 화실에서 도제살이를 한 적이 있소?"

사내는 경계를 누그러뜨리지 않은 불안한 눈으로 홍도를 노려보았다. 강렬하고 섬칫한 두려움을 담은 눈빛이었다.

79

얼 굴 없 는 초 상 화

"불행히도 말을 하지 못한다네. 시래기 줄기로 연명하던 저자거리의 천애고아로, 춘화 파는 장돌뱅이에게 매일 회초리를 맞으며 야릇한 그림을 베꼈다네. 그림재주를 눈여겨본 대화원께서 장돌뱅이에게 묵직한 돈꾸러미를 던져주고 거두어 기르다시피 하셨다네."

겨우 찾은 한줄기 희망이 깜깜한 어둠 속으로 꼬리를 감추고 있었다. 미친놈처럼 헤매다니며 겨우 만난 증인이 말을 모르는 자라니……

하지만 홍도는 마음을 가라앉히고 김수명에게 예정된 질문을 던졌다.

"대화원께서 돌아가신 후에 화실과 나머지 도제들은 어떻게 되었습니까?"

"중인 신분에 한이 맺힌 대화원의 아들은 벼슬할 수 있는 방법만을 강구했다네. 다행히 부친의 명성으로 뒤를 봐주는 양반들이 있어 과거를 보고 벼슬에 나갈 수 있었다지. 번듯한 양반 신분에다 벼슬까지 한 그자는 화원인 부친의 흔적을 철저히 없애고자 하였지. 화실은 흔적도 없이 헐어버리고 그 자리에 사랑채를 넓혀지었다고 하네. 도제들은 하나둘 화실을 떠나고 저 친구만 덩그러니 남았지."

"하기야 화실 문을 닫았는데 도제가 머물 자리가 어디겠습니까."

"대화원의 아들은 저 친구를 사랑채 막종으로 쓰고 있었다네. 언젠가 강유언 그자가 저 친구의 손에 내가 오래 탐했던 대화원의 벼루 하나를 들려 보냈더군. 부친의 화구들이 눈앞에 얼쩡거리는 것조차 싫었을 테니 귀찮은 물건 처분하는 셈으로 내게 떠넘긴 것이지. 대화원께서 재주를 아끼시던 자이니 마당 쓸고 심부름 다니는 막종 신세보다는 내가 돌보면 어떨까 하고 청을 넣었다네."

"강유언이 집안의 종을 넘겨달라는 청을 쉽게 들어주던가요?"

"듣지도 말하지도 못하는데다 그림재주 말고는 뾰족하게 일을 잘하는 것도 아니니 군식구라도 하나 줄이자는 요량이었는지 흔쾌히 그러마고 하더군.”

“그림재주는 어떠합니까?”

“혼자 익힌 그림의 경지가 놀라울 정도라네. 육신의 결함이 아니었다면 큰 화원이 되었을 게야. 산수와 화조에도 능하나 인물화에 특히 능하다네.”

“말하지 못한다면 의사소통은 어찌 합니까?”

“먹을 갈고 칠을 하는 등 화실일은 눈빛만으로도 척척 해낸다네.”

홍도는 마음이 급해졌다. 놀란 눈을 껌뻑이는 사내 앞에 두 손바닥을 펼쳤다. 십 년 전이라는 뜻을 보여주려는 것이었다. 하지만 사내는 홍도의 말을 알아듣지 못한 채 눈만 꿈뻑거렸다.

“원래 말하지 못하는데다 스승의 변고로 쉬 마음을 내보이려 하지 않는다네.”

모든 것은 다시 원점으로 돌아가고 말았다. 그렇다면 원점에서 다시 시작할 밖에.

홍도는 어금니를 깨물었다. 막다른 골목에 당도하면 다시 돌아나와 다른 길을 생각하는 편이 영리한 처사였다. 홍도는 그것을 서른 언저리를 넘긴 지금에야 알 것 같았다.

젊은 피와 끓는 열정만으로 가득했던 시절에는 앞을 막아선 담벽에 몸을 부딪히고 머리를 찧었다. 온몸이 만신창이가 되고 머리가 깨져 피를 흘리면서도 돌아나갈 생각을 하지 못했다. 그때는 순진하게도 젊음의 마지막 한 방울까지 태우려고만 했었다. 뜨겁고, 거칠고, 뒤돌아보지 않고, 부딪히고, 반항하고, 깨뜨리면서 그는 살았다.

늙는다는 것은 죄를 짓는 것 같았다. 원로화원들의 맥없는 눈빛, 구부정한 어깨, 달려본 지 오래된 가는 다리, 쭈그러든 얼굴과 깊게 패인 얼굴의 주름……. 그 모든 것들이 젊음을 잃어버린 자들에게 내려진 형벌만 같아서 홍도는 늙은 자들을 혐오하였다.

하지만 이제 조금은 알 것 같다. 늙는다는 것은 젊음을 잃어버리는 것이 아니라 젊음에 더해지는 축복임을.

홍도는 미련 없이 발걸음을 돌렸다. 어차피 처음부터 출발점이란 없었으니까. 단서가 발견되는 곳이 출발점이니까.

홍도는 깨질 것 같은 관자놀이를 지그시 눌렀다. 힘든 하루였다. 아무것도 얻지 못한 하루이기도 했다.

홍도는 미간에 깊은 주름을 잡고 가물거리는 등잔불을 훅 불어서 껐다. 어지러운 머릿속의 기억을 한 켜 한 켜 걷어내자 십 년 전의 기억이 새삼 떠올랐다.

오월 열아흐레.

의금부는 정오가 되기 전에 강수항의 죽음을 노환과 과로로 인한 자연사로 결론지었다. 원로회의는 뛰어난 수석화원의 지위에 걸맞은 성대한 장례 절차를 결정했다. 그리고 남은 유족에 대한 예우는 최대한 정중하게 한다는 원칙이었다. 장례절차는 차질 없이 진행되었다.

서징은 바쁘게 움직이는 모든 사람들이 공모하여 진실을 서둘러 덮어버리려는 것처럼 보여 마음이 편치 않았다. 웅성거리는 상가의 이곳저곳을 기웃거리며 서징은 단서가 될 만한 것을 찾았다.

하지만 시신은 이미 염을 마친 상태로 삼베로 싸여 있었고, 엉망진창이던 화실 안은 깨끗이 치워졌다. 종들과 어린 도제들은 음식을 나르기에 정신이 없었고, 내로라하는 문상객들이 줄을 이었다.

서징은 수많은 사람들 속에서 자신이 길을 잃었다고 느꼈다. 안개 같은 모호함, 죽음 같은 침묵, 스산한 음모의 그림자가 집안 곳곳에서 스멀거렸다.

도대체 알 수 없었다. 명리에도, 관직에도 관심 없이 그림만 그려온 스승이 왜 한밤의 화실에서 죽어가야 했을까?

서징은 분주한 상갓집의 마루턱과 행랑채와 부엌과 외양간을 오가며 그날 일을 기억하는 누군가를 찾아 헤맸다.

초상이 치러지는 동안 시간이 어떻게 지나갔는지 서징은 알지 못했다. 다만 부친을 잃은 아들의 비탄과, 스승을 잃은 제자의 슬픔과, 큰화원을 잃은 화원들의 절망 사이로 정신없이 돌아다녔을 뿐이다. 그리고 그 혼미한 시간만큼의 따가운 불면과, 숨길 데 없는 불안과, 자신을 향한 냉담한 눈길과, 등 뒤의 수군거림과, 낙엽처럼 바스라질 것 같은 피곤함을 기억할 뿐이다.

구슬픈 곡소리와 망자의 혼을 달래는 상여소리, 저승길을 안내하는 요령소리가 요란한 가운데 솟을대문을 나서는 상여행렬을 따르며 서징은 갑갑함을 참을 수 없었다. 원통한 죽음의 진실이 그대로 묻히도록 내버려둘 수는 없었다.

그러나 상여는 서징의 울분을 남겨둔 채 긴 골목을 벗어나고 있었다.

"자네는 아직도 말도 되지 않는 혼자만의 의혹을 거두지 않았구만."

멀어져가는 스승의 상여를 바라보며 젖은 눈가를 훔쳐내는 서징의 뒤에서 낯익은 목소리가 들렸다. 반쯤은 무모함을 탓하는 핀잔이었고, 반쯤은 무모한 친구를 감싸는 목소리였다. 고개를 돌리자 흰 삼베망건과 베옷차림의 홍도가 싱긋 웃고 있었다.

스승을 실은 상여는 이미 모습을 감추었다. 그러나 긴 요령소리의 여운은 말간 하늘을 따라 귓전에 은은하게 머물렀다. 서징은 지난 며칠 동안의 피로와 혼란스러움으로 머리가 지끈거렸다.

"자네는 아직도 내가 말도 되지 않는 헛소리를 지껄이고 있다고 생각하는가?"

서징은 누구의 동의도 얻지 못한 자신의 처지를 하소연했다. 홍도는 웃음기를 거두었다.

"증명할 수 있다면 헛소리가 아니겠지."

냉정한 말은 철창문이 닫히듯 단호했다. 서징은 잠시 갈등했다. 얘기를 해야 할 것인가, 말아야 할 것인가.

서징은 곧 자신에게 선택권이 없음을 깨달았다. 진실을 밝히기 위해 도움을 청할 수 있는 유일한 사람은 이 친구다. 이 친구를 끌어들이기 위해서는 알고 있는 것을 모두 이야기해야 한다.

서징은 도박을 하는 기분이 되었다. 결국 둘 중에서 하나를 골라야 하는 것이다. 말할 것인가, 말하지 않을 것인가. 서징은 결국 입을 여는 쪽을 택했다.

"이상하지 않나? 금부와 식솔들은 왜 스승께서 화실에서 돌아가신 사실을 쉬쉬하려는 것일까?"

서징은 억센 수염을 소리가 나도록 쓱쓱 손으로 문지르며 물었다.

"글쎄… 가족들이야 고인께서 평화롭게 눈을 감으신 것으로 믿고 싶겠지. 모든 죽음은 그 생전의 명예와 이름에 값해야 하니까 말이야."

"그렇다면 금부는 왜 그 말을 그렇게 쉽게 믿어준 것일까?"

"뭐… 괜히 일을 크게 만들 필요가 없다고 생각한 것이 아닐까?"

"검안이야. 만약 스승님이 화실에서 돌아가셨다면 의문사가 되므로 검안을 해야 해. 하지만 노인인데다 과로가 겹쳤으니 안방에서 돌아가셨다면 자연사라 해도 문제될 게 없지."

툭 돌멩이를 던지듯 서징이 말했다.

"검안을 피하고 싶은 것은 유족의 입장에서 당연한 일이야."

"스승님께서 돌아가신 날 화실을 살펴보았네. 화실 안은 엉망이었지. 구겨진 그림들과 안료통이 이리저리 나뒹굴고, 붓들은 흩어져 있었고 벼루는 엎어져 있었지."

찬물이 부어진 것처럼 홍도의 뒷머리가 서늘해졌다.

"작업실에서 먼지 하나 보고 넘기지 못하는 정갈한 스승님의 성정에는 있을 수 없는 일이군. 하기야 스승님의 손목에 튄 먹자국도 세심한 스승님의 성정으로는 상상할 수 없어."

서징은 홍도의 거친 삼베옷 소맷자락을 쥐며 바짝 다가섰다. 누구도 믿어주지 않았던 자신의 말을 내치지 않은 사람을 닷새만에야 만나게 된 것이었다.

"범인은 화실에서 다급하게 무언가를 찾았던 것 같아."

"값나가는 물건도 없는 화실에서 무엇을 찾았다는 말인가?"

"너저분하게 어질러진 그림들은 사군자와 산수가 대부분이었네. 인물화는 한 점도 남아 있지 않았어. 범인은 스승님의 인물화를 탐낸 것 같네. 화실 안의 인물화란 인물화는 모조리 쓸어간 거야."

"하지만 그림의 가치로 보면 사군자, 산수, 인물, 영모, 화조, 식물의 순이 아닌가? 천하의 대화원을 죽이면서 어찌 별 가치도 없는 인물화를 노렸단 말인가?"

"나 역시 그 점이 풀리지 않는 의문이야. 그 의문을 풀면 사건의 비밀도 풀리겠지."

서징이 나지막한 목소리로 혼잣말을 했다. 홍도는 그런 서징을 딱한 눈으로 바라보았다.

"그만하게, 이 친구야. 의금부에서조차 대화원의 병이 위중하고 과로하여 사망하였다 했거늘!"

홍도의 말은 힐난에 가까웠다. 냉담한 홍도의 표정을 살피던 서징이 입술을 꾹 깨물었다.

"금부라는 권위는 있지도 않은 사실을 만들기도 하고, 있는 사실을 지우기도 하네. 누구도 그 결정에 이의를 달거나 의문을 가질 수 없어. 금부관원들은 일의 뿌리를 캐기보다는 빨리 마무리짓는 데 급급할 뿐이야."

"금부관원들이 무엇이 두려워 사건을 은폐하려 들겠나. 스승님의 몸에 칼에 베인 자국이 있던가? 찔린 자국이 있던가? 그도 아니면 목졸린 자국이 있던가? 작은 핏자국 하나 없지 않던가?"

서징이 할 말을 잃고 잠시 깨물었던 입술을 다시 열었다.

"핏자국보다 명확한 표식이 있었네. 자네도 분명 돌아가신 스승님 얼굴의 이상한 징후를 보았겠지?"

서징의 두 눈이 순간적으로 빛을 발했다. 홍도는 꿀꺽 침을 삼켰다. 서징이 무슨 말을 하려는지 알 수가 없었다.

"징후? 무슨 징후 말인가? 스승님의 표정은 한없이 맑고 평안하기만 하지 않았던가?"

홍도의 표정이 구겨졌다. 서징이 다급하게 말을 이었다.

"언뜻 보아서는 거의 알아챌 수 없었지만, 분명 스승님의 입술과 뺨에 녹색 기운이 어려 있었네."

"나 또한 스승님의 얼굴과 표정을 눈여겨보았지만 녹색 기운은커녕 아무것도 보이지 않았어. 만약 보았다고 해도 그것이 스승님의 죽음과 무슨 상관인가?"

홍도가 냉담하게 대꾸했다.

"살인이야. 그것도 아주 교묘하고 감쪽같은 살인이지. 스승은 자연사한 것이 아니라 누군가에게 피살당했어."

홍도의 등줄기에 찌르르한 느낌과 함께 소름이 돋았다.

"말을 삼가게. 인품으로나 실력으로나 그런 참혹한 변을 당할 분이 아니시네."

그렇게 소리높여 강변할 사람은 홍도뿐만이 아니었다. 도화서 안팎의 모든 사람들이 강수항을 신선이라 부를 정도로 존경하고 있었다.

"초록이 어떻게 얻어지는가?"

"그거야 낸들 알 것이 무엇인가? 색을 만들고 배합하는 일이야 단청실에서 할 일이지."

홍도의 말에는 이유가 있었다. 도화서에서 쓰는 색이라야 황색 계통의 월황越黃과 치자색 등 극히 제한된 몇몇 색깔뿐이었다. 나머지 색깔들은 엄격히 제한되었으며 화원들 또한 색을 가까이하는 것을 꺼려했다. 뛰어난 그림이란 먹과 여백으로 이루어질 뿐, 색을 칠하는 순간 그 단순함과 고졸함의 미는 사라지고 만다는 믿음 때문이었다.

그나마 간혹 쓰이는 색은 단청을 칠하는 단청실에서 만든 안료를 쓰는 것이 전부였다. 그러니 화원이라 해도 색이 만들어지는 경로와 원리에 대해서는 알 수 없는 것이 당연했다.

그런 홍도에게 느닷없이 초록이 어떻게 얻어지느냐고 묻는 서징의 물음은 당혹스럽기까지 했다. 냉담한 홍도의 표정을 살피며 서징이 조심스럽게 입을 열었다.

"초록은 월황에서 얻어지네. 황색을 내는 월황과 푸른빛을 내는 쪽을 섞어 만들지."

"그것이 어쨌다는 말인가?"

서징이 큰숨을 들이쉬고 좌우를 살핀 다음 홍도 귓가에 소근댔다.

"월남산 등황인 월황은 치명적인 독이 있어. 월황의 독이 핏줄을 타고 번지면 핏줄이 터지면서 입술과 얼굴에 녹색 기운이 나타난단 말일세."

홍도는 그때서야 무언가가 잘못되어가고 있음을 깨달았다. 잘못된 곳으로 이끄는 알지 못할 힘이 있었다.

"그런 중요한 사실을 금부관원들이 어찌 발견하지 못하고 스쳐지났단 말인가?"

"그자들이 색을 내는 안료와 그 독성에 대해 무엇을 알겠나?"

"그런데도 어찌 자네는 관원들에게 그 이야기를 해주지 않았단 말인가?"

홍도의 목소리는 서징을 나무라는 투였다.

"관원들은 모두 그 일을 서둘러 덮으려는 심산이었어. 식솔들도 마찬가지였고……. 그러니 어쩌겠나? 혼자 힘으로라도 밝혀낼 밖에……."

서징의 눈빛은 무언가 단서를 잡은 듯 확신에 차 있었다. 하지만 그 표정은 세상에서 가장 외로워 보였다. 그것이 홍도가 기억하는 서징의 마지막 모습이었다.

홍도는 어둠이 짙게 깔린 골목에서 우물간을 지켜보고 있었다. 어둠은 점점 벗어져 우물가의 전경이 뚜렷이 보였다.

골목 저쪽에서 푸른 치마에 흰색 저고리를 입은 여인이 물동이를 이고 나타났다. 홍도의 두 눈이 반짝 빛났다. 여인이 골목 앞으로 다가왔을 때 홍도는 한걸음 쓱 내밀었다.

"어이쿠머니나!"

여인이 갑자기 앞을 막고 선 사내에게 기겁을 하듯 바쁜 발걸음을 멈추었다.

"그렇게 갑자기 앞을 가로막으시다 물동이라도 엎으면 어찌합니까요?"

홍도는 느긋한 미소를 지었다. 갑자기 놀라게 한 다음 자신의 정체를 보여주고 다시 느긋하게 능친 것은 여인의 머릿속을 혼란스럽게 만들기 위해서였다. 뒤죽박죽이 된 여인의 머릿속은 질문을 피하거나 말을 꾸밀 엄두조차 내지 못할 것이었다.

말의 고삐를 잡은 홍도는 다시 느긋한 말투로 물었다.

"지난번 자네가 빠뜨린 말이 있는 것 같더군. 자네는 기억 못할지 모르나 십 년 전 베옷을 입은 자네가 북악 밑 한 화원의 집을 드나드는 것을 본 사람이 있다네."

여인의 곧추세운 자세가 한순간 휘청했다. 찰랑찰랑하던 머리 위의 물동이에서 철퍼덕 물이 흘러내렸다. 여인은 얼굴과 목덜미를 타고 흐르는 물을 어쩔 줄 몰라했다.

"누가 무엇을 기억한단 말입니까요? 저는 아무것도 아는 것이 없습니다요."

물동이를 쥔 그녀의 두 손이 부들부들 떨렸다. 물에 젖은 얼굴이 보기 딱했으나 홍도는 약해지지 않았다.

"대화원이 황망간에 돌아가시고 집안이 쑥대밭이 되었는데, 그 집안의 여종이 홀로 사는 젊은 화원의 집을 들락거렸다?"

여인의 물동이가 흙바닥에 툭 떨어져 박살이 났다. 중치막자락으로 흙탕물이 튀었다. 얼이 빠진 여인은 한참 후에야 겨우 입을 열었다.

"이제와 무엇을 숨기려 한들 무슨 소용이 있겠습니까……."

홍도는 찬 시선을 거두지 않았다.

"하지만 그 화원의 집을 찾은 것은 화원과의 사사로운 정 때문이 아니었습니다."

홍도는 여인에게 들키지 않게 긴 숨을 내쉬었다.

"사사로운 정 때문이 아니라면 어찌 베옷 차림으로 혼자 사는 남정네의 집을 드나들었는가?"

"그 무렵 부엌으로 절 찾아오신 화원께서, 대화원이 돌아가시던 새벽 무렵에 어디에 있었는지를 물으시더군요. 저야 밥이나 짓는 부엌데기니 꼭두새벽부터 우물물을 길었다고 말씀드렸습니다. 그분은 후원의 우물로 가려면 화실 별채를 지나야 하는데 근처에서 낯선 자를 보지 못했느냐고 물으시더군요."

"그래서?"

홍도는 마치 자신이 그 질문을 던진 양 바짝 여인에게 다가들었다.

"화원의 추궁 때문은 아니었지만 새벽나절 얼핏 본 낯선 남자가 생각났습니다."

"남자? 낯선 남자라 했나?"

"물동이를 이고 화실 앞을 지나가는데 건장한 남자가 뜰을 가로질러 갔습니다. 화실 손님이겠거니 생각하면서도 뭔가 이상해 힐끗 돌아보려다 물동이를 엎을 뻔했지요."

홍도의 머리털이 쭈뼛 서는 것 같았다. 서징이 이 이야기를 듣고 물었을 그 질문을 다시 던졌다.

"그 얼굴을 기억할 수 있겠나?"

여인은 조금 흥분을 가라앉힌 듯 젖은 머리카락을 쓸어올리며 말했다.

"제가 본 것은 그 사내의 얼굴 아랫부분 뿐이었습니다. 물동이를 이고 있자니 자연 눈길이 아래쪽으로 머물러 얼굴 전체를 볼 수 없었지요. 단지 입술이 얇고 하관이 가늘게 빠졌다는 것뿐입니다. 어깨에 두루마리통을 걸친 것으로 보아 화원일 거라 짐작했지요."

"좋아, 좋아. 그럼 자네가 서징을 찾아간 까닭을 말해보게."

"화원께서 그 낯선 자에 관해 자신의 화실로 와서 말해달라고 하시더군요. 상중이라 바깥출입이 어렵다고 해도 돌아가신 대화원님을 위한 일이라는 바람에……. "

"그래서 서징의 화실에서 무엇을 했던가?"

"화원께 그 낯선 사내의 인상을 말씀드렸을 뿐입니다. 화원께서는 제 말을 듣고 무언가를 쓱쓱 그리시더군요. 그리고는 제 앞에 내놓는데 제가 본 사내의 하관과는 달랐습니다. 얼핏 본 기억 속의 인상을 듣고 그리는 것이니 그거야말로 짚더미 속에서 바늘 찾기가 아닙니까. 그림을 보고 기억을 더듬어 잘못된 곳을 말씀드리면 화원께서는 고치시기를 반복하셨지요."

"그것이 전부인가?"

"예! 수십 번을 고쳐 얇은 입술과 입매와 턱을 그리는데…… 화원이라는 이름이 무색하지 않더군요. 직접 본 저도 그리지 못하는 입꼬리 부분과 턱의 갈라진 부분까지 똑같았으니까요."

여인은 새삼 신통한 듯 고개를 주억거렸다. 절대 드러내지 않을 것처럼 숨겼던 이야기를 털어놓았지만, 상중에 혼자 사는 젊은 화원의 집을 들락거렸다는 욕된 누명을 벗은 것이 다행스러운 듯했다.

"그런데 화원님께서는 어찌 십 년 전에 제가 그 화원의 집으로 간 사실을 아셨습니까?"

여인이 놀란 큰 눈을 껌뻑였다.

물론 처음부터 알았던 건 아니었다. 베옷을 입었다면 상주가 분명했겠으나 상주가 빈소를 떠날 수는 없었을 것이다. 상주가 아니라면 한 집안의 종이나 더부살이를 하는 자들이 분명했다. 그 무렵 서징의 집에 출입할 베옷 입은 아녀자라면 대화원의 식솔밖에 누가 있을 것인가. 여종들 중 나이가

얼 굴 없 는 초 상 화

비슷한 찬모에게 미끼를 던지고 빠져나갈 수 없는 미늘을 달아 부지불식간에 몰아쳤을 뿐이다.

홍도는 중치막자락을 걷으며 삐걱이는 소리를 내는 낮은 나무계단을 올랐다. 오래된 화구와 완성하지 못한 습작들을 보관하는 방 한구석의 작은 다락방이었다.

오래된 곰팡내 같은 아련한 냄새가 났다. 홍도는 층층이 쌓인 오래된 서화들과 구겨진 습작 사이에서 두꺼운 재생지 상자를 들고 다락방을 내려섰다.

방 한가운데 앉은 홍도는 두근대는 심정으로 상자의 뚜껑을 열었다. 오래된 먹냄새와 퀴퀴한 곰팡내가 강렬하게 피어올랐다.

홍도는 둘둘 말린 두루마리 종이들을 하나하나 펼쳐들었다. 대부분은 혼자 그리다가 포기한 습작이나 몇몇 군데가 마음에 안 들어 남들 앞에 내놓지 못한 그림들이었다.

홍도는 그림들을 밀쳐놓으며 약간 두꺼운 재질의 종이를 펼쳤다. 서징이 죽던 날, 피비린내가 코를 찌르는 그의 화실 바닥에 아무렇게나 떨어져 있던 그림이었다.

서징이 죽은 것은 스승의 죽음 후 닷새가 지나던 날이었다. 연 닷새 동안 이어진 스승의 장례로 홍도는 기진맥진해 있었다. 도화서로 돌아와 장례절차 보고서를 올린 후 쓰러지듯 잠들었다. 다음날 늦잠 속에서 혼곤한 홍도를 깨운 것이 바로 서징의 죽음을 알리는 전갈이었다.

"오늘 아침 도화서 수종화사 서징이 북한산녘 자택에서 난입한 자객의 칼을 맞아 사망함."

잠결에 서징의 죽음을 전하는 금부의 전갈을 접한 홍도는 욕지거리를 내뱉었다. 하나의 죽음에 얽힌 진실도 밝히지 못한 채 또 하나의 죽음을 맞았다. 홍도는 낭패감에 몸을 떨며 서징의 집으로 달렸다.

　화실 안은 늘 보던 그대로 서징의 기이한 기물들과 장치들로 어수선했다. 벽에는 붉은 핏자국이 튀어 있었고 흘러내린 피가 바닥을 적셨다.

　범인은 급하게 화실을 뒤졌던 듯 화실 안을 난장판으로 어질러놓았다. 서징의 피가 고였던 바닥에도 구겨지고 찢어진 여러 장의 그림이 흩어져 있었다.

　홍도는 바닥에 흩어진 그림 한 장 한 장을 세심하게 살펴보았다. 역시 서징의 그림다웠다. 여러 기기의 설계도가 대부분이었고 산수화도 몇 점 보였다.

　하지만 이상한 점이 있었다. 인물화에 능한 서징의 화실에 단 한 점의 인물화도 보이지 않는다는 것이었다. 유일한 인물화 한 장을 두루마리통에 넣어왔으나 서징의 죽음이 흐지부지된 후 다락방 속에서 먼지를 뒤집어쓰고 있었던 것이다.

　하지만 그 그림은 인물화라 하기엔 결정적인 흠이 있었다. 그것은 바로 그려진 인물의 얼굴 부분이 없다는 점이었다. 얼굴이 있어야 할 부분은 텅 비어 있고 목 아래의 부분만 그려져 있었다. 흰 장옷 차림으로 보아 남자였고, 등 뒤쪽으로 두루마리통을 걸쳐멘 것으로 보아 화원이나 그림에 관련된 자일 가능성이 높았다.

　인물화는, 얼굴을 먼저 그리고 어깨선과 몸통을 그리는 것이 순서다. 특별한 경우라 해도 몸통을 먼저 그리고 얼굴을 그리는 법은 없다. 인물의 대가 서징이 그런 실수를 할 리가 없다.

　얼굴이 없는 인물화, 인물을 그리지 않은 인물화……. 그것은 누구를 그리려 한 그림일까?

　홍도는 먼지를 뒤집어쓴 그림을 노려보며 그 텅 빈 얼굴을 상상했다. 세월이 흐른 것은 다행이었다. 그 시간 동안 분노는 가라앉고, 자책감은 무디어지고, 쓸데없는 기억은 사라졌다. 홍도는 그때보다 조금 떨어진 거리에서, 조금 더 객관적인 눈으로 사건을 바라볼 수 있게 되었다.

서징은 죽기 전 강수항의 집 여종을 만났다. 여종은 강수항이 죽던 날 새벽 화실 근처에서 본 낯선 남자의 기억을 서징에게 말했고, 서징은 그 말에 따라 그림을 그렸다.

머릿속에서 덜그럭거리는 소리가 들렸다. 여인의 말대로라면 서징은 강수항을 죽인 자, 혹은 죽였을지 모르는 자의 인상착의를 그렸다는 말이 된다.

아무리 인물화에 있어 따를 자가 없는 화원이라 하나 어둠 속에서 스치듯 본 인상착의만 듣고 그림으로 그리는 것이 가능할까? 하지만 스승이 죽던 새벽 낯선 자가 화실 근처를 서성였다는 여인의 말대로라면 서징의 추측엔 충분히 근거가 있어 보였다.

서징을 죽인 자가 노린 것은 그 그림이었을 것이다. 그들은 강수항을 죽인 범인을 보호할 필요가 있었을 것이다. 홍도는 그제서야 서징의 화실에 왜 인물화가 한 점도 없었는지를 알 것 같았다.

그들이 손에 넣으려던 것은 인물화이지 산수나 사군자, 기기의 설계도가 아니었던 것이다. 하지만 얼굴 없는 인물화의 경우, 어차피 얼굴이 없는 터이니 아무런 상관이 없을 것이라고 생각했을 것이다.

한 가지 의문이 떠올랐다. 차라리 범인의 얼굴을 본 강수항의 부엌데기 여종을 죽이는 편이 낫지 않았을까? 그런데 왜 하필 얼굴을 직접 보지도 못한 도화서 화원 서징을 택했을까?

홍도는 낡은 돋보기와, 말라붙은 먹물과, 두루마리 그림들과, 자신의 꾀죄죄한 중치막자락을 번갈아 보며 스스로에게 물었다. 대답은 어렵지 않았다.

서징의 집을 찾은 사람이 그 여종만이 아니기 때문이었다. 옆집 아낙의 말로는 그 무렵 여종 말고도 젊은 막종과 어린 사내아이가 서징의 집을 찾았다고 했다. 미루어 짐작하면 그들 또한 그날 새벽에 무언가를 본 자들이었다. 하지만 그들은 범인의 얼굴 전체를 모르는 사람들이었던 것이다.

조각난 기억을 온전한 얼굴로 짜맞출 수 있는 사람은 다른 사람이 아닌 서징이었다. 세 명을 죽일 일을 한 명으로 간단히 해결할 수 있었던 것이다. 그리고 화실의 모든 초상과 인물화를 없애버리면 증거는 완벽하게 사라질 것이었다.

분명치 않지만 서징이 죽은 이유가 어렴풋이 모습을 드러냈다. 그의 그림으로 정체가 탄로날 것이 두려운 자들, 수석화원을 죽인 자들이었다. 세 명의 목격자를 하나하나 죽이기보다는 그들의 진술을 엮어 하나의 그림으로 그려낼 유일한 화원을 처리한 것이라면?

그렇다면 서징이 그린 범인의 형상은 어디에 있는가? 결국 놈들의 손에 떨어져 간악한 범인의 얼굴이 영영 어둠 속으로 묻히고 말았단 말인가?

풀린 것보다 더욱 많은 의문이 홍도의 머릿속을 맴돌고 있었다. 홍도는 단 한 가지의 질문에 집중했다.

서징이 그린 얼굴 없는 초상화 속의 사내는 누구인가?

홍도는 긴 한숨을 쉬며 얼굴이 없는 사내를 노려보았다.

화원이 되다

윤복

"모든 것…… 존재하는 모든 것을 그리고 싶습니다. 하늘, 구름, 바람, 새, 물…… 그리고 사람들……
웃는 사람과 찡그린 사람과 싸우는 사람과 사랑에 빠진 사람들…… 남자들과 어린아이들, 그리고 여인들……."

홍도

"너는 혼을 담은 그림을 그리는 아이다.
양식을 거부하고, 규율을 무너뜨리며, 마음가는 대로 그리지.
하지만 화원이 되지 못하면 그건 천재가 아닌 미치광이의 그림에 지나지 않아."

영복

"눈을 감아. 그러면 색이 보일 거야."

3

오월의 바람 속에는 온갖 꽃향기가 실려 있었다. 싱그럽게 물오른 버들가지의 냄새와 목멱산의 온갖 꽃들의 향기가 고루 섞여 코를 간질였다. 사내들은 열에 들뜨고, 여인들은 괜한 설렘으로 분주한 오월의 저녁이었다.

강효원은 떨떠름한 표정으로 앞에 놓인 술잔을 한입에 털어넣었다.

"내 오늘 관례를 치른 아우들을 명실상부 어른으로 만들어주려 했거늘, 이 계집들의 상판으로야 어찌 생도장의 위엄이 서겠느냐! 다른 아이들을 들여라!"

강효원이 입가에 흐른 술자국을 도포자락으로 훔쳤다. 혼비백산한 어린 기생 여섯은 넓은 문이 비좁도록 쫓겨나갔다. 나이가 찬 생도들은 생도청 주관으로 관례를 치렀다. 선임 생도장은 해마다 관례식을 끝낸 생도들을 데리고 기방으로 가는 것이 정해진 절차였다.

강효원은 3대째 이어온 도화서 화원집안의 외아들이었다. 일찍이 그림 장사로 큰 돈을 번 아비의 기질을 제대로 이어받았다. 어린 시절부터 몸에 익은 도화서양식에 탁월한데다 생도들을 휘어잡는 능력 또한 대단하여 따를 자 없는 우수생도였다. 풍족한 집안 출신이니 돈 쓰는 배포도 보통이 아니었고, 호탕한 성정으로 열예닐곱부터 기방을 제집 드나들듯 하는 한량이기도 했다.

"풍류를 모르고 어찌 화원이라 하겠느냐! 술로써 먹을 삼고 계집의 몸으로써 종이를 삼아야 제대로 된 그림이라 하지 않겠느냐. 이제 어른이 되었으니 계집애처럼 굴지 말고 배포도 좀 부리거라."

윤복은 강효원이 내미는 잔을 비웠다. 윗목에서 들려오는 가야금 소리가 방안을 가득 채웠다. 가야금을 끌어안고 고개를 숙인 여인의 옆모습이 빨려들 듯 눈에 찼다.

"눈독들일 것 없다. 도화서 선임 생도장인 내게도 콧방귀를 뀌는 콧대높은 년이다."

강효원이 빙긋 웃었다. 강효원의 옆에 앉았던 기생이 살짝 눈을 흘겼다.

"저 아이는 원래가 가야금 타는 금기입니다. 재주도, 족보도 없는 기생년들과는 근본부터 다르지요."

"기생이면 다 기생이지, 가야금 타는 기생년은 몸에 금박이라도 쳤다더냐!"

점점 고조된 가야금 소리가 빠르기를 더해갔다. 윤복은 그 소리의 부르짖는 바를 알아들을 것 같았다. 그것은 소리 없는 외침, 가락을 타고 뿜어내는 분노였다. 여인은 다소곳한 자세를 흐트러뜨리지 않았지만, 그 손끝에서 퉁겨지는 가야금 소리는 매몰찼다.

"하늘이 낸 가야금 재주라고 장안의 세도가들 사이에 소문이 자자한 예인입니다. 큰 전주가 나서서 한몫 챙겨주면 평생 몸을 의탁할 수 있을 겝니다."

한없이 부러운 기색으로 기생이 말했다.

강효원은 자신이 큰 전주가 되어 한몫을 챙겨주고 싶었다. 하지만 그것
은 철부지의 앞뒤 가리지 못하는 정념일 뿐, 화원도 되지 못한 도화서 생도
가 엄두도 낼 수 없는 일이었다. 쩝 입맛을 다시며 한 잔의 술을 털어넣은
강효원이 다시 소리를 쳤다.

"계집을 내것으로 만드는데 신분이 어디 있고 재물의 많고 적음이 무슨
소용이더냐! 네년들이 계집을 후리는 내 수완을 모르더냐!"

강효원은 이곳저곳의 기방을 드나들며 기생들을 희롱한 수컷다움을 뽐
내듯 말했다.

"지난 여름 한 기생년 별당을 내집처럼 드나든 적이 있지. 하루는 수종들
던 화원의 의궤 보수화사가 일찍 끝난 통에 해가 한참이나 남은 거라. 눈앞
에 기생년의 얼굴이 왔다갔다 하기에 냅다 달려갔는데 하필 외출을 하였다

지 무어냐?"

"그래서 어떻게 되었습니까요?"

강효원의 팔짱을 낀 기생이 배시시 웃으며 추임새를 넣었다.

"꿩 대신 닭이란 말이 있지 않느냐? 노랑저고리에 빨강치마를 입은 기생
의 몸종년이 배시시 웃음을 흘리는데 확 달아오르더라 이거지. 방으로 들
여 이러저러한 일을 한참 벌이는데 문밖에 인기척이 들리는 거라. 화들짝
놀라 옷가지를 수습하고 보니 전모를 쓴 기생년이 중문을 들어서고 있지
않겠느냐. 한참 달뜬 몸종년이 급한 김에 내게 누비이불을 덮어버리는 거
라. 아무일도 아니라고無事 둘러대는 것으로 겨우 위기를 넘겼다만, 생각을
해봐라. 녹음이 척척 우거지는 한여름에 한겨울 누비이불을 덮고 있자니
아주 쪄죽는 줄 알았다. 그런데 그 아슬아슬함과 짜릿함이란 너희 같은 멀
뚱이놈들이 알 바 아니지."

술이 몇 순배 돌고 술자리는 점점 달아올랐다. 어떤 녀석은 붉게 달아오

기방무사 妓房無事, 종이에 담채, 28.2×35.6cm, 간송미술관
기생이 외출한 동안 몸종과 일을 벌이던 젊은 한량이
기생이 돌아오자 황급히 이불을 덮은 모습.

른 눈으로 옆자리의 기생을 희롱했고, 또 어떤 녀석은 치마 밑으로 손을 들이밀기도 했다.

어느새 여인의 가야금 곡조는 우조가 되어 있었다. 철철 흘러넘치는 설움의 곡조가 금방이라도 쓰러질 듯 휘청거리며 방안을 떠돌았다.

"구질구질한 곡조라면 걷어치워라! 오늘 같은 날에 어찌 청승을 떤단 말이냐!"

어느덧 취기가 오른 강효원이 벌떡 일어나 술잔을 날렸다. 술잔이 여인의 손끝에 맞고 가야금 줄이 툭 끊어졌다. 방안은 삽시간에 조용해졌다.

잠시 허공에 머물던 여인의 손이 다시 가야금 줄 위로 사뿐히 내려앉아 농현했다. 끊어졌던 우조의 가락이 다시 낭랑하게 흘렀다. 엉거주춤하던 녀석들이 다시 여인들의 품속으로 얼굴을 묻고 치맛속으로 손을 넣었다. 질펀한 분위기는 그대로 이어졌다.

윤복만이 비스듬히 앉은 채 그 장면들을 멋쩍게 바라보았다.

새의 깃털을 뽑아도 새는 날기를 멈추지 않네
줄이 끊어진다고 가락이 멈출 것인가
잠을 깬다고 꿈조차 사라질 것인가

윤복의 입에서 자신도 모르게 소리가 흘러나왔다. 강효원이 벌겋게 충혈된 눈으로 윤복을 흘겼다.

"이놈아! 취했으면 기집이나 희롱할 일이지 되지 않은 싯구를 중얼거리느냐! 그런다고 네가 양반이 될 수 있을 듯하냐?"

시비조의 힐책이었지만 방안의 누구도 강효원의 말을 귀담아듣지 않았다.

기생 하나가 눈짓을 했다. 술자리는 끝났다. 여인들은 비척대는 남자들을 부축했다. 방 밖에서 기다리던 막종들이 취한 생도들을 부축해 긴 마루를 건너갔다.

텅 빈 술방에는 어질러진 술상이 널부러지고, 왁자하던 취흥과 여인들의 웃음은 잦아들었다. 윤복은 천천히 자리에서 일어났다. 호방함을 가장하기 위해 막무가내로 술잔을 비우는 것은 그 즈음 아이들의 본성이었다.

하지만 윤복은 범인의 본성을 따르지 않으려 했다. 그림 그리는 예인이 화폭 안에서 호방하면 되었지 일상의 호방함이 무슨 상관인가.

윤복은 어질러진 술상을 돌아 밖으로 나왔다.

"밤이 늦었습니다. 생도청 기숙동은 문을 닫았을 것입니다."

등 뒤에서 속삭이는 듯한 목소리에 고개를 돌렸다.

풍성한 올림머리 아래로 잘 빗질된 머리카락이 정갈했다. 반듯한 이마와 곧은 콧마루가 단아해보였다. 한편으로는 갸름한 듯하고, 한편으로는 윤택해보이는 뺨이 유난히 하얗게 보였다.

조금 전 술손님 앞에서 가야금을 뜯던 악기樂妓의 모습은 찾아볼 수 없었다. 반듯하게 앉은 자세를 흐트러뜨리지 않은 여인의 무릎 위로 줄 끊어진 가야금이 보였다.

"끊어진 줄이오나 남은 줄로 한 가락을 타보고 싶습니다."

여인은 가야금을 세우고 일어나 긴 복도를 앞서 걸었다.

어둠이 내리는 순간 촛불이 켜지는 곳이 기방이다. 막종들은 해가 지면 중국산 색초로 불을 밝힌다. 불빛은 방마다 따뜻하게 타오르며 어둠과 함께 숨어들 정념의 인간들을 기다린다.

하지만 늦은밤이면 방마다 켜둔 촛불은 꺼진다. 어둠은 죄도, 부끄러움도 감싸고 덮어버린다.

윤복은 불꺼진 방문들을 지나 여인의 뒤를 따랐다.

여인은 한 막다른 방 앞에 멈추어 섰다. 발간 촛불이 얇은 창호지 밖으로 은은히 비쳐나왔다.

"한 곡조 타 올리겠습니다."

여인은 다소곳이 가야금의 현을 퉁겼다. 가볍게 퉁기다가 흥겹게 이어지고, 다시 거칠게 뜯다가 풀어지듯 연결되는 곡조는 끝이 없었다. 윤복은 가야금의 현이 내는 하나하나의 음과 길이, 긴장의 정도와 농현의 깊이를 들으며 보이지 않는 종이에 끊임없는 붓질을 계속했다.

한 음 한 음은 모자람도 남음도 없었다. 하나하나의 음은 거기 있어야 할 곳에, 있어야 할 형태로 있었다. 어우러지고 부딪치며 듣는 사람의 마음을 격렬하게 휘젓다가 다시 고요하게 어루만졌다. 그림 또한 그러해야 했다. 하나하나의 붓자국과 색깔, 여백까지도 서로 공명하고 어우러져 보는 이의 마음을 움직여야 했다. 틀에 박힌 양식을 베끼는 것으로 최고 화원을 꼽는 것은 기만일 뿐이다.

모든 화원들이 그것을 알았지만, 그것을 깨기를 두려워했다. 양식이 무너지면 그들의 명예와 위엄 또한 가뭇없이 사라지기 때문이었다. 그러니 그들은 알량한 손기술을 '양식'이라는 이름으로 신주단지처럼 떠받들 뿐이었다.

여인은 희롱하듯 곡조를 늦추었다가 팽팽하게 당기고, 끊어질 듯 이었다가 거칠게 몰아쳤다. 그것은 남녀의 사랑처럼 격렬하고도 부드러웠으며, 뜨겁고도 친밀했다.

윤복은 가락을 따라 봄꽃이 흐드러진 풀빛 언덕과, 파도가 거칠게 달려드는 바위해안과, 아궁이 불빛 따스한 마을의 누옥을 지났다.

얼마나 시간이 지났는지 모른다. 눈을 뜨자 여인의 이마에 구슬땀이 맺혀 있었다.

"그만 되었다."

여인은 팽팽하게 농현하던 손가락에서 천천히 힘을 뺐다. 방 안을 가득 채웠던 가락은 속절없이 사라지고 적막이 들어찼다.

"자네 가락 속엔 말할 수 없는 무언가가 있어. 마치 가락에 마음을 실어 보내는 것 같은……. 나는 자네를 오늘 처음 만났지만 가락은 많은 이야기를 해주었네."

여인은 비로소 모시수건을 꺼내 이마에 맺힌 땀을 찍듯이 닦아냈다.

"술상의 흥을 돋우는 가락일 뿐입니다. 하루하루 날품팔 듯 취객들의 앞에서 금을 뜯는 알량한 가야금잡이일 뿐이지요."

윤복은 가슴에 뜨거운 것이 솟구쳐올랐다. 어찌하여 예인은 이렇게 궁핍하여야 하고, 이렇게 모멸을 당하여야 하고, 이렇게 슬퍼야만 하는가. 그것이 예인된 자들의 천형일까?

"기방을 출입하는 기생년의 정절이란 허황할 뿐이지만…… 언젠가 거쳐야 할 일이라면 제 가락을 알아주시는 분이었으면 했습니다. 소리를 알아주는 사람은 가야금이 먼저 알아보는 법입니다. 제 스스로 울기를 원하니 저는 한 일이 없습니다."

좁은 청 밖으로 새어나오던 불빛들이 하나둘 꺼졌다. 술 취한 사내들의 거드럼 소리와 여인들의 깔깔대는 웃음소리가 잦아들며 밤이 깊었음을 말해주었다.

여인의 고름 사이로 얼핏 단아한 매무새가 드러났다. 여인이 자주색 저고리의 옷고름을 끌렀다.

"어설픈 손재주로 가야금을 탔으니 이제 생도님의 농현을 기다립니다."

여인이 고개를 살짝 돌렸다. 윤복의 눈이 커졌다.

"나더러 가야금을 타라는 것이냐?"

"소리내는 악기가 가야금뿐이겠습니까? 사내의 손에 울고 우는 최고의 악기는 여인의 몸이겠지요."

눈부시게 하얀 속살에 윤복은 주춤 물러앉았다.

"고름을 여미어라."

여인의 놀란 눈이 촉촉하게 젖어들었다.

지나간 날 완력으로 자신의 옷고름을 풀어내던 수많은 취한 손들을 기억한다. 때론 힘을 다해 고름을 싸잡고 버티고, 때론 억지로 잡아떼고 정신없이 방을 뛰쳐나왔다. 그런데 스스로 푸는 옷고름을 이 사내는 어찌 다시 여미라 하는가.

"기방을 드나드는 천한 여인의 몸이라 꺼리시는 것입니까?"

"하나의 줄이 끊어졌다고 가얏고가 음조를 잃더냐. 네 몸을 헛되이 여기지 말아라. 한 사내의 하룻밤이 아니라 수많은 자들의 영원한 찬탄을 받아야 할 몸이다."

긴 손가락이 정향의 뺨을 쓰다듬었다.

"이름이 무엇이냐?"

"정향입니다."

"언젠가 널 다시 찾았을 때…… 그때 옷을 벗어도 늦지 않을 것이다."

윤복은 방문을 열고 어둠이 짙게 깔린 긴 복도를 뚜벅뚜벅 걸어나갔다.

한 번도 귀하다 생각해본 적 없는 몸이었다. 몇 푼의 돈에 여기저기 팔려다니며 돈 많은 양반의 손길이 닿았다가, 이런 저런 남정네들에게 치인 서러운 몸이다. 그 몸을 귀하게 바라보는 남자. 그런 바보 같은 남자가 있다.

그때가 언제일까?

정향은 윤복의 하얀 옷자락에 어려 흔들리는 촛대의 불꽃을 안타깝게 바라보았다.

사방관을 쓴 장조한의 머리카락은 순백색으로 빛났다. 이태 전부터 불편해진 다리를 절며 그는 교당문을 열었다.

비록 사그라진 노을처럼 어둑어둑한 세월이지만, 아이들을 볼 때마다 속에서 뜨거운 것이 꿈틀거렸다. 그 뜨거운 꿈틀거림에 끌려 생도청으로 온 지 20년.

화원의 궁극의 꿈은 원로화원이 되는 것. 하지만 그렇고 그런 화원이었던 장조한은 원로화원이 되지 못했다. 원로화원이 되지 못한 화원들은 도화서를 떠나 호사취미를 지닌 양반들의 화실이나 큰 돈을 번 장사치들의 화실로 들어갔다. 돈을 벌고 융숭한 대접을 받기에는 도화서보다 그 편이 나았다.

중견화원들은 그들의 후원으로 도화서보다 훨씬 큰 사화서에 수십 명의 도제를 두고 그림장사에 나섰다. 돈 많은 신흥양반이나 권세가의 주문에 맞추어 그림을 그리고 도제들의 작품을 내다팔았다. 도제들은 철저한 분업으로 매, 란, 국, 죽의 각 부분을 맡아 그림을 쏟아냈다.

반면 생도청 교수는 모든 화원들이 기피하는 자리였다. 큰 실책이나 과오를 저지른 자가 징벌 차원에서 쫓겨오는 경우가 대부분이었다. 하지만 장조한은 달랐다. 모두가 피하고 싶어 안달인 그곳에 스스로 들어가 종신토록 남기를 자청했다. 사람들은 원로화원이 되지 못한 그가 충격으로 실성이라도 한 것처럼 수군거렸다.

20년 세월은 부질없이 흘러갔다. 장조한은 대님 솔기를 손으로 탁 치면서 주름진 눈매로 아이들을 훑어보았다. 저 아이들 중에서 원로화원이 나올 것이고, 어진화원과 자비대령화원이 나올 것이다.

하지만 이제 가르치는 일조차 힘에 부치는 나이가 되고 말았다. 일신의 영달을 버리고 생도청으로 온 것은, 이루지 못한 그림의 경지를 아이들을 통해서라도 이루려는 열망 때문이었다. 호사취미에 젖은 양반 나부랭이들과 꼴같잖은 장사치들이 뿌려대는 돈을 모이처럼 받아 챙길 그림이 아니라 정념을 담은 그림을 원했기 때문이었다.

자신의 대에서는 이루지 못했지만 정신을 맑게 하는 그림, 심오한 유가의 도를 담아내는 그림을 그리는 화원을 길러낼 수만 있다면 생도청에서 평생을 썩어도 상관없었다.

하지만 요즘 들어 장조한은 점차 그런 기대를 접게 되었다. 팔도의 수재들이라 하지만, 세파에 절은 중견화원들보다 더 치열하게 영달을 꿈꾸고 있었다. 장조한은 하얀 수염을 매만지며 입을 열었다.

"화원이라는 자가 온당하게 그려야 할 것이 무언인고?"

아이들은 검은 눈동자를 조심스럽게 굴렸다. 허황된 선문답 같은 장조한의 수업이 시작된 것이다. 누구 하나 먼저 나서서 대답하는 자는 없었다. 그러다 카랑카랑한 목소리 하나가 조용한 침묵을 깼다.

"능히 나라의 권세와 왕실의 위엄을 그려야 할 것입니다. 그리고 육조의 관례, 의정부의 행사, 원행과 같은 주상전하의 행차, 그밖에도 즉위식과 하례회 등 왕실의 행사들입니다."

강효원. 누가 보아도 차세대의 도화서를 이끌어갈 뛰어난 인재였다.

"그것이 전부인가?"

"아닙니다. 화원이 그릴 궁극의 대상은 어진입니다. 주상전하의 용안 외에 또 무엇을 그리겠습니까?"

강효원의 눈빛이 이글이글 타올랐다. 그렇다. 어진은 단순한 왕의 초상이 아니었다. 그것은 나라의 권세였고, 왕실의 위엄이었고, 모든 살아 있는 것들 위에 존재하는 그 무엇이었다.

왕은 그려질 수 없는 존재였다. 분명 왕이 참석한 행사의 의궤에도 왕은 그려지지 않았다. 아무것도 없는 텅 빈 어좌로 지극한 영광을 대신할 뿐이었다. 용안은 신하들과, 장수들과, 궁녀들과 함께 하나의 화폭 안에 존재할 수 없는 신성한 것이었다.

용안을 그리는 행위는 어진화사 때만 허락되었다. 그러므로 어진화사는 최고의 권세를 그리는 것이었고, 감히 바라보지 못할 위엄을 그리는 일이었다. 거룩한 용안을 상상하자 강효원은 몸에 소름이 돋았다.

"그렇다. 어진은 화원에게 평생의 업이자 축복이지. 하지만 그것 말고 그릴 것이 또 없더냐?"

"육조관청에서도 그 업무에 따라 매일 그려야 할 그림이 있습니다. 의금부에는 도성지도가 필요하고, 병조에서는 병사들에게 가르칠 진법도가 필요합니다. 한성부에서는 굴곡과 유량, 유속을 조사한 청계천그림으로 범람을 막을 수 있습니다."

또 다른 생도의 대답에 장조한은 다시 고개를 끄덕였다.

"그렇다. 왕실의 위엄은 나라의 근본을 세움이요, 육조관가의 그림은 다스림을 용이하고자 함이다. 그러니 화원은 위로 군왕을 받들고 아래로 다스림이 미치지 않는 곳이 없도록 복무하는 자다."

그때 햇살이 드는 창가 쪽에서 한 생도가 나직이 말했다.

"그러면 화원은 그리라 하는 것만을 그려야 합니까? 그리고 싶은 것을 그릴 수는 없습니까?"

장조한은 소리나는 쪽을 돌아보았다. 날렵한 얼굴이 눈에 들어왔다. 신윤복. 그다운 질문이었다.

"무엇을 그리고 싶으냐?"

윤복은 대답대신 고개를 숙였다. 팽팽한 긴장이 침묵 사이로 흘렀다.

"다시 말하지만 화원은 복무하는 자다. 위로 주상전하와 아래로 백성들에게…… 그런데 화원될 자가 어떤 사사로운 것을 그리려 한단 말이냐?"

장조한은 목소리를 높여 다그쳤다.

신윤복이란 아이를 잘 알고 있다. 일찍이 그 재능을 아꼈으나 도화서의 양식에 적응하지 못한 아이. 단지 도화서양식에 적응하지 못한 것이 아니라 수백 년 도화서양식을 통째로 무너뜨릴 위험한 아이였다. 그 눈빛에, 그 재능에 장조한은 문득문득 섬칫했다.

윤복은 고개를 들어 장조한의 눈을 똑바로 보았다.

"모든 것…… 존재하는 모든 것을 그리고 싶습니다."

장조한은 윤복의 눈빛에 쏘인 듯했다.

"모든 것…… 모든 것이라……."

장조한은 방금 들은 말을 힘없이 되풀이 말하는 것으로 깊은 낭패감을 드러냈다.

"하늘, 구름, 바람, 새, 물…… 그리고 사람들…… 웃는 사람과 찡그린 사람과 싸우는 사람과 사랑에 빠진 사람들…… 남자들과 어린아이들, 그리고 여인들……."

윤복은 꿈꾸는 듯 나른하게 말했다.

"여인들? 여인들을 그린다고 했느냐? 눈뜨고 보지 못할 춘화로 생도청을 쫓겨난 네 형의 음탕한 성정을 너 또한 닮았더냐?"

버럭 소리를 지른 사람은 장조한이 아닌 선임생도장 강효원이었다. 정묘하고 치밀한 도화서양식을 지키려는 그에게 윤복의 말은 들어 넘기지 못할 불경이었다.

"스승님은 보이는 대로 그리라 하셨습니다. 왕과 신하들과 장수들처럼 여인들 또한 눈에 보이는 존재입니다. 보이는 것을 보이는 대로 그림을 어찌 나무라십니까?"

토론은 논쟁이 되었다. 팽팽한 긴장은 윤복과 강효원의 사이로 옮겨가 있었다.

"생도청이 무엇하는 곳이냐? 평생을 화원으로 살아갈 소양을 닦는 곳이다. 화원이 무엇하는 자냐? 평생 나라의 녹을 먹으며, 위로 왕실의 위엄을 세우고 아래로 다스림이 골고루 미치게 하는 자이다. 보인다고 아무것이나 그려대는 잡놈을 어찌 화원이라 할 것인가?"

카랑카랑한 말투는 생도들 사이에서 강효원의 존재감을 더욱 크고 분명하게 해주었다.

"그만하거라."

장조한이 서안 위에 놓인 부채를 소리나게 펼쳤다.

"오늘 수업은 이것으로 마치겠다. 끝내지 못한 토론은 제각각의 마음으로 결론을 맺도록."

장조한은 서안을 박차고 일어났다. 교당을 나서며 슬쩍 고개를 돌리자, 윤복은 문틈으로 스며드는 햇살 속에서 꿈꾸는 듯한 표정을 짓고 있었다.

이미 자신의 힘으로 어떻게 할 수 있는 아이가 아니었다. 강효원이 종이 위에 먹 한 방울을 떨어뜨리면 그것은 오점에 불과하다. 하지만 그 아이가 떨어뜨린 먹물자국은 곧 걸작이 될 것이다.

장조한은 아이의 재능에 놀라면서도 그 아이가 불러올 엄청난 일을 생각하면 두려워졌다. 아이는 부글부글 안으로 끓어넘치는 쇳물 같았다. 그것이 밖으로 터져나왔을 때 무슨 일이 벌어질 것인가?

작두 위에 올라선 무당은 자신의 운명을 안다. 언젠가는 그 작두날에 발바닥이 베일 것임을. 도둑을 지키는 개는 도둑의 손에 죽고, 나무를 타는 원숭이는 나무에서 떨어져 죽는다.

그 아이의 재능은 위태로울 뿐 아니라 치명적이었다.

장조한은 더 이상 생각하기를 멈추고 부채를 손바닥에 말아쥐었다.

영복은 갖가지 안료로 얼룩진 작업용 앞가리개를 벗고 바짓단을 툭툭 털어냈다.

긴 나무기둥을 얼기설기 엮어 만든 비계 위를 오전 내내 오가느라 다리가 후들거렸다. 처마의 서까래를 칠하느라 오른팔이 욱신거렸다. 뚫어져라 천장과 서까래의 경계를 살피느라 눈이 따끔거렸고, 내내 뒤로 젖혔던 고개가 뻑뻑했다.

겨우 점심을 먹을 시간이 되었으나 밥 생각조차 없었다. 영복은 바닥에 안료통을 놓고 지친 몸을 축대에 널브러뜨렸다. 날아갈 듯 솟구친 전각의 처마 끝자락이 아름다운 곡선미를 그려냈다.

방금 칠해 물기가 마르지 않은 단청의 색깔들이 파란 하늘을 배경으로 눈부셨다. 하얀 구름은 솟구친 지붕너머로 끊임없이 다가왔다가 사라졌다. 잠시 기분 좋은 현기증이 일었다.

영복은 생도청의 윤복을 떠올렸다. 생도청을 떠나온 것도 아득하다. 서럽고 견디기 힘들었지만 단청실 생활도 생각하면 지나간 일, 갑갑한 생도청보다는 오히려 단청실이 몸과 마음에 맞는 듯했다.

단청실. 그곳은 꿈이 없는 자들이 모여드는 곳이었다. 같은 도화서 소속이라 하지만 단청실 사람들은 막일을 하는 자들과 같았다. 말투부터 거칠고 투박했으며, 성격이 억세고 싸움질도 잦았다. 일은 힘들고, 몸을 굴려야하고, 때로는 위험하기까지 했다. 하지만 영복은 그곳에서 새로운 꿈을 꾸었고 활력을 얻었다.

겉으로 보기에는 더께더께 어지럽게 칠한 것 같지만, 단청의 문양과 색에는 엄청난 비밀이 숨어 있었다. 그것은 도화서의 그림양식보다 훨씬 오래된, 어쩌면 수천 년의 양식이기도 했다. 영복은 수많은 그림본을 보면서 하나하나 문양의 의미와 색깔을 익혀나갔다.

처음 단청실로 왔을 때, 단청공들은 하나같이 빈정거리는 표정이었다. 도화서 생도청이라면 단청공들의 입장에서는 꿈도 꾸지 못할 곳이었다. 그런 자가 단청실로 왔으니 한편으론 고소했고, 또 한편으론 비위가 상한 것도 사실이었다. 괜스레 요령이라도 피울 심산이면 혼구멍을 내주겠다고 모두들 별렀다.

그러나 영복은 처음부터 생도청을 말끔히 잊었다. 단청공 중에서도 가장 천한 자가 되기를 마다하지 않았다. 온갖 잔심부름에 물 떠오기, 단청에 앞서 기둥과 서까래를 거친 마포麻布로 문질러 정리하기, 안료 개기, 가장 위험한 서까래 작업, 작업 후 도구 챙기기에 앞장섰다. 며칠을 버틸까 하는 눈으로 지켜보던 단청공들이 놀랄 정도였다.

그렇게 할 수 있었던 하나의 이유가 있었다. 영복은 윤복과 헤어지던 날의 약속을 기억한다. 검은 먹과 흰 종이의 경계를 벗어난 채색화. 도화서 화원들조차 함부로 쓰지 못하는 색을 써서 그림을 그리게 해주겠다는 것이었다.

"보이는 것을 그리는 것이 그림이라면, 어찌 먹으로 그린 검은 소나무를 푸른 소나무라 할 것인가. 검은 것을 푸르다 하고, 흰 것을 붉다 하니 그림을 그리는 자도, 그림을 즐긴다는 양반 호사가도 뻔한 거짓말들을 하고 있는 것이 아닌가."

윤복은 도화서 자료방의 수묵 한 점을 보면서 목소리를 높였다. 영복은 카랑카랑한 그 목소리를 누가 들을까 노심초사하며 입막음했다.

"산수나 사군자의 양식은 그리 간단치 않아. 지극히 뛰어난 예인은 절제할 줄 아는 자지. 가능하면 선을 줄이고 붓질을 줄여서 극도의 단순한 기법으로 대상의 핵심을 표현하는 거야. 단 세 번 붓을 대어서 난 한 폭을 치는 대가도 있다."

영복은 산수와 사군자의 양식과 기법에 대해 조근조근 말했다. 윤복은 피식 웃음을 흘렸다.

"모두 색을 쓰지 못하는 반쪽 그림쟁이들의 변명일 뿐이야. 제대로 된 색으로 대상을 표현할 수 없는 자들의 자기변명이지. 몇 번 붓질로 그려놓은 검은 자국을 난초라 하고, 대나무라 하고, 그것을 대단한 재주인 양 자화자찬하는 건 사기꾼이나 다를 바 없어."

영복은 다시 누가 들을까 좌우를 살피며 윤복의 옷자락을 잡아끌고 자료실을 나왔다.

"그림에 색을 쓰고 싶으냐?"

윤복은 말없이 고개를 끄덕였다. 영복은 난감했다.

도화서에 있는 한 색을 쓰는 건 금기였다. 화원들은 색을 쓸 생각을 하지도 않고, 쓰고 싶다고 이 색깔 저 색깔을 쓸 수도 없다. 엄격한 절차와 규율과 양식에 따라 지극히 제한적으로만 색을 쓸 수 있을 뿐이다.

물론 빈 용상으로 대신하지만, 가령 주상이 등장하는 화폭은 황색 계열을 전체 화폭에 써야 한다. 왕의 위엄과 세상의 중심을 뜻하는 색은 황색이기 때문이다.

마찬가지로 각각의 그림마다 허용된 색이 있었으며 그 외의 색은 일절 제한되었다. 그러자니 까다로운 색을 쓰는 일은 화원들조차 기피하기에 이르렀다.

화원들이 색을 쓰지 못하는 데에는 또다른 이유도 있었다. 그것은 색을 내는 안료를 구하는 것이 보통 힘든 일이 아니기 때문이다. 가령 쪽과 함께 푸른색을 내는 석청石清은 중국에서도 멀리 서역 너머에서 들여왔다. 황색을 내는 등황은 안남에서 배를 타고 더 들어가는 섬나라의 나무에서 채취해야 했다.

구하기도 힘들지만, 부르는 게 값일 정도로 가격도 천정부지였다. 돈 많은 양반의 초상화나 어진을 그릴 때는 그나마 구하기 쉬운 황색 계통의 안료가 쓰일 따름이었다.

색에 대한 윤복의 욕망은 영복에게 짐이 되었다. 안료를 앞에 놓아도 어쩌지 못하는 다른 화원들과 윤복은 다르다. 윤복은 색들을 어떻게 다루어야 할지 알고 있다. 먹의 농담이 아니라, 색들의 밀고당김과 어우러짐으로 드러내고자 하는 바를 드러낼 수 있는 아이였다.

"그래. 네가 원한다면 그렇게 해줄게. 색을 구해다 줄 거야."

확신할 수는 없었다. 하지만 영복은 그렇게 되기를 기도하듯 윤복에게 말했었다.

하지만 푸르고 붉은 안료로 온몸이 물든 지금, 어쩌면 그 약속을 지킬 수도 있을 것 같았다. 온갖 궂은 잡일을 마다하지 않은 덕에 생각보다 빨리 단청질을 배울 수도 있게 된 것이다.

단청질의 첫 공정은 단청을 칠할 바탕재목을 고르는 일이다. 기둥이나 기둥머리 대들보, 서까래에 먼지나 곰팡이가 있으면 단청이 먹지도 않을뿐더러 표면이 조잡하고 먹은 색도 금방 일어났다. 아교나 부레풀을 바르고, 마르면 다시 바르기를 다섯 번씩 반복해야 했다. 그것을 개칠改漆이라 했다. 개칠은 단청실의 가장 어린 도제에게 맡겨지는 것이 대부분이었다.

개칠 위에는 청록색 흙을 엷게 발라 표면을 고르게 하는 청토바르기를 했다. 청토를 바른 후에는 단청본을 표면에 대고 분주머니로 분가루를 발랐다. 무늬가 드러나면 한 단청공이 하나의 색을 나누어 칠했다.

고된 재목 고르기와 개칠, 청토 바르기와 분칠을 거치면 드디어 안료를 배합하고 조색造色하는 일을 배울 수 있었다. 그것이야말로 영복이 간절하게 원하던 일이었다. 어쩌면 화원이 되어 색 없는 그림을 그리는 것보다 눈부신 색을 만드는 지금이 더욱 행복한 건지도 모른다. 더구나 그 색이 윤복을 위해 쓰여질 수만 있다면…….

드러누운 영복은 빠르게 처마를 지나는 구름에 어지럼증을 느끼며 키득거렸다. 아우를 위해, 가문의 명망을 지키기 위해 이곳으로 온 것은 구실일 뿐이었다. 어쩌면 스스로 간절히 이곳에 오길 원했는지도 모른다.

손가락 끝으로 그리는 그림이 아닌 온몸으로 그리는 그림. 외줄타기 광대가 줄 위를 걷듯 위태로운 비계 위를 날듯 오가며 거대한 전각을 화선지 삼아 그려내는 그림. 다섯 가지 색깔 속에 온갖 세상의 조화를 담은 비밀스러운 그림. 단청이야말로 영복이 꿈꾸어온 바로 그 일인지도 몰랐다.

"여이! 밥들 먹었으면 다시 올라가세!"

단청공의 우렁찬 목소리가 전각 뜰을 가로질렀다. 영복은 환하게 웃으며 앞가리개를 질끈 동여맸다.

"예이! 여기 올라갑니다요!"

한 치도 흐트러짐 없는 보폭으로 사다리를 오르는 영복을 초록 단청공은 흐뭇하게 바라보았다.

어느새 영복은 까마득한 사다리 끝에서 가는 나무비계 위를 날아갈 듯 걸어가고 있었다.

오월이라 하지만 계절은 이미 초여름이었다.

작은 꽃망울은 제흥을 견디지 못하고 툭툭 터져 흐드러졌다. 환하게 핀 작약은 따뜻한 봄비에 후두둑 흩어져 내렸다. 곳곳에서 제 무게를 이기지 못한 꽃잎들이 뚝뚝 떨어지고 새순들이 뿌득뿌득 소리를 내며 자랐다.

단오가 코앞이었다. 화원이 될 자를 가리는 시험 또한 단오제에 맞춰 있었다. 생도에서 화원이 됨은 못자리의 어린 모를 들판에 옮겨심음을 뜻했다.

"시험준비는 잘하고 있느냐?"

언제나처럼 시원한 미소를 머금은 홍도가 사방관을 벗어들며 중문을 들어섰다.

"시험에 통과하는 요령으로 화원이 되고 싶지 않으니 무엇을 어떻게 준비해야 할지 알 수 없습니다."

"하지만 다른 생도들은 일 년 전부터 시험요령을 익혀왔다. 너 또한 이름을 떨치는 화인이 되려면 도화서 화원이라는 감투를 쓰지 않으면 안 된다."

도화서 감투. 그것을 위해 아버지에게 등떠밀려 생도청에 왔고, 영복은 자신의 죄를 뒤집어쓴 채 천한 단청쟁이가 되었다. 늘 어깨 뒤에 머물던 시선, 지치지도 피곤해하지도 않으며 자신을 바라보던 눈길……. 영복의 눈길이 사라진 어깨 한켠이 다시 시려왔다.

"속된 춘화를 그린 것은 저인데 어찌 죄없는 사람에게 죄를 뒤집어씌워 내치셨습니까?"

윤복이 적의 어린 눈빛으로 홍도를 바라보았다.

"너의 재능을 지켜주고 싶어서였다."

"그래서 장교수님과 화원들에게 거짓말을 하고 온 도화서를 속였습니까?"

"너를 이곳에 머물게 할 수 있다면 거짓말이 아니라 그보다 더한 짓도 할 수 있었을 게다."

윤복의 눈에서 뚝 떨어진 눈물이 청바닥을 적셨다.

"도화서를 떠나면 그리고 싶은 대로 그릴 터인데, 어찌 양식에 찌든 화원이 되라 하십니까?"

"너는 혼을 담은 그림을 그리는 아이다. 양식을 거부하고, 규율을 무너뜨리며, 마음가는 대로 그리지. 하지만 화원이 되지 못하면 그건 천재가 아닌 미치광이의 그림에 지나지 않아. 네가 가장 뛰어난 화원이 되었을 때만이 네 그림은 인정받을 것이다."

"도화서 화법은 인간의 영혼을 담지 못하는 죽은 기교입니다."

"기교와 양식은 그림의 주춧돌이다. 그것 없이는 미치광이의 그림밖에 안돼. 양식을 알아야 양식을 넘어서고, 기교를 갖추어야 기교를 넘어설 수 있다. 하지만 너는 단 한 번도 양식과 기교에 진실하게 맞서지 않았어. 그건……."

윤복은 젖은 눈으로 붉게 상기된 홍도의 다음 말을 기다렸다.

"죄악이야."

큰 돌이 빠뜨려진 듯 윤복의 마음속이 울렁거렸다.

"하지만 저 하나 때문에 형님은 천한 단청쟁이가 되었습니다."

"네 형은 네 재능을 지키기 위해 모든 것을 버렸어. 그날밤 나를 찾아와 자신이 그 그림을 그렸다던 영복이를 나는 말릴 수가 없었다. 우리는 그 순간 이미 공모자가 되어버렸지. 아무도 알아보지 못하는 천재를 알아본 죄로 우리는 죄를 지어야 했던 거야. 어쩌면 우리의 죄로 해서 우리 시대는 어떠한 시대도 가질 수 없는 큰 예인을 갖게 되겠지만……."

윤복은 은은하게 풍겨오는 묵향에 아득해졌다.

아무렇지도 않은 자신의 재능이 무엇이관대 영복은 인생을 포기하면서까지 지키려 했던 것일까?

"저를 이곳에 남겨둔 이유가 단지 그것이 전부입니까?"

"그것 외에 무슨 이유가 있겠느냐."

윤복의 당돌한 질문에 홍도의 눈길이 흔들렸다.

홍도의 마음속 빛과 그림자가 만나는 곳에서 격한 갈등이 부딪쳤다. 그 갈등은 이 소년이 그린 야릇한 춘화를 처음 본 순간 이미 시작되었다.

그림을 보았을 때, 홍도는 죽은 혼이 벌떡 일어서는 것 같았다. 점과 선과 면이 적절하게 기능한 완벽한 구도, 아래로 늘어진 버들과 위로 솟구친 고목의 격렬한 부딪침. 화면 전체를 가득 채운 팽팽한 긴장감.

게다가 금지된 여인이 화면의 중앙에 배치된 것은 상상조차 하지 못할 파격이었다. 단순한 여인의 뒷모습은 어떤 정밀한 초상화보다 깊은 정한을 드러내고 있었다. 힘차게 뻗은 고목과 길게 이어진 담장은 화면 밖의 무한한 공간으로 세계를 확장하고 있었다.

홍도는 그가 누구든 모든 방법을 다해 곁에 잡아두겠다고 결심했다. 어쩌면 놈을 그 어떤 여인보다 사랑하게 될지도 모르고, 그 어떤 벗보다 가깝게 사귈지도 모르고, 그 어떤 적보다 격렬하게 싸우게 될지도 모른다. 하지만 그 운명을 피하고 싶지는 않았다.

"화원시험은 획일화된 지 오래다. 해마다 모사문제와 화제문제를 내는데, 생도 대부분은 모사문제를 택한다. 화제문제는 시풀이와 구도에 시간이 걸려 정작 그리는 시간이 턱없이 모자라기 때문이다. 그러니 너도 모사문제를 택해 하는 것이 옳을 것이다."

"독자적인 그림을 그리는 창의적인 자보다, 서툴더라도 양식을 충실하게 익힌 자에게 유리하군요."

햇살이 바삭바삭 부서지는 뜰의 물오른 살구나무 가지에서 작은 새가 지저귀는 소리가 들렸다.

"무슨 일이 있어도 화원이 되어야 한다."

격한 목소리는 이곳 도화서에 남아 정정당당하게 자신과 겨룰 것을 완곡하게 청하고 있었다. 가르치는 스승과 배우는 제자가 아니라, 그리는 화원 대 그리는 화원으로.

그런 이유라면 윤복은 이곳에 남아도 좋겠다고 생각했다. 이곳에 남아 홍도와 겨루고 싶었다.

"저를 못 믿으십니까?"

윤복의 눈이 빛을 뿜었다. 신념에 가득찬 눈. 한순간도 흔들리지 않는 당당한 눈.

한때는 자신도 그런 눈빛을 가졌었다. 하지만 오래전에 잃어버린 그 눈빛이 홍도는 부럽고 두려웠다.

"너의 재능을 믿는다. 다만 화원회의를 믿기 어려울 뿐……."

홍도는 천천히 책상 위의 종이 한 장을 내밀었다.

나란히 걷는 두 마리의 게가 힘차게 뻗은 갈댓잎을 물고 있는 그림이었다. 게의 등딱지 윤곽과 집게발을 검은 먹의 농담을 통해 활달하게 표현하여 생기가 넘쳐흐르면서도 세밀한 부분까지 그려냈다.

갈댓잎은 윤곽선조차 없이 일필휘지로 쳐내고, 가운데에 가는 먹선으로 세밀한 심을 그려냈다. 소품이라 하지만, 흠잡을 데 없는 구도에 힘찬 기운과 섬세한 묘사가 조화를 이루고 있었다.

홍도는 겸연쩍은 표정을 애써 감추었다.

"이 그림은 이갑전려二甲傳蘆라 읽는다. 게딱지가 둘이니 이갑이요, 갈대를 전하니 전로다. 그러나 중국의 한자음으로 갈대 로는 려로 읽으니 전려라 할 것이다. 갑이란 갑, 을, 병의 평가기준 중에서 가장 뛰어남을 뜻하는 갑종을 뜻한다. 전려는 임금이 직접 내리는 상이니, 장원급제자나 큰 시험에 통과한 인재가 임금을 직접 알현하고 내리시는 상을 받는 영광을 뜻한다. 이갑전려는 '두 번의 과거에 급제하여 임금의 상을 받는다'는 뜻이니

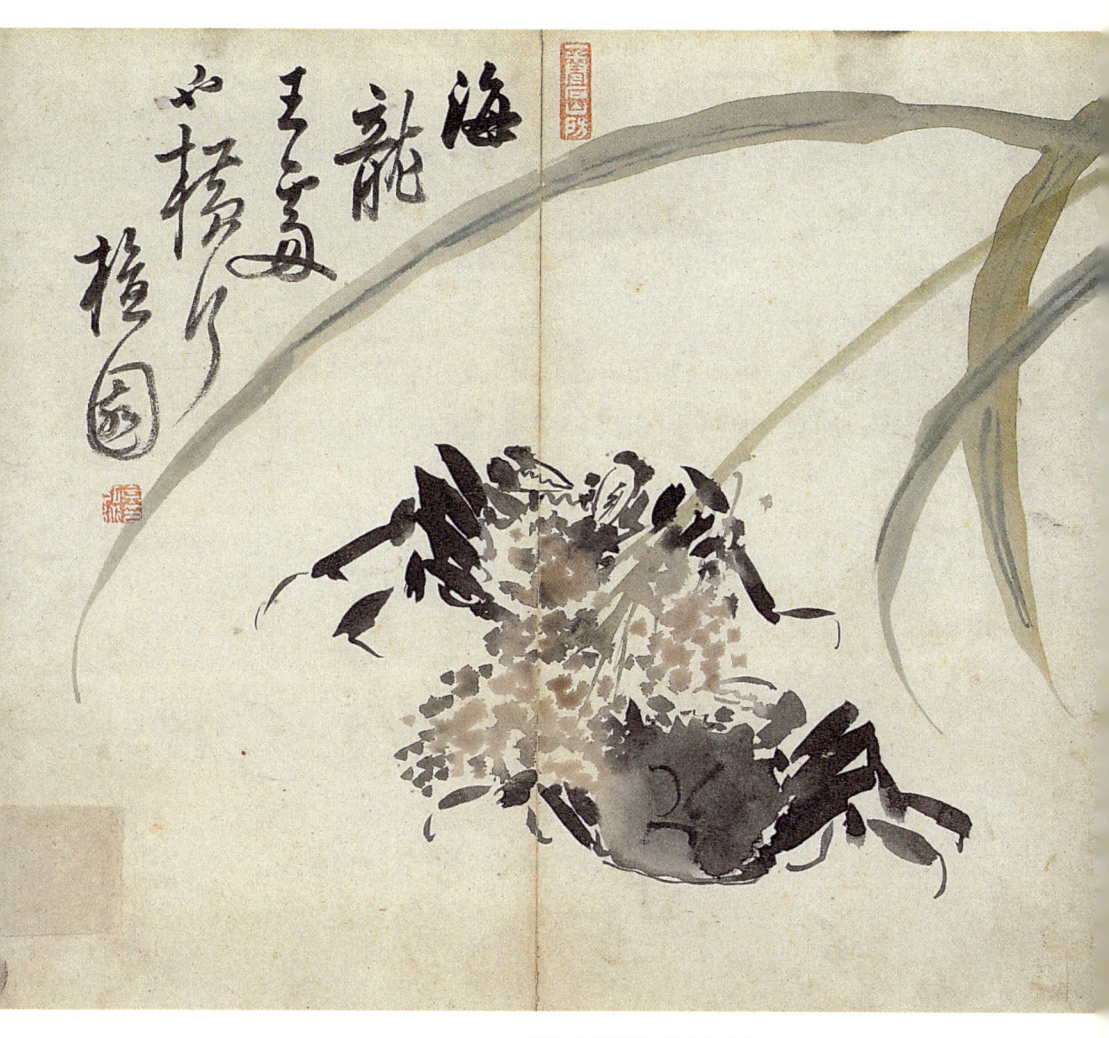

해탐노화 蟹貪蘆花, 종이에 담채, 23.1×27.5cm, 간송미술관
힘찬 갈대와 두 마리의 게를 그린 그림으로 과거에 급제하기를 비는 부적의 용도로도 쓰였다.

예로부터 과거보러 길 떠나는 선비들이 품던 그림이다. ”

홍도는 윤복 자신보다 몇 배나 더 자신이 화원이 되기를 간절히 원하는 듯했다.

“대과를 보러 떠나는 선비도 아니고, 고작 도화서 화원이 되려는 터에 어찌 이 그림을 품으라 하십니까?”

그 말은 완곡한 사양의 뜻으로 들렸다. 홍도는 거부된 자신의 호의를 겸연쩍게 되받아야 했다.

“그렇겠지. 하늘이 낸 재능을 지닌 너에게 이런 부작쪼가리가 무슨 필요가 있겠느냐? 하지만 이왕 그린 그림이니 화제 몇 자를 적어주지. ”

홍도는 그 자리에서 붓을 들어 갈댓잎이 힘차게 뻗어나온 여백에다 휘갈겨썼다.

바다용왕이 있는 곳에서도 옆으로 걸는다네
海龍王處也橫行

일필휘지가 끝나기도 전에 강렬한 먹냄새가 풍겼다.

“용왕의 앞에서도 자신의 걸음걸이를 고치지 않는 게처럼, 도화서 화원이 되더라도 그 양식과 규율에 사로잡히지 말고 네 혼을 지켜나가야 한다. ”

윤복은 진정으로 자신을 아끼는 한 사내의 마음을 느낄 수 있었다. 그 마음은 여리고, 깊고, 따뜻했다. 윤복은 그 여리고 깊은 따뜻함 속으로 한없이 가라앉고 싶었다.

멀리 마포나루 너머로 노을이 붉게 물들어갔다. 오래오래 두 사람은 말하지 않았다.

소리가 되지는 않았지만 많은 말들이 오가는 듯했다.

도화서 본청으로 들어서자 단오의 아침햇살이 거울처럼 뜰에서 반짝였다. 원로화원들이 대청 위에 줄지어 앉아 있고, 중견화원들은 바쁘게 뜰을 오갔다.

윤복은 큰숨을 들이쉬며 먼 하늘을 올려다보았다. 구름이 지나가는 길, 바람이 지나가는 방향, 푸르름이 시시각각으로 변해가는 모습, 도화서 본청의 날아갈 듯 솟구친 처마끝, 그리고 굵은 서까래에 칠해진 오색의 단청……

오색의 단청. 느닷없이 영복의 얼굴이 떠올랐다.

화원 중의 화원이라 할 자비대령화원이 서안에 받쳐 든 두루마리 화제畵題를 펼쳤다.

모사화제는 화원 김선도가 그린 선대왕 칠순향연이었다. 삼정승과 육조백관, 무반의 장수들을 포함해 등장인물만도 3백 명은 족히 넘었다. 이틀 동안 모사하기엔 턱도 없는 대작. 수험생도들은 얼굴이 파랗게 질렸다.

하지만 윤복은 상관없다고 생각했다. 어차피 남의 그림을 보고 베끼는 것으로 화원이 되고 싶지는 않았다. 윤복은 그들의 방식이 아니라 자신의 방식으로 승리하고 싶었다.

자비대령화원은 떨리는 손으로 또 다른 두루마리 화제를 펼쳤다.

그넷줄 발굴러 허공 중에 솟구치니*
蹴去秋千一頓惶

---

* 박제가의 '단오 그네놀이'를 다룬 한시. 소설적 장치로 차용하였다.

바람 머금은 두 소매 흰 활등 같구나
飽風雙袖似彎弓

높이를 다투다 치마 타진 줄 모르더니
爭高不覺裙中綻

꽃신코가 드러나 눈을 붉게 수놓네
併出鞋頭繡眼紅

생도들의 얼굴에 혹시나 하는 기대감 대신 어두운 실망감이 스쳤다. 어차피 싯구 하나로 새로운 그림을 그리는 것은 가당찮은 일, 어쩔 수 없이 모사시험을 선택해야 했다. 밤샘을 하든 손목이 부러지든 붓질을 해야 했다. 하지만 윤복은 천천히 한 구절 한 구절을 씹듯이 음미했다.

취재시험의 심사는 결과물만으로 진행되는 것은 아니었다. 그림을 그리는 자세와 순서, 화구를 다루는 방법까지 철저하게 심사했다. 먹을 가는 방향과 자세, 먹을 벼루 위에서 둥글리는 각도와 횟수, 먹물의 농담과 붓의 사용순서까지 정해져 있었다. 붓을 사용하는 순서가 틀리거나 먹의 농도가 일정치 못한 것 또한 감점의 대상이었다.

조심스럽게 먹이 벼루 위를 오가는 소리만 뜰안에 가득했다. 감은 눈꺼풀 안에서 빨갛고, 파랗고, 노랗고, 흰 빛의 입자들이 소용돌이치고 부딪치고 잠겨들며 온갖 문양의 무늬를 만들어냈다.

해가 머리 위로 솟아오를 즈음 윤복은 자리를 박차고 일어섰다.

"어디를 가려느냐? 시험을 포기하려는 것이냐?"

심사를 맡은 중견화원의 굵직한 목소리가 발길을 붙들었다.

"내일저녁 해가 떨어지기 전에 어김없이 그림을 제출하겠습니다."

"모사할 원작과 화구들을 두고 어딜 간다는 것이냐?"

"저는 누구의 그림도 모사하지 않을 것입니다. 저의 그림을 그릴 것입니다."

괘씸한 젊은 녀석의 뒷모습을 바라보며 화원은 눈살을 찌푸렸다.

아마도 생도청에서는 난리가 났을 것이다. 한 시가 아까운 시험을 앞둔 생도가 사라져 버렸으니…… 그것은 시험을 포기한 것이나 다름없었다.

윤복은 하루종일 도성 안의 마을과 마을을, 산과 들을 헤맸다. 도성 밖 무논에는 하얀 해오라기 같은 농군들이 모를 심고 있었다. 땅에서는 싱그러운 풀과 꽃의 향기가 피어오르고, 하늘에는 달아오른 태양의 열기가 축복처럼 쏟아졌다. 모든 살아 있는 것들이 약동하는 생명의 계절. 봄은 잿빛의 세상에 온갖 색을 칠하는 장인이었다. 어떤 화원이 있어 이토록 아름다운 색으로 세상을 칠할 수 있을까.

윤복은 하루종일 변해가는 황홀한 색의 제전을 넋을 잃고 바라보았다. 하루치의 피곤을 머금은 노을이 새문안* 너머로 길게 드리워졌다. 수많은 붉은 빛들이 서로 뒤엉키고, 어우러지고, 싸우며 반발하고, 생성되고 소멸되고 있었다.

125

윤복은 중치막 끈을 조여매며 견평방 길을 빠른 걸음으로 걸었다.

거리에는 어둠이 내렸다. 등을 내건 주막의 솥에서는 구수한 머릿고기가 끓었다. 퇴청한 하급관리들은 갓을 젖히고 이마를 까뒤집은 채 얼큰하게 취했다. 보릿고개다, 굶어죽는 백성이 많다 하나 견평방은 별세계였다.

풍류를 아는 한량이라면 장사치, 노름꾼이 득실대는 난상전보다는 도화서가 있는 견평방 주막으로 몰려들었다. 부모를 잘 만나 묵직한 엽전꾸러미를 찬 어린 양반녀석들은 수염도 나지 않은 맨숭맨숭한 턱으로 초저녁부

---

* 지금의 종로구 신문로 일대.

터 기생집을 기웃거렸다.

윤복은 무르익은 봄밤의 흥이 넘실거리는 골목을 지나쳤다. 마음은 달뜬 처녀처럼 설레었지만, 은근한 긴장으로 손바닥에는 땀이 고였다.

두 개의 골목을 지나자 계월옥이 보였다. 구석방으로 숨어든 윤복은 늙은 막종이 떠올린 뜨거운 대야에 지친 발을 담갔다.

방문이 열리고 가야금을 껴안은 여인이 방안에 들어섰다. 물빛 치맛자락을 걷어올린 여인이 현을 퉁겼다. 가락은 언제나처럼 맑고 정결했지만, 거칠고 세찬 격랑이 되어 가슴속을 흘렀다. 술상이 들어오고, 밤이 깊어가는 것을 윤복은 잊었다.

윤복은 말간 잔과 여인의 얼굴과 가늘게 떠는 가야금의 줄과 흔들리는 불빛을 번갈아 바라보았다. 우는 듯, 한 곡조가 끝나면 또 외줄을 타듯 한 곡조가 끝났다.

"오늘이 단오가 맞다면 화원시험일이요, 도화서 뜰에서 그림을 그려야 할 분이 어쩐 기방출입입니까?"

여인이 가야금을 옆으로 밀어놓으며 참았던 물음을 던졌다. 며칠 전 계월옥에 들른 생도들의 술자리에서 들은 말이었다.

"걱정스러우냐?"

따지고보면 걱정스러울 일도, 안타까울 일도 없다. 그저 몇 번 기방출입을 한 뜨내기 손일 뿐……. 하지만 정향은 어쩔 수 없이 숨이 가빠졌다.

"시험이 한창인데 기생집 출입이니 이제 어떻게 하시렵니까?"

"내 앞에서 옷을 벗겠느냐?"

정향의 가슴속에 쌓인 돌무더기가 와르르 무너졌다. 밤은 깊었고 사위는 조용했다. 주정꾼들은 잠에 빠졌고, 가야금과 통소소리는 잠들었다.

촛불이 흔들릴 때마다 일렁거리는 자신의 그림자에 정향은 깜짝 놀라며 간신히 입을 열었다.

"오래전부터 기다렸던 바입니다."

정향의 가슴이 대책없이 두근거렸다. 비록 기방 구석의 악기 신세지만 늘 자존감을 잃지 않으려 했다. 남들에겐 아무 의미없는 말라비틀어진 고집이라 해도 상관없었다. 기생년의 팔자란 그럴 듯한 부자 양반에게 머리 올림을 받고 한 살림 챙겨받으면 그만이었다.

곳간에 재물을 켜켜이 쌓아두었다는 난전의 행수와 정승을 지낸 대갓집 자제, 그리고 예약하는 자들의 후원에 물불을 가리지 않는 유한양반들……. 그들 모두에게 정향은 부러뜨려야 할 가지였고 가져야 할 소중한 물건이었다.

그 사실을 모르는 것인지, 알면서도 모르는 척하는 것인지… 행수기생인 계월은 몸이 달았다. 다른 기생들은 부러워하면서도 의아해했다. 하지만 정향은 그런 구설이나 눈길조차 애써 모른 척했다.

언젠가는 돈과 재물에 팔려 한 남자의 노리개가 되는 날이 닥칠 것이다. 영원히 피할 수는 없겠지만 스스로 굴복하지는 말자. 나의 가얏고 소리를 알아주는 한 남자가 있다면… 단 하루라도 좋으니 그런 남자의 여자가 되어봤으면…….

가슴이 쿵쾅대는 소리를 들키지 않기 위해 정향은 숨을 죽이고 등잔의 심지를 낮추었다. 가물가물하던 불꽃이 사라지자 방안은 어둠을 담은 거대한 그릇이 되었다.

치맛자락이 끌리는 소리에 윤복은 숨이 막혔다. 조금씩 조금씩 눈이 어둠에 익숙해졌다. 정향의 저고리 고름이 풀리는 소리가 마음의 매듭이 풀어지듯 툭하고 어둠속으로 떨어졌다. 옷자락이 스적이는 소리, 살과 천이 미끄러지는 소리, 벗어낸 옷가지가 바닥에 닿는 소리……. 저고리가, 넓은 스란치마가, 하얀 속치마가, 매끄러운 비단 속곳이 하나하나 허물처럼 벗겨져 어둠 속에 잠겨들었다.

지금껏 간절히 기다리면서도 미루어왔던 시간이었다. 정향의 벗은 몸을 바라보고 싶다는 감출 길 없는 욕망과, 언젠가 그 몸을 귀하게 바라볼 수 있을 때까지 기다려야 한다는 냉정함이 마음속에서 항상 엉기며 싸웠다.

그렇고 그런 기방의 난봉꾼 남정네처럼 이 여인의 몸을 하루저녁 노리개로 다루고 싶지는 않았다. 언젠가 그럴 수 있는 날이 온다면, 그 귀한 마음처럼 그 몸 또한 세상에서 가장 귀한 몸으로 만들고 싶었다.

여인의 흰 어깨에 달빛이 살얼음처럼 내려앉았다. 가는 허리로 이어지는 곡선이 빛과 어둠을 칼로 도려내듯 갈랐다. 그 선명한 경계는 아름다우면서도 불안했고, 부드러우면서도 차가웠다.

윤복은 어둠속에서 그녀의 윤곽을 헤아리고 그녀의 존재를 실감했다.

"가까이 오라."

여인의 발걸음 소리가 고요한 밤에 눈 내리는 소리처럼 들렸다. 달빛이 구름을 벗어나자 여인의 몸은 선이 아닌 희미한 면으로 드러났다. 빛이 머무는 부분과 빛이 머물지 못하는 부분은 각각 밝음과 어둠으로 나뉘어 서로 기대고, 어울리고, 맞서면서 그녀란 존재를 뚜렷하게 해주었다.

존재는 곧 빛과 어둠의 조합이 아닌가. 빛이 있어 어둠은 자리를 얻고, 어둠이 있어 빛은 밝게 떠오른다. 어둠이 없다면 빛은 밝음을 드러내지 못하고, 빛이 없다면 어둠은 존재하지 못할 것이다. 그 빛과 어둠의 격렬한 맞섬과 어우러짐을 윤복은 한 여인의 매끄러운 몸을 통해 확인했다.

"가서 불을 켜라."

어둠 속으로 스미듯 들려오는 목소리에 정향은 화살을 맞은 듯했다.

탁! 부싯돌이 켜지고 황 조각에 불이 붙었다. 매캐한 유황냄새와 함께 작은 씨앗 같은 불꽃이 어둠 속에서 새싹처럼 돋아났다. 심지를 돋우자 작은 불꽃은 여린 싹이 자라듯 붉은 빛깔을 더하며 커졌다.

윤복은 불빛 아래에서 윤기나는 선을 찬찬히 살폈다. 목에서 어깨로 완만하게 이어지는 아름다운 곡선을……

이것이 여인의 몸인가. 아름다운 것이 사람의 영혼을 풍요롭게 한다면, 이 여인은 한 남자를 구원하고 세상을 구원할 수도 있을 터였다.

여인은 잠시 당혹스런 표정을 떠올렸지만 곧 자신의 존재감을 당당히 드러냈다. 환한 빛 아래 웅변하듯 당당한 여인의 실존 앞에서 윤복은 작아지는 스스로를 느꼈다.

그것이 그녀 자신이었다. 화려하고 비싼 비단으로 감싸지 않은 몸, 값비싼 장신구로 치장하지 않은 몸, 거대한 세상과 맞서도 꿀리지 않는 당당한 몸…… 그 몸을 고고한 척하는 자들은 더러운 몸뚱아리라고 저주하고, 욕망에 눈이 먼 자들은 끊임없이 탐했다.

여인은 어떻게 하면 자신의 몸이 더욱 아름다워보이는지를 알고 있었다. 단아한 어깨와 탐스러운 가슴이 보일 듯 말 듯 이어졌고, 약간 힘이 들어간 배는 팽팽하게 긴장했다. 한 쪽 다리를 길게 뻗고 뒤쪽 무릎을 굽히자, 부드러운 곡선과 시원한 직선이 얽혔다.

그것은 온몸으로 연주하는 우아한 가락과 같았다. 귀로 듣는 가얏고의 가락이 아니라, 눈으로 보는 몸의 가락이었다. 탐스러운 곡선과 시원하게 뻗은 직선이, 강한 휘어짐과 부드러운 구부러짐이, 불빛 아래 하얗게 빛나는 가슴과 희미한 어둠 속에 묻힌 은밀한 부분이 어울렸다.

"그만, 되었다."

여인의 이마에 송글송글 땀방울이 맺혔다. 떨리는 손이 아름다운 선을 따라 미끄러졌다. 여인의 허리와 풍성한 둔부를 지날 때 그 손은 가늘게 떨

129

화 원 이 되 다

었다. 윤복은 밤새 그 아름다움 위를 미끄러지며 쓰다듬고 어루만졌다.

얼마나 시간이 흘렀을까. 멀리서 닭이 홰를 치는 소리가 다가왔다.

윤복은 감았던 눈을 퍼뜩 떴다. 창백한 여인의 얼굴은 푸른 새벽빛을 머금어 생생했다. 조용한 발걸음을 방문 쪽으로 옮길 때 또렷한 여인의 목소리가 발길을 잡았다.

"평생 이 밤을 잊지 못할 것입니다."

여인의 말 한마디 한마디가 제 무게를 이기지 못하고 마른 땅 위로 떨어지는 꽃잎처럼 마음바닥에 투덕투덕 떨어져 쌓였다.

"나 또한 오늘밤을 잊지 못할 것이다."

윤복은 성큼성큼 긴 복도를 걸었다. 술과 불면에 퀭한 눈을 한 젊은 한량들이 비틀어진 상투에 윗저고리 차림으로 엉거주춤 기생집 문을 빠져나갔다. 이른 새벽. 물지게를 진 물장수와 비지장수들이 바쁜 걸음으로 골목 안을 오가고 있었다. 윤복은 당당하게 계월옥을 나와 견평방으로 향했다.

도화서 본청 문을 들어섰을 때는 아침해가 돋아 있었다. 중견화원 하나가 편치 않은 얼굴로 초췌한 윤복을 지그시 내려다보았다.

"수험과제를 팽개치고 하루낮밤 동안 어디를 싸돌아다닌 것이냐?"

윤복은 대답하지 않고 자리에 앉았다. 다섯 명의 생도들이 한잠도 못 이룬 까칠한 눈을 비벼댔다.

윤복은 벼루뚜껑을 열고 천천히 먹을 갈았다. 사각사각. 얼어붙은 강 위에 눈이 내리는 소리를 내며 먹이 벼루 위를 달렸다. 먹은 너무 진하지 않게 갈아야 했다. 중요한 것은 선이 아니라 색이니까.

먹 갈기를 끝낸 윤복은 서너 가지 안료를 섞었다. 그것은 금기 중의 금기였다. 화원시험에서 색을 쓰는 생도는 이전에도 없었고 앞으로도 없을 것이었다.

화원시험에서 허용되는 색은 단 한 가지, 세상의 중심인 왕의 권위와 위엄을 상징하는 황색뿐이었다. 지켜보던 화원이 수염끝을 바르르 떨었다.

"저…… 저런 무도한 놈이…… 색을 쓰려는 것인가!"

눈이 부실 듯 흰 빛을 쏘아내는 종이는 붓끝을 기다렸다. 스치고, 거칠게 요동치고, 갈라져 누비고, 그 위를 달리고 미끄러지며 꾹꾹 눌러주기를 기다리고 있었다.

흰 종이를 바라보는 순간 세상의 모든 소음이 뚝 그쳤다. 윤복의 세상은 이제 그 네 변과 네 모서리 안에서만 존재했다. 먹물을 흠뻑 먹인 대붓은 처마끝의 물방울이 떨어지듯 망설임 없이 종이 위에 가 닿았다. 하얀 종이는 화사한 연갈색을 먹었다.

해가 떠오르자 붓놀림은 점점 빨라지고 유연해졌다. 제비가 수면을 차고 날아오르듯 붓끝이 스치는 곳에서 두 그루의 소나무가 우뚝 솟고 풀잎이 돋아났다. 흐르는 계곡물은 철철 소리를 내는 듯했다.

화원들은 윤복의 붓끝에서 살아나는 풍경에 시선을 고정시켰다. 그네에 한 발을 올리고 막 땅을 박차고 오르려는 여인의 모습이 드러났다. 맞은편 계곡에는 앉고 선 네 여인이 튀어나올 듯 생생했다.

"허허…… 저런 해괴한 노릇이 있나! 화원취재에 여인이… 그것도 대명천지에 알몸을 드러내다니……."

뻣뻣한 수염을 고르며 화원이 외쳤다.

그럴 만도 했다. 여인들은 윗저고리를 벗어젖히고도 부끄러워하거나 움츠리는 기색이 없었다. 벌린 입을 다물지 못하면서도 화원들은 윤복을 제지하지 못했다.

혀차는 소리를 비웃듯 붓끝이 화폭을 스칠 때마다 풍경은 세밀함을 더해

단오풍정 端午風情, 종이에 담채, 28.2×35.6cm, 간송미술관
신윤복의 그림 중 가장 빼어난 수작 중 하나.
단오를 맞아 개울가에서 머리를 감고 몸을 씻는 여인들의 모습을 그렸다.

갔다. 녹색이 감도는 배경 위에 5월의 하늘 같은 푸른색이, 물빛 같은 푸른 색이, 바랜 듯 투명한 푸른색이 여인들의 치마 위에 입혀졌다.

윤복은 곧 푸른색 붓을 빨고 물기를 털어낸 후 노란색 안료를 먹였다. 그 네를 타고 솟아오르려는 여인의 저고리가 샛노란 색으로 덧입혀지고, 치마 는 타오르는 듯한 다홍빛이 되었다. 입술에 붉은 점을 살짝 찍는 순간 여인 들의 표정이 살아나며 생생한 생동감을 불러일으켰다.

색의 축전은 거기서 끝나지 않았다. 윤복은 조심스럽게 계곡 가운데 선 여인의 팽팽한 가슴 끝에 붉은 점을 찍었다. 화원들이 헉하는 숨소리를 냈 다. 농염한 여인들의 붉은 젖꼭지와 탐스런 둔부를 본 화원들은 거친 숨소 리로 말을 대신했다. 뉘엿뉘엿 해가 서쪽으로 넘어가고 있었다.

그제서야 붓을 놓은 윤복은 물끄러미 그림을 살폈다. 구도와 묘사와 생 동감과 색감과 화면 전체의 조화가 나쁘지 않았다. 물론 화원들에겐 눈뜨 고 못 볼 음탕하고 저속한 그림으로 낙인찍히겠지만.

그런데 무언가가 부족했다. 완벽한 구도, 완벽한 묘사, 완벽한 색감……. 무엇이 부족한 것일까?

윤복은 놓았던 붓을 다시 집어들었다. 붓끝에서 장난스럽게 웃고 있는 두 명의 어린 중이 나타났다. 어린 중들의 입술을 장난스럽게 붉은 안료로 칠한 후에야 윤복은 붓을 내려놓고 두 손을 탁탁 털었다.

모든 것은 끝났다. 남은 것은 화원들의 심사뿐. 이 그림이 그들의 눈에 들지 않을 것이 문제이긴 했지만.

홍도는 허겁지겁 도화서 본청 솟을대문을 들어섰다. 이른 아침잠을 깨운 막종은 원로화원장의 호출이 떨어졌다고 고했다. 짚이는 가능성은 두 가지 였다. 윤복의 그림이 눈에 띄게 뛰어났던가, 아니면 큰 사고가 터진 것이다.

홍도는 부지런히 발걸음을 옮기며 앞쪽이기를 기도했다.

하지만 화원회의장에 들어서자마자 홍도는 깨달았다. 좋지 않은 예감은 틀리는 적이 없고, 간절한 기대는 곧잘 물거품이 된다는 것을.

회의장에는 열두 명의 원로화원들이 모두 모여 있었다. 화원장 양 옆으로 여섯 생도들의 그림이 나란히 놓여 있었다. 불안한 눈으로 윤복의 그림을 찾는 홍도에게 칼날 같은 불호령이 날아들었다.

"도화서 교수라는 자가 일을 이 지경으로 만들어놓고 잠이 오는가!"

홍도는 구정물을 뒤집어쓴 것 같았다. 화원장은 한 그림을 덮었던 검은 비단천을 홱 젖혔다. 혀차는 소리와 못마땅한 헛기침소리와 신음소리가 동시에 섞여 나왔다.

"황당하고 해괴하다! 이 천하고 음탕한 그림을 어찌 화원이 되겠다는 자의 것이라 할 것인가!"

홍도는 눈앞에 검은 휘장이 드리운 것처럼 막막했다. 화원장의 호통이 무서워서가 아니었다. 황당하고 해괴하다는 그 그림은, 자신의 경지를 훌쩍 넘어 다다를 수 없는 곳에 이르러 있었다. 홍도는 이태 전 도화서를 떠들썩하게 했던 속된 그림을 기억했다. 지금 화면을 뛰어나올 듯 생동감 넘치는 이 여인들은 그때보다 몇 단계를 더 올라서 있었다.

"놀랍…… 군요."

홍도는 자신도 모르게 혼잣말처럼 내뱉었다.

"도대체 생도청 교수들은 무엇을 가르쳤기에 저토록 음탕하고 저속한 그림이 시험장에서 버젓이 그려지는가!"

노인의 일갈에 홍도의 눈썹이 꿈틀거렸다. 홍도는 그림을 통해 윤복이 하는 말을 확실하게 들었다.

윤복은 자신이 할 수 있는 모든 것을 다 했다. 자신이 배울 수 있는 것을 모두 다 배웠고, 자신이 지켜야 할 것은 남김없이 지켜냈다. 경험할 수 있는 것을 모두 경험하고, 받아들일 수 있는 것을 모두 받아들인 후 혼신을 다하여 그린 그림이다.

그 그림을 지켜주어야 할 사람은 오로지 자신뿐이었다. 그럴 힘은 없을지 모르지만, 그럴 용기는 있다고 홍도는 생각했다.

"저 그림의 어디가 어떻게 음탕한지 소인은 모르겠습니다."

원로화원 하나가 분을 참을 수 없다는 듯 벌떡 일어나 손가락질을 했다.

"생도청 교수가 저 모양이니 생도가 저 꼴이지……."

화원이 겨우 분을 가라앉히며 털썩 앉자 이번에는 화원장이 가는 눈을 치켜떴다.

"평생을 그려도 다 못 그릴 숭엄한 것이 주상전하의 권능과 왕실의 영광, 종묘와 조정의 복록이다. 그런데 하물며 저자의 여인네라니……."

잠시 숨을 고른 화원장이 말을 이었다.

"게다가 알몸의 여인들은 그린 자의 음탕함의 끝을 보여준다. 여인의 몸이란 오로지 한 남자를 위한 것인데 대명천지에 속살을 내보이는 법도가 어디 있다더냐?"

"음탕한 대상이라도 화원의 정교한 붓끝에서 정결하게 그려질 수 있다고 믿습니다."

홍도가 숨을 가다듬으며 간신히 말했다. 화원장의 추궁은 계속되었다.

"그뿐만이 아니다. 실오라기 하나 걸치지 않은 여인들이 누가 볼까 저어하기는커녕 나보란 듯 당당하지 않으냐? 모름지기 남정네라도 옷을 벗은 맨살을 남에게 드러내기 꺼리는 법, 알몸의 여인들이 둔부와 유두를 아무렇지도 않게 드러내다니……."

홍도는 긴 한숨을 쉬었다. 화원장의 목소리는 더욱 높아졌다.

"이것은 저자거리를 암암리에 떠도는 춘화도에도 미치지 못할 것이다. 이같은 그림을 그리는 자가 어찌 화원이 될 수 있겠느냐?"

기진맥진한 노인이 긴 숨을 내쉬며 말을 끊었다. 홍도는 조용히 일어나 그림이 있는 쪽으로 다가섰다. 마치 화원장에게 대거리라도 하려는 것 같았다.

"수백 년을 이어온 도화서양식을 올곧게 익히고 계승할 자만 화원이 뇌어야 합니까?"

그것은 질문이 아니라 역설적 대답이었다. 대화가 아니라 비아냥이었다.

"저 그림은 도화서양식을 모욕할뿐더러 더럽고 저속한 춘화일 뿐이다."

"화원장께서는 저 그림이 도화서양식이 아니기 때문에 비난하시는 것입니까, 아니면 저속하고 더러운 그림이기 때문에 비난하시는 것입니까?"

"둘 다."

노인이 얼음장처럼 차갑게 말했다.

"화원장께서는 여인을 그렸으므로 음탕하다 하셨습니다. 도화서 화원이 군왕의 권위를 그려야 한다면, 그 영광이 고루 미치는 백성 또한 그 영광의 발현일 것입니다. 백성 중에서도 천한 여인네까지 주상전하의 은덕이 미치는 바에야 천한 여인을 그리는 것 또한 주상전하의 은덕을 그리는 것입니다. 종묘와 왕실의 의궤와 어진을 그리는 자가 있으면, 저자와 민가와 기생집의 여인과 막종을 그리는 자도 있어야 합니다. 주상전하의 은덕은 크고 넓어서 미치지 않는 곳이 없으니까요."

홍도는 금방이라도 튀어나올 듯 생동감 넘치는 그림에서 저릿한 전율을 느끼며 말을 이었다.

"화원장님께서는 또 그림 속의 여인들이 알몸이라 음탕하고 저속하다 하셨습니다. 하나 여인의 몸이란 어떤 눈으로 보느냐에 따라 저속하고 음탕하기도 하고, 아름답고 순수하기도 합니다. 그 몸을 보는 남정네가 저속하고 음탕한 마음을 품으면 여인의 몸처럼 음탕한 것이 없을 것이지만, 사랑하는 눈으로 보는 남정네에게는 그만한 아름다움도 없을 것입니다. 여인의 몸이 더럽지 아니하고 아름다울 수 있다면, 그것을 어둠 속에 숨길 것이 아니라 만천하에 드러낸들 어떻겠습니까?"

화원들은 헛기침과 혀차는 소리와 엉덩이를 들썩이는 것으로 궁지를 모면하려 했다. 두 눈을 지그시 감고 있던 화원장이 날카로운 눈을 부릅떴다.

"저 목욕하는 계집들을 엿보는 중놈들을 보아라. 여인을 그리는 것으로 부족해서 남정네를 주변 소품으로 배치함으로써 음양의 이치를 뒤집지 않았느냐? 또한 승려란 욕망을 절제해야 할 자들이거늘 어찌 목욕하는 여인네들을 몰래 훔쳐본단 말이냐?"

"중들은 있어도 그만, 없어도 그만인 존재가 아니라 꼭 있어야 할 그림의 핵심입니다. 저 어린 중들의 두근거리고 설레는 표정이야말로 여인의 나신을 바라보는 남정네들의 그것이 아닙니까. 저들의 설렘과 두근거림, 끓어오르는 호기심은 그림을 보는 사람에게 그대로 이입됩니다. 말하자면 중들은 보여지는 대상이 아니라 보는 사람을 그림 안으로 끌어들이는 역할을 하는 것입니다."

노인은 고개를 가로저었지만 항변을 하거나 반박을 할 여지는 없었다. 노인은 두 번 헛기침으로 목을 고른 후 다시 입을 열었다.

"더욱 치명적인 결격은, 이 그림이 현실을 옮겨놓은 듯 극도로 사실적이란 점이다."

"있는 것을 있는 그대로 그리는 것은 도화서의 법도이기도 합니다. 그것이 어찌 결격이 되며 비난받아야 할 일입니까?"

"사실적인 그림은 저자의 천한 춘화도나 극도의 섬세한 묘사로 영혼까지 그려야 하는 초상화에서 쓰는 기법이다. 그런데 이 그림에서는 붕긋한 둔덕이나 솟구치는 소나무와 흐르는 계곡의 물길 등이 혹은 멀리 보이고 혹은 가까이 보여 입체적인 형상이다. 뿐만 아니라 극도로 자제해야 할 색을 이곳저곳에 남발하여 오히려 음탕한 색욕을 돋우고 보는 사람의 마음을 혼미하게 했다."

홍도는 무슨 말을 하려다가 입을 다물었다. 화원장의 얼굴이 붉게 달아올랐다.

"도화서는 원근을 표현하는 기법을 허용하지 않으며 난잡한 색을 극도로 경계한다. 모든 구도는 정연하게 배열되어야 하고, 묘사는 정갈해야 하며, 색은 절제해야 하는데도 이 그림은 실제의 풍경을 닮게 그리기 위해 잡스런 기법과 색을 남발했다."

"그림이 보이는 것을 옮긴 것이라면, 그 사실성을 문제삼을 수는 없을 것입니다. 도화서양식이란, 보이는 것을 관념 속에서 형상화하여 극도로 복잡한 기법과 순서로 재현해내는 것으로 대상의 관념을 나타낼 뿐입니다. 보이는 형상의 내면은 오히려 사실적인 그림이라야 더욱 정묘하게 그릴 수 있습니다. 화면을 보십시오. 이 여인들이 당장이라도 화면을 박차고 뛰어나올 것 같지 않습니까? 이런 그림을 그린 생도가 화원이 되지 못한다면 또 누가 화원이 되겠습니까?"

낭랑한 목소리 끝에 홍도는 슬쩍 장난기 섞인 농을 던지며 사람 좋은 웃음을 흘렸다.

"그런 모루돌 같은 인사는 이미 있는 하나로 족해!"

듣고 있던 화원장이 빽 소리를 쳤다. 그 하나가 바로 자신을 지칭하는 것임을 홍도는 알았지만, 그는 히죽거리는 웃음을 멈추지 않았다.

어떻게든 이 녀석을 도화서에 잡아두어야 한다. 그래야 공정한 싸움을 할 수 있을 테니까……. 썩어빠져 곰팡내가 등천을 하는 낡은 양식이 아니라, 하늘이 내린 재능으로 자신의 꿈꾸는 바를 좇아 그리는 그림……. 그림으로 말을 하고 그림으로 울고 웃으며 그림 속의 인물들이 서로 싸우는 그런 경쟁을 해보고 싶다. 그럴 수 있는 자가 그린 그림이 지금 눈앞에 있다. 그런데 어떻게 그를 놓칠 수 있겠는가.

윤복을 합격시킬 것인가, 말 것인가에 대해 도화서 안팎에서는 의견이 분분했다. 그 재능에는 입을 대는 사람이 없었지만, 그리는 기법과 내용은 용납될 수 없었다.

닷새에 걸친 난상토론에 마침표를 찍어준 것은 뜻밖에도 도화서 밖에서 날아든 한 통의 전갈이었다.

마지막까지 남은 합격후보자 세 명의 명단과 그림은 예조판서에게 보고되고 주상에게 전달되었다. 예악을 아끼고 문풍을 진작시키려는 주상은 화원취재의 최종심사를 직접 관장했던 것이다.

행운이었을까. 주상이 내린 최종 합격명단에는 신윤복의 이름이 끼어 있었다. 그리하여 윤복은 도화서 화원이 되었다.

도화서 안에서는 연일 혀차는 소리와 끙끙대는 신음소리, 그리고 못마땅한 헛기침소리가 그치지 않았다. 하지만 그 어떤 것도 결과를 돌이킬 수는 없었다.

윤복은 눈살을 찌푸리며 영복의 구릿빛 얼굴을 올려다보았다. 시큼한 땀냄새와 매캐한 안료의 냄새가 코를 자극했다.

"힘들진 않아?"

영복은 하얀 이를 드러내며 건강하게 웃었다. 도화서를 쫓겨나 단청쟁이가 되었지만 눈빛은 웃음을 잃지 않았다.

"힘들어. 하지만 힘겨운 도제생활 이 년을 보냈으니 이제 단청실에서도 내게 일을 맡길 거야."

영복은 지난 시간 동안의 허드렛일들을 생각하며 쓴웃음을 지었다.

"무슨 일을 할 건데?"

"말했잖아. 색을 만드는 장인이 될 거라고……."

영복이 결심을 되새김질하듯 어금니를 물었다. 강직한 턱선 위에서 섬세한 근육이 움찔거렸다.

"단청실의 으뜸은 단청초를 그리거나 단청칠을 하는 장인인데, 하필이면 변변찮은 조색공이야?"

반은 투정이었고 반은 설득이었다. 하지만 영복은 계속 어금니 근육을 움찔거렸다.

"그래. 조색공은 단청실에서도 있으나 마나한 존재지. 하지만 난 달라. 난 세상의 모든 색을 만들어 낼 거야. 오방색만이 아닌 세상의 모든 색들을 내 손으로 만들어낼 거야."

그 말은 윤복이 아니라 스스로에게 하는 다짐이었다. 윤복은 영복이 만들겠다는 색이 어떤 것들인지 알 것 같았다. 그것은 지금까지 세상에 없었던 새로운 색, 곧 윤복이 절실하게 원하는 색이기도 했다. 그 색들로 해서 윤복의 그림은 세상에 없던 새로운 그림이 될 것이다. 이전에도 없었고 이후에도 없을 새로운 그림.

윤복은 영복을 바라보았다. 모든 것을 품어줄 듯한 넓은 가슴과 넉넉한 웃음이 떠나지 않는 얼굴을. 마음 깊은 곳의 가책이 뿌듯함을 밀치고 솟아올랐다.

"그럴 필요까지 없어. 지금까지 해준 것만으로도 난 충분하니까. 형은 형의 행복과 하고 싶은 일과 꿈을 미루어두고 날 보살폈어. 그건 옳지 못할 뿐 아니라 용서받을 수 없는 일이야. 나에게 나의 길이 있듯이 형에게도 형의 삶이 있어야 하니까."

나지막하게 시작된 목소리가 갈라졌다.

"널 위해서가 아니라 날 위해서야. 알아? 난 누구를 위해서도 희생하지 않아. 네게 꿈이 있다면 나에게도 꿈이 있어. 내가 살고 싶은 삶, 내가 이루고 싶은 꿈이 있다구."

"그게 뭔데?"

윤복이 날카로운 목소리로 소리치며 대들었다.

"지금껏 어떤 조색공도 만들지 못한 새로운 색을 만들고, 그 색으로 그림을 그리게 하는 것! 그것이 내 꿈이야."

윤복은 멍해졌다. 도화서 화원의 고민은 무엇을, 어떻게 그리느냐였다. 그러나 도화서를 떠난 영복은 무엇으로 그리느냐를 고민하고 있었다. 어떤 화원이 그러한 문제를 두고 깊은 고민을 해보았을까.

당당한 영복의 눈빛에서 윤복은 죄책감을 씻어낼 수 있었다.

"그래. 형이 그렇게만 해준다면…… 나는 세상 누구도 보지 못한 색들이 뒤척이는 그림을 그릴 거야. 어떤 화원도 그리지 못한 그림을 말이야."

윤복은 물결치고 뒤섞이며 격동하는 색들을 눈앞에 떠올리며 꿈을 꾸듯 말했다. 그것은 실로 오랜 꿈이었다. 오랜 도화서양식이 철저하게 금기시 해온 채색의 기법…….

도화서는 색이 온갖 죄와 탐욕을 불러일으키므로 극단의 절제를 통해서만 이상적인 그림을 그릴 수 있다고 가르쳤다. 하지만 색이 음탕함과 저속함과 마음 깊은 곳의 욕정을 발현시킨다면, 그것은 마음속에 숨어 있는 기쁨과 즐거움 또한 불러일으킬 수 있을 것이었다. 그림 속의 색이 보는 사람에게 음행을 저지르게 할 수 있다면, 역시 선한 마음을 불러일으킬 수도 있을 것이었다.

색이 사람의 마음을 움직인다는 것은 누가 말하지 않아도 자명한 사실이다. 빨간색은 강렬한 힘을 느끼게 하지만 한편 잔혹하다고 느껴진다. 노랑색은 차분히 가라앉은 듯 하지만 속으로 끓어오르는 분노를 느끼게 한다. 파란색은 맑고 산뜻하지만 무겁고 음침하기도 하다. 같은 색이지만 보는 이에 따라 갖가지 감정을 불러일으키는 것이다.

같은 색이라 해도 사람의 마음을 건드리는 방식은 셀 수 없이 많았다. 색은 홀로 존재하지 않고 뒤섞이고 얽히며 수없이 많은 표정을 드러냈다. 검은색이 흰색과 함께하면 가장 단순한 숭고함을 나타내지만, 붉은색과 맞서면 강렬함을 더할 뿐이다. 파란색은 노란색과 섞일 때와 빨간색과 섞일 때 전혀 다른 느낌을 불러일으킨다.

녹색은 파랑과 노랑이 섞여 만들어지지만, 파랑도 아니고 노랑도 아닌 새로운 색이다. 분홍은 빨강색과 비슷하지만 그 기능과 역할은 전혀 다르다. 검은색이 묽어져도 회색이 되지만, 흰색이 짙어져도 마찬가지로 회색이 된다. 하지만 회색은 검은색도 흰색도 아닌 회색일 뿐이다. 검은색과 흰색이 명료하고 단호함을 뜻한다면, 두 개의 명료함이 섞인 회색은 오히려 모호함을 불러일으키는 색이 된다.

색은 인간의 마음을 움직이고 혼을 흔드는 힘을 지닌 것이다. 그림으로 인간의 영혼을 맑게 씻고, 기쁨과 즐거움을 불러일으킨다면……. 만약 그것이 가능하다면, 그것이야말로 위대한 그림이 아닐까?

하지만 어떤 화원이 그 조화를 알 것이며, 어떤 단청쟁이에게 물어 그 배합의 묘를 알 것인가.

윤복의 색을 향한 욕망과 열정은 금기가 강할수록 가눌 길이 없었다. 수석화원이 쓰다 남은 노란색 안료를 훔쳐내어 끄적이기도 하고, 노란 안료에다 남색을 섞어 녹색을 만들어 그리기도 했다.

하지만 마음은 끝 간 데 없고, 구할 수 있는 안료는 없었다. 누구에게 물어볼 수도 없었고, 가르쳐줄 화원 또한 없었다. 단지 색을 다룰 수 있는 유일한 곳은 머릿속 뿐이었다.

머릿속에 수많은 색들을 칠하고 지우는 동안 채색에 대한 욕망은 더욱 강하게 끓어올랐다.

"눈을 감아. 그러면 색이 보일 거야."

영복이 꿈을 꾸듯 말하며 하늘로 고개를 치켜들고 눈을 감았다. 윤복은 영복을 따라 눈을 감았다. 발간 눈꺼풀 밑으로 오색의 아지랑이가 피어올랐다. 윤복은 머릿속으로 하나하나 색들을 떠올렸다.

빨강, 파랑, 노랑, 주황, 검정, 하양……. 수많은 색들이 소용돌이치고 뒤섞였다. 윤복은 그 황홀경 속으로 한없이 빨려들어가고 있었다.

도화서 화원이 되었지만 탐탁찮은 눈길은 더욱 따가워졌다. 주상이 아무리 예약을 중히 여긴다 하나 어찌 도화서 화원 하나 뽑는 일에 감 놔라 배 놔라 할 것인가. 분명 세상모르고 날뛰는 김홍도가 속닥거렸을 거라고 화원들은 넘겨짚었다.

윤복의 천재적 재능은 화원들에게는 축복이 아니라 형벌이었다. 화원들은 자신들의 거대한 잿빛 성이 허물어지는 것을 보며 조급함에 사로잡혔다. 그들은 질투를 느끼면서도 두려웠고, 무시하면서도 굴복하고 말았다. 애써 태연함을 가장하고 질책하는 눈빛을 보였지만, 내면 깊은 곳에서 그들은 두려워하고 있었다. 자신들이 애써 밀어내려는 두 화원의 재능이 몰고올 격한 소용돌이를. 어쩌면 그 바람은 수백 년 쌓아올린 도화서의 양식을 송두리째 뒤집고 완전히 새로운 것으로 대체해버릴지도 몰랐다.

신윤복은 신주단지처럼 받드는 도화서양식이 아니고도 마음을 건드리는 그림이 있음을 입증했다. 이제 그 그림에 매료된 양반사대부들과 거부 호사가들은 한 점이라도 얻으려 줄을 설 것이다. 도화서의 굳건한 전통과 치밀한 양식은 파지처럼 구겨져 길바닥에 나뒹굴 것이다.

도화서의 누구도 그런 상황을 원하지는 않았다. 놈은 도려내야 할 종기, 격리시켜야 할 암종 같은 것이었다.

화원이 된 생도들은 하루가 바빴다. 지난 의궤를 정리하는 일, 변색된 지난 왕조의 의궤를 수정가필하는 일, 왕실의 병풍과 족자들의 바래거나 변색된 그림들을 덧칠하는 일 등이었다. 하지만 윤복에는 아무런 일도 주어지지 않았다.

"어찌 수행화원을 뽑아놓고도 일거리를 배당하지 않습니까?"

화원회의에서 내지른 홍도의 볼멘 목소리는 침묵과 강한 힐난에 맥없이 부딪혔다.

"신윤복의 화풍을 천하가 아는데, 존엄한 왕실 의궤와 기물을 음탕한 그림으로 도배하라는 것인가? 일월오봉도를 치우고 젖가슴을 드러낸 나체의 여인네가 떼로 모인 병풍을 세우란 말인가?"

제조화원의 추궁에는 날카로운 가시가 박혀 있었다. 홍도는 목소리를 죽였다.

"하지만 어떻게라도 일을 시켜야 하지 않겠습니까?"

"글쎄……. 화원 각자의 장점을 살릴 과제를 맡겨야 할 터이니 어떤 일거리가 좋을지 고민해보지."

그러나 정작 윤복은 이미 알고 있었다. 자신의 화풍에 맞는 일거리를 이 도화서 안에서는 영영 찾을 수 없을 것임을.

윤복은 일 없이 넘치는 시간들을 화원청 뒤 회화보관실에서 보냈다. 그곳의 오래된 그림들은 도화서의 전통과 권위를 지탱해주는 가장 뚜렷한 유산이었다. 윤복은 듣지도 보지도 못했던 옛화원의 그림들을 보는 것만으로도 화원이 되었다는 사실이 엄청난 행운임을 실감했다.

회화보관실은 높고 길게 이어진 낡은 서가들과 발걸음을 뗄 때마다 삐걱거리는 마루로 이루어진 나무의 요새 같았다. 서가들은 좁고 긴 골목처럼 복잡하고 좁았다.

차분하게 가라앉은 공기는 틈새마다 온갖 냄새를 간직한 거대한 냄새의 저장고이기도 했다. 오래된 먹의 향기와 온갖 안료들이 뿜어내는 냄새, 부드러운 종이 냄새, 화원들의 땀 냄새, 잿빛 먼지 냄새가 거대한 덩어리가 되어 퍼졌다. 긴 회랑으로 이어진 통로들은 제각기 비밀을 간직한 듯했다. 서가의 칸마다 그림들은 포개어져 숨쉬고 있었다. 오래된 그림들은 그들이 간직한 놀랍고도 믿을 수 없는 이야기들을 웅성웅성 풀어낼 것 같았다. 그림 속의 나무들은 바람에 가지를 흔들 것 같았고 그림 속의 인물들은 웃음을 터뜨릴 듯했다.

세월은 그림 속의 풍경에 믿을 수 없을 정도로 그윽한 깊이를 더해주었다. 시간이 그림을 얼마나 깊게 하는지, 시간이 그림을 얼마나 가치 있게 하는지……. 화원은 그림을 그릴 뿐이지만 시간은 그림을 완성시켰다.

그 오래된 시간의 방 속에서 윤복은 길을 잃지 않으려 정신을 가다듬으며 하루하루를 보냈다. 임진난의 연기 속에서 살아남은 그림들, 호란의 불길 속에서 건진 그림들, 지금은 이 세상 사람이 아닐 수많은 공신들과 왕족들의 초상들…….

그들은 수십 년, 수백 년의 시간을 건너와 오래된 이야기를 들려주었다.

하루는 이틀이 되고, 이틀은 사흘이 되었다. 시간 속에서 술이 익어가듯, 시간 속에서 윤복은 그림에 눈을 떴다. 세월의 더께와 양란兩亂의 그을음과 모진 추위와 더위에 시달리며 탈색되고 훼손된 그림들 속에서 옛화원들의 목소리가 들려오는 듯했다.

작은 구석방의 먼지 앉은 서가에는 도화서가 처음 설치된 태종 대에서 세종 대 화원들의 그림이 쌓여 있었다.

먼지 앉은 두루마리를 펼칠 때마다 벼락같은 전율이 일었다. 단아하고 정밀하며 담백한 붓자국, 자연스런 빛의 기울기로 세련되게 표현한 음영, 넘치지도 모자라지도 않는 색의 조화로움…….

단순한 양식으로도 순간의 감흥을 포착했고, 까다롭지 않은 기법으로도 보는 사람을 압도하는 그림들이었다. 단순하지만 질리지 않고, 보아도 보아도 색다른 감흥을 불러일으켰다. 그것이 곧 초기 도화서양식의 출발이었다. 누대의 화원들이 그림 자체를 등한시하고 그 형식과 기법만을 파고들어 죽은 그림으로 만들고 만 것이었다.

한쪽 벽을 가득 채운 서가에는 청나라와 명나라, 일본에서 들여온 그림들도 보관되어 있었다. 중국과 일본의 여염과 저자 풍경은 지금까지 알지 못하던 새로운 세상을 보여주었다. 보아도 보아도 다 보지 못한 세상이 그림 속에 있었다.

이 세상이 아닌 듯 모호한 공간 속에서 윤복은 문득 길을 잃은 것 같았다. 뿌연 공기가 들어찬 어둑한 통로에 긴 그림자를 지녔던 남자가 서성이는 듯했다. 윤복은 물 흐르듯 다감한 오래전의 목소리를 다시 떠올렸다.

"도화서에는 끝도 없이 긴 서가가 줄지어 선 방이 있단다. 그곳에는 수많은 그림들이 살고 있고, 그 그림들이 간직한 이야기들이 살고 있지."

윤복은 정신을 바짝 차리고 그 목소리에 귀를 기울였다.

"그곳엔 화원들의 숨결이 있고, 그들의 땀 냄새가 있고, 먼 안남의 더운 숲속에서 건너온 물감들의 이야기가 있고, 그림 속 사람들은 두런두런 이

147

야기를 나누지. 그것은 그림들의 마을이고, 그림에 숨결을 불어넣는 화원들의 혼이 모인 곳이며, 그림을 그리다 그림이 되어버린 화원들의 모임이기도 해. 너는 그런 비밀의 방에 가고 싶지 않니?"

"가고 싶어요."

작은 개울이 흐르듯 말소리는 지즐대며 이어졌다.

"그곳에 가려면 도화서 화원이 되어야 한다."

윤복은 그 남자를 바라보았다. 세상의 어떤 화원보다 뛰어난 최고의 화원을…….

"도화서로 가겠어요. 가서 화원이 되겠어요."

윤복은 봄날의 햇살 같던 그 따뜻한 눈웃음을 아직도 선명하게 기억한다.

"그 방의 혼들이 네게 비밀을 말해줄 거야. 수많은 그림들이 감춘 비밀, 그리고 네가 알지 못하는 수많은 세상의 비밀들을 말이다."

그 목소리는 우물처럼 깊었고, 그 우물에 고인 물처럼 서늘했고, 그 우물벽의 검푸른 이끼처럼 향기로운 냄새가 났다.

윤복은 그것이 거짓말이라고 생각하지 않았다. 이곳에서 윤복은 이름 모를 오래 전 화원들이 그림 속에 남겨둔 신비한 필법과 채색의 기법들을 만나게 되었다. 비단과 무명에 그린 그림과 석회판 위에 그린 그림의 기법까지 알 수 있었다.

옛화원들은 아무말도 하지 않았지만 윤복은 그들의 말없음에서 배웠다. 그림 속에 담긴 그들의 혼이 시간을 거슬러 달려와 윤복에게 말해줄 뿐이었다.

저녁햇살은 검붉은 노을이 되어 긴 그림자를 만들어냈다. 윤복은 노을빛의 한가운데에서 다시 들려오는 목소리를 떠올렸다.

"비밀의 방에서 병丙열 두 번째 서가의 첫 그림과 정丁열 첫 번째 서가의 두 번째 그림을 찾아보렴. 네가 궁금해 할 어떤 비밀을 그 그림들이 알려줄 거야."

윤복은 두 눈을 감은 채 익숙해진 서가의 통로를 걸었다. 좁은 통로로 꺾어드니 두툼한 화첩과 낱장 그림들이 차곡차곡 얹힌 병열 서가였다. 탁자 위에 그림을 펼치고 기름먹인 종이를 벗기자 반투명의 얇은 종이가 바삭바삭 기분좋은 소리를 냈다. 윤복은 오래된 비밀을 엿보는 소년처럼 가슴이 뛰었다.

그러나 두 장의 그림은 보기좋게 기대를 저버렸다. 두 점 모두 작은 서첩 정도의 볼품없는 크기에 필세는 조잡하고 군데군데 덧칠을 한 흔적까지 있었다. 한 점은 동쪽 바다의 일출을 그린 그림이었고, 또 한 점은 조악한 대나무 그림이었다.

누구도 알 수 없는 비밀을 말해줄 그림이라면 좀 더 오래된, 좀 더 이름난 화원의 그림이어야 했다. 이름난 공신의 초상이나 뛰어난 화원의 산수, 그것도 아니라면 혼의 필법을 보여주는 난초 그림 정도라도 되어야 했다. 그러나 앞에 있는 그림은 한눈에 보기에도 그런 그림이 아니었다.

윤복은 자신의 기억이 잘못되었을지도 모른다는 생각을 했다. 하지만 기억은 정확했다. 처음 들었던 그 순간부터 지금까지 머릿속에 새기듯 기억해온 말들이었다.

병열 – 두 번째…….

비밀을 푸는 주문처럼 외워온 숫자들은 쓸모없는 조잡한 그림들을 보여줄 뿐이었다. 윤복은 실망스런 눈빛으로 그림들을 머릿속에 새기고 통로를 빠져나왔다.

밖에는 벌써 어둠이 내리고 있었다.

그림으로 겨루다

정조

"예술은 머릿속에도, 서안 위에도, 도화서의 낡은 양식에도 있지 않다.
거리의 물 긷는 아낙의 미소에, 봇짐을 진 장사치의 어깨 위에 있다.
그러니 너희는 거리의 화원이 되어야 할 것이다."

윤복

"화원이 그리는 것은 대상이 아니라 자신의 감정이 아니올지요.
그림 속에 그려진 것은 화원이 본 것이 아니라
대상의 형태를 빌어 표현된 화원 자신의 꿈과 욕망과 희노애락일 것입니다."

4

먼지투성이 두루마리를 뒤지느라 덕지덕지 때가 낀 손을 씻고 화원장실
로 들어서자 홍도가 있었다.

"지금 당장 입궐해야겠다."

화원장이 떨떠름한 표정으로 내뱉었다.

"주상전하 등극하시매 동궁전에 두었던 두폭 병풍을 침소로 옮겨야 한
다. 왕실 그림을 옮기려면 도화서 화원이 참관해야 하니 두 사람이 그 일을
맡으라."

오랜만에 걸려든 일이란 것이 겨우 두폭 병풍을 옮기는 일이라니…….
윤복은 쓴 입맛을 다셨다.

"그런 일이라면 소인 혼자 하는 것도 무리가 아닐 것입니다."

윤복은 옆자리에 앉은 홍도의 눈치를 보았다. 아무리 한직인 생도청 교
수에 지나지 않으나 도화청 수석화원을 지낸 인재가 할 일은 아니었다. 스
승의 위신을 보아서라도 자신이 그 일을 맡아야 했다.

하지만 홍도의 반응은 뜻밖이었다.

"아니다. 그 병풍그림은 오래전 주상전하 세손시절에 내가 그려 바쳤으니 내가 있어야 하리라."

동궁전의 그림은 손볼 곳도, 가필할 곳도 없을 정도로 잘 보관되어 있었다. 세손익위사世孫翊衛司 병사들이 홍도가 시키는 대로 기름종이로 싼 병풍을 다시 보자기에 싸고 조심스레 옮겼다.

편전 앞에 도착했을 때에는 어스름이 지고 있었다. 내관 네 명이 병풍 모서리를 조심스럽게 받쳐들고 긴 복도를 앞섰다.

방문을 열자 너른 방이 펼쳐졌다. 방의 구조와 해가 뜨고 지는 방향을 가늠한 홍도가 병풍이 놓일 각도와 방향까지 정확하게 지시한 후 몇 걸음 뒤로 물러섰다.

한 폭에는 흐드러진 동백꽃이 타오르고, 다른 폭에는 제비 두 마리가 지저귀는 그림이었다. 세월이 지났지만 동백꽃은 금방이라도 뚝뚝 떨어져내릴 듯하고, 제비는 화폭을 차고 날아오를 것 같았다.

"그림의 배치에는 태양의 방향이 가장 중요하다. 먹선은 태양빛을 받으면 바래어 그 선명함이 떨어지게 된다. 그러므로 가능하면 직사광을 피해야 하지."

윤복에게는 또 하나의 깨달음이었다. 홍도의 말은 그림이 단순히 종이 위에 먹을 칠하는 것만이 아님을 알게 해주었다. 그림을 그리는 것은 화원이지만, 그림을 완성시키는 것은 시간이었다. 홍도의 말은 계속 물 흐르듯 이어졌다.

"병풍을 펼치는 각도 또한 중요하다. 너무 가파르면 그림에 여유가 없고, 너무 완만하면 긴장감이 사라진다. 그러니 병풍그림은 어떻게 그리느냐만큼이나 어떻게 배치하느냐가 중요하지."

그때 열린 방문으로 붉은 곤룡포자락이 얼핏 비쳤다.

"역시 단원이로다. 이 그림이 동궁에 있을 때와는 또 다른 느낌을 주는구나."

나직하고 윤택한 목소리였다. 주상이 눈짓하자 내관들이 허리를 깊이 숙이고 뒷걸음질로 전을 물러났다. 주상은 성큼성큼 걸어 서안을 앞에 두고 자리를 잡았다.

"이 화원이 이번 화원취재에서 단오풍정을 그렸다는 그 생도더냐?"

"그러하옵니다. 엄격한 도화서의 격식이 아닌 참신한 기법으로 새로운 화풍을 일으켰습니다."

홍도는 말라붙은 입술을 간신히 떼어 입을 열었다. 윤복은 이마에 맺힌 땀이 간질거렸다. 촛불의 불꽃이 일렁일 때마다 세 사람의 그림자가 함께 일렁거렸다.

"화원회의에서 그토록 완강히 반대한 것도 무리가 아니다. 하지만 천부의 재능을 가진 화원이 어찌 도화서양식만 그리겠으며, 뛰어난 기법을 가진 예인이 어찌 케케묵은 의궤에만 몰두하겠느냐?"

"도화서 화원이 도화서를 위해 복무하지 않으면 무슨 일을 할 수 있겠습니까?"

윤복이 고개를 들고 말했다. 주상은 윤복의 빛나는 두 눈에 마음을 쏘인 것 같았다.

"내 너를 뽑아 쓴 것은, 그 누구를 위한 그림도 그리지 않게 하려 함이었다."

"화원된 자더러 어찌 그리지 말라 하시옵니까?"

"그 어떤 자나 그 어떤 조직의 이득을 위해 그리는 그림은 이미 그림이 아닐진대…… 너는 더 큰 그림을 그려야 할 것이다."

"주상전하의 영광과 왕실의 권위를 드높이는 것보다 더 큰 그림이 있습니까?"

홍도가 놀란 얼굴로 물었다.

"재능있는 화원에게 궁궐은 좁고 옹색하기만 할 것이다. 이 궁궐을 벗어나야 하리라. 백성의 삶이 부딪치는 저자와, 일하는 자들의 들판과, 기방과, 주막과, 양반가의 사랑채와 후원과……."

"지극히 높으신 전하께옵서 어찌 천한 저자와 상민의 삶살이를 그리라 하시옵니까?"

주상은 그렇게 묻는 홍도의 얼굴을 바라보았다.

"나는 그 모든 백성들의 삶을 내 눈으로 보고 싶다. 그들이 무엇을 아파하는지, 그들이 무엇 때문에 싸워야 하는지를 모르고 어찌 어진 군왕이라 하겠느냐. 하지만 군왕이란 자는 좁은 궁궐에 매인 몸, 궐 밖 출입 한 번에도 수많은 상소가 날아들고 벌침처럼 은밀한 위해가 도사리고 있지 않느냐."

홍도는 그제서야 주상이 명하는 바를 알 것 같았다. 주상은 왕실의 행사나 왕의 일과가 아니라 백성의 삶살이를 그리라 하는 것이다. 그것은 도화서의 화원이 할 일은 아닐 것이다. 지금껏 천한 상민들의 그림을 그린 화원 또한 없다.

그러나 주상은 그림이 단지 왕의 권위를 드높이는 데에만 소용되는 것을 원치 않는 것이다. 그렇다고 단지 그림으로 그린 백성들의 삶을 보고 즐기려는 호사취미도 아닐 것이다. 왕은 그림을 통해 세상을 파악하고, 판단하고, 바꾸려 하고 있는 것이다. 왕은 그림이 세상을 비추는 거울이 되기를 원하고, 세상을 가르치는 교범이 되기를 원하고, 세상의 잘못을 꾸짖는 고변장이 되기를 원하고, 더 좋은 세상을 만드는 설계도가 되기를 원하는 것이었다.

그것이 사실이라면, 주상은 어쩌면 세상이 뒤집어질 큰일을 은밀하게 준비하고 있는 것인지도 모른다.

"글이 영묘하여 시정의 풍경과 여론을 전할 수 있다 하지만, 그것 또한 파당을 지어 상대를 죽이고 모함하는 흉기가 될 뿐이다. 전국에서 올라오는 수많은 상소 가운데 정녕 더 좋은 나라를 위한 것이 몇이나 되겠느냐? 대부분의 상소는 누군가를 모함하는 가장 효과적인 수단일 뿐이다. 그것은 상소가 아니라 무고한 사람을 해치는 흉기일 뿐이다."

홍도의 목덜미로부터 등줄기로 굵은 소름이 돋아났다.

"황공하옵니다."

왕이 흡족한 웃음을 머금은 채 두 화원을 번갈아 보았다.

"예술은 머릿속에도, 서안 위에도, 도화서의 낡은 양식에도 있지 않다. 거리의 물 긷는 아낙의 미소에, 봇짐을 진 장사치의 어깨 위에 있다. 그러니 너희는 거리의 화원이 되어야 할 것이다."

홍도는 생각보다 일찍 올 것이 왔다고 생각했다. 그것은 두렵고 피하고 싶은 것이기도 했지만, 한편으로는 설레며 기다리던 것이기도 했다. 자신이 만난 또 다른 천재. 어쩌면 이미 자신을 저만치 넘어서 있는지도 모를 천재와 대결하는 것이었다.

"분부대로 거행하겠나이다."

홍도는 그렇게 말하며 머리를 조아렸다.

"임금 중에 나같이 호사스런 임금이 없었다. 치세가 다하도록 단 한 명의 뛰어난 화원도 얻지 못한 왕이 많거늘, 하늘이 나를 어엿비 여겨 천재를 둘이나 내 치세에 나도록 했다. 그들의 재능을 썩힌다면 곧 나의 허물이 될 것이라."

홍도는 조아린 머리를 기울여 윤복을 엿보았다. 한때 제자였던 소년은 이제 경쟁자가 되어 있다.

어쩌면 자신이 질지도 모르는 경쟁이다. 전설적인 한때의 명성과 주상의 은덕을 송두리째 넘겨주어야 할지도 모른다. 세상은 언제나 새로운 천재를 갈망하니까.

홍도는 온몸을 감고 흐르는 짜릿한 설렘과 팽팽한 긴장감, 그리고 섬뜩한 두려움을 동시에 느꼈다.

'도성 안팎 백성들의 있는 그대로를 그려오라.'

시간은 사흘이 주어졌다.

"그처럼 쉬운 화제도 없으나 그처럼 종잡을 수 없는 화제도 또한 없을 것입니다."

투정처럼 말하는 윤복을 옆눈으로 슬쩍 엿보며 홍도는 정신을 바짝 차렸다. 그는 더 이상 제자가 아니라 당당한 한 명의 화원이었다.

"하지만 어명이니 화제를 바꿀 수는 없겠지?"

윤복이 두 눈을 반짝이며 홍도를 정면으로 바라보았다.

"하나의 화제를 임의로 정해 같은 그림을 각자의 방식대로 그리는 것은 어떻습니까?"

홍도의 두 눈이 휘둥그레졌다. 이 어린 화원이 내놓은 대담한 제안은 동제각화同題各畵였다. 같은 제목 아래서 같은 조건을 따라 같은 시간에 화원 제각각의 눈으로 다른 그림을 그려내는 방식.

문풍이 진작되던 세종, 세조 시절에 설립된 지 얼마 되지 않던 초기 도화서 화원들이 역량을 기르기 위해 경쟁하던 방식이었지만, 도화서양식이 정착되고 관습적 화풍이 지배하면서 흔적없이 사라지고 저속한 경쟁심의 발로로 치부되고 말았다.

동제각화는 홍도 또한 말로만 듣던 낯선 그림대결이었다. 하지만 동시에 거부하지 못할 강력한 도전이었다. 홍도는 태연함을 가장했지만 쿵쾅대는 가슴까지 어쩌지는 못하였다.

"같은 화제로 그린 두 점의 그림이야말로 각기 다른 거울에 비친 하나의 형상처럼 앞뒤와 안팎을 동시에 보여줄 수 있겠지."

"그렇습니다. 하나의 형상이라 하나 각기 다른 거울에 비쳐지면 전혀 다른 모습이 되겠지요."

주상은 은근한 장난끼로 둘의 경쟁을 유도했지만 그들은 영리한 타협점을 찾았다. 한 사람이 다른 한 사람보다 앞서거나 뒤지는 것이 아니라, 서로가 범접할 수 없는 경지를 지키면서도 제각각 뛰어남을 그들은 보여주고 싶었다.

같은 시대에 함께 태어난 천재들의 운명이란 무엇일까. 같은 운명이지만 서로 싸워야 하고, 서로를 아끼지만 서로를 넘어야 하는 모순된 존재가 아닐까. 서로 격정적으로 경쟁하여 하나가 다른 하나를 밟고 올라서야 하는 것일까. 서로가 각자의 영역에서 재능을 발휘할 수는 없는 것일까. 아니, 서로의 경쟁자가 되어 함께 더 높은 경지를 개척할 수는 없는 것일까.

그것이 가능한 일일까? 하나의 하늘 아래 두 명의 천재가 존재할 수 있다는 것이?

알 수는 없다. 하지만 홍도와 윤복은 그것이 가능하다는 것을 보여주고 싶었다.

"화제는 도성 안의 술집 풍경을 그리는 것으로 하자."

홍도의 말이 떨어지면서 그림의 대상이 결정되었다.

"그림의 주색은 연한 갈색을 쓰는 것으로 하시지요."

홍도는 그림의 주조색까지 정하자는 윤복의 말에서 문득 두려움을 느꼈다. 하지만 윤복이 눈치채지 못한 것을 다행으로 여겼다.

이제 남은 일은 가서 보고, 그리는 것밖에 없었다. 윤복과 홍도는 하루종일 도성 안팎 주막의 객꾼들과 취한 남정네들과 늙은 주모의 모습을 지칠 때까지 살폈다.

날이 저물면 기방을 찾아 여인들과 한량들의 취중행실을 관찰했다. 작은 세모필을 들고 손바닥만한 화첩에 온갖 사람들의 표정과 몸동작을 그리고 주막의 모습을 꼼꼼히 적었다.

마지막날 아침, 윤복은 자신의 도화서 방문을 걸어잠갔고 홍도는 하루종일 교수실에 틀어박혔다. 그들은 세 끼 끼니는커녕 물대접 한 그릇으로 배를 채우며 붓질을 계속했다.

다음날 새벽, 홍도와 윤복은 각기 두루마리통 하나씩을 어깨에 메고 입궐채비를 했다. 편전으로 통하는 문을 들어서자 늙은 내관 하나가 두 사람을 알아보았다.

홍도는 얼핏 윤복의 얼굴표정을 살폈다. 여느때와 다름없는 반듯한 얼굴이었다. 긴장하고 있는 쪽은 오히려 자신이었다.

편전내관이 화원들이 대령하였음을 여쭈었다. 스르륵 문이 열리자 환한 방 안 저편에 곤룡포 차림의 주상이 보였다. 홍도와 윤복은 나란히 두 손을 모으고 엎드려 예를 올렸다.

"두루마리를 펼쳐라. 두 천재의 솜씨가 궁금하고, 이 땅에 사는 백성의 삶이 보고 싶다."

윤복이 먼저 말없이 두루마리통의 뚜껑을 열고 그림을 꺼내어 펼쳤다. 순간 홍도는 자신도 모르게 침을 꿀꺽 삼켰다.

주사거배 酒肆擧盃, 종이에 담채, 28.2×35.6cm, 간송미술관
조선 후기 주막에서 흔히 볼 수 있는 풍경으로 주막 부뚜막에 둘러서서
술을 마시는 관리들과 양반들을 그렸다.

거센 물살처럼 밀려드는 붉고 푸르고 노란 색들이 눈 앞으로 쏟아져 들어왔다. 주상은 그 화려하고 강렬한 색 앞에서 잠시 망연자실했다.

전체 화면의 주조를 이룬 색감은 윤복이 제안했던 연한 갈색이었다. 홍도가 제안한 화제를 충실히 구현한 여염의 주막 풍경이었다. 화면 앞쪽에는 으리으리한 대가의 기와지붕이 보이는 것으로 북촌 일대임을 알 것 같았다.

등장인물은 한 명의 여인과 여섯 명의 양반 남정네들이었다. 화면 가운데 초립을 쓰고 붉은 도포를 입은 별감別監의 모습이 눈에 들어왔다. 장안의 놀이판을 휩쓸고 다니는 별감이니 어찌 주막그림에 빠질 수 있을 것인가.

별감 오른쪽으로 두 명의 양반이 서 있었다. 오른쪽에 보이는 중년의 통통한 자는 이미 얼굴이 벌겋게 달아오른 취한 모습이었다. 그 오른쪽으로 또 한 명의 양반과 더그레를 입은 의금부 나장이 보였다. 의금부라면 형조 산하의 권세를 지닌 자였다. 주모의 뒤쪽에는 소맷자락을 걷어올린 젊은 중노미가 보였다.

화면 중앙에 지체 높은 세 명의 남자가 있고, 오른쪽 끝에는 권세 높은 의금부 나장까지 있었지만 보는 사람의 눈길을 끄는 인물은 단연 술을 푸는 주모였다.

주모의 푸른 치마와 푸른 소매끝동은 침잠된 그녀의 속마음을 그대로 보여주었다. 아직 젊고 반듯한 얼굴이었지만, 처진 입꼬리는 극도의 피로에 시달리고 있는 듯했다.

윤복의 그림을 천천히 살피던 주상이 고개를 끄덕이며 홍도에게 눈을 돌렸다.

홍도는 비로소 옆에 놓인 두루마리통 뚜껑을 열고 그림을 펼쳤다. 쿵쾅대는 가슴이 터져버릴 것만 같았다.

주막, 종이에 담채, 22.7×27cm, 국립중앙박물관
어스름 무렵 주막에 들른 등짐장수와 봇짐장수의 표정을 서민적이고 푸근한 필치로 그렸다.

역시 여염의 주막을 그린 화면의 전체적인 주조색은 연한 갈색이었다. 이로써 홍도 또한 윤복이 내건 조건을 갖추었다. 다만 윤복의 갈색은 호사스럽고 고급스런 느낌을 주는 반면, 홍도의 갈색은 짙고 강건한 느낌을 주고 있었다.

그림 속의 주막은 초가지붕으로 한눈으로 보기에도 윤복의 그림보다 누추함이 느껴졌다. 주모로 보이는 여인과 저자에서 물건을 파는 일을 하는 듯한 여인이 보였다. 여인의 앞에는 그 자식으로 보이는 어린아이가 있었고, 젖가슴을 드러낸 여인은 보채는 아이를 달래려는 듯 주머니를 열고 있었다.

그 옆으로 사람 좋게 보이는 남자가 있었다. 국사발을 기울여 마지막 남은 한 방울의 국물을 퍼먹으려는 게걸스런 모습은 어김없는 출신을 말해주었다. 말하자면 장삿일로 돈을 벌어 양반 흉내를 내려는 장사치였다.

남자는 화면 오른쪽에, 여인들은 화면의 중간에 있었지만 보는 사람의 시선은 남자에게 집중되는 구조였다. 색은 극도로 자제되어 여인들의 치마에만 연한 푸른색이 감돌았다. 얼기설기 엮은 싸리울타리에 해가 기울어가는 어스름 무렵으로 보였다.

하루종일 저자거리에서 물건을 팔던 부부가 저물 무렵 허기를 달래기 위해 주막에 들른 듯 했다. 술판 위에 술독과 술종지 몇 개가 엎어져 있는 초라한 주막이었다. 주모의 웃는 얼굴에서는 지친 손께 술 한 사발을 퍼주는 넉넉한 인심이 엿보였다.

"같은 화제이나 극명하게 대조되는 그림이다. 쌍둥이처럼 닮았지만 하늘과 땅만큼이나 다르구나."

"같은 주막을 다르게 그린 것은, 주상께옵서 주막풍경의 각기 다른 모습을 보시기 원하실 것 같았기 때문입니다."

주상의 얼굴에 만족스런 미소가 떠올랐다.

"같은 주막을 그렸지만 두 점의 그림은 다른 이야기를 하고 있음이렷다? 단원의 그림에선 질박한 상민들의 삶이 그대로 보이고, 혜원의 그림은 양반들의 호사를 드러냈구나. 단원의 그림은 누추한 초가지붕과 단조로운 색이 눈에 띄는 반면, 혜원의 그림은 호화스런 기와지붕과 화려한 색감이 돋보인다. 같은 술을 먹더라도 곤궁한 백성의 삶과 호화로운 양반들의 삶이 대비된다 하겠다."

"결과가 그렇게 되었을 뿐 처음부터 의도한 것은 아닙니다."

홍도가 말했다.

"흥미롭구나. 누추한 주막의 궁핍한 자들은 모두 웃는 얼굴인데, 호사스런 술자리의 양반들이 모두 찡그린 표정이 아니냐?"

주상이 윤복의 그림을 보며 말했다. 윤복은 조아린 고개를 더욱 깊이 숙였다.

"화원이 그리는 것은 대상이 아니라 자신의 감정이 아니올지요. 그림 속에 그려진 것은 화원이 본 것이 아니라 대상의 형태를 빌어 표현된 화원 자신의 꿈과 욕망과 희노애락일 것입니다."

"공의로운 그림에 어찌 사사로운 화원의 개인적인 감정을 티끌만큼이라도 내보일 수 있단 말이냐?"

"다만 대상을 있는 그대로 모사하는 것은 잔재주에 불과합니다."

"그러나 지금까지의 화원들은 모사에 충실하지 않았느냐."

"아무리 똑같이 베껴도 그것은 화원의 머릿속에 인식된 대상일 뿐입니다. 지금껏 수많은 화원들이 모사한 도화서양식 또한 화원들의 머릿속에 있는 허상을 양식과 기법을 통해 그린 것뿐입니다."

"그러면 이 양반들의 표정에 네 감정과 생각이 들어 있다는 것이냐?"

"그렇습니다. 스승의 그림 속 인물들의 웃음은 그린 자가 그들을 한없이 사랑스럽게 바라보기 때문입니다. 마찬가지로 양반들의 찡그린 얼굴은 그린 자가 그들을 편치 않게 보고 있기 때문입니다."

"그것은 무슨 연유 때문이냐?"

"담장 아래 활짝 핀 꽃을 보소서."

주상이 윤복의 그림으로 다시 시선을 가져갔다. 화면 앞 가장 눈에 띄는 곳에 연분홍 꽃송이들이 화려한 색으로 타오르고 있었다. 그제서야 주상의 머릿속으로 무언가가 퍼뜩 스쳤다.

"이 화려한 꽃잎으로 보아…… 이 그림은 오후 한나절을 그린 것이렷다?"

주상의 눈썹이 꿈틀거렸고 목소리가 노기를 띠었다. 윤복은 고개를 들어 주상을 바라보았다.

"그러하옵니다."

그것이 윤복이 그림을 통해 말하려 한 것이었다. 그림을 보는 사람들은 술파는 여인이나 양반들의 화려한 복색에 눈을 빼앗기겠지만, 윤복이 정작 말하고 싶은 것은 붉은 꽃송이에 담겨 있었다.

주상은 타오를 듯 붉게 피어오르는 꽃가지를 다시 보며 혼잣말처럼 중얼 거렸다.

"호사스런 옷차림의 별감과 나장이 대낮부터 돈 많은 한량들을 끼고 술 놀음이라니……. 그것이 어찌 나라의 녹봉을 받는 자들이 할 짓인가!"

홍도와 윤복은 망극함을 어쩌지 못한 채 고개만 조아릴 뿐이었다.

홍도와 윤복이 편전을 다녀온 후 관가에 정풍의 회오리가 몰아쳤다. 사헌부를 비롯한 삼사의 사관들이 육조 예하의 관아로 들이닥쳤다. 돈많은 양반들과 장사꾼들의 청탁과 향응으로 비틀거리던 관가에는 청천벽력이었다. 하지만 불만을 표시할 틈도 없었다. 관리들은 두 눈을 부릅뜨지 않으면 언제 정풍의 대상이 될지 알 수 없었다.

정풍의 바람은 도화서에도 예외가 없었다. 낮 동안 도화서를 비우고 자신의 화실에서 양반들의 주문그림을 그리던 화원들은 된서리를 맞았다. 퇴청시간 전에 사화서에서 작업중이던 몇몇 화원이 곤장을 맞기도 했다. 하지만 누구도 그 회오리의 시발점이 어디인지는 알지 못했다.

정풍의 회오리는 계월옥 또한 비켜가지 않았다. 낮부터 술놀음을 하던 관원들과 화원들의 발길이 뚝 끊겨졌다. 평소 같으면 점심 반주로 시작되던 술판도 흔적없이 사라졌다. 가야금과 퉁소소리가 끊겨진 방마다 정적이 감돌았다.

"아니 무슨, 정풍인지 뭔지 손님 다 끊기고 문닫게 생겼네!"

계월옥 행수 계월은 한숨을 푹푹 내쉬었다. 하지만 오후의 햇살이 비쳐드는 툇마루에 가야금을 놓고 앉은 정향은 오랜만의 여유가 반갑기만 했다. 매일 같이 밀려드는 손님들 때문에 오래 갈지 못한 가야금줄을 갈기 위해서였다.

돌괘를 올리자 팽팽하게 조인 줄은 언제라도 소리를 낼 준비를 했다. 정향은 오른손 검지로 스치듯 줄을 튕겼다. 단아하고 매끄러운 소리가 오후의 적막 속으로 스며들었다. 농현을 하자 소리는 길게 흔들리며 가슴속으로 번졌다.

들리는 가락에 하나의 얼굴이 일렁이며 떠올랐다. 칼로 도려낸 듯 반듯하고 선명한 얼굴. 무슨 말을 하려 하면 가뭇없이 사라지는 얼굴. 곁에 있을 땐 애써 눈길을 피했지만 떠나가면 내내 떠올리던 그 얼굴…….

그런 남자를 본 적이 없다. 여리고 부드럽고 섬세하지만 결코 약하지 않은 남자. 거드름을 피우지 않아도 모두가 그 존재감을 온몸으로 받아들일 수밖에 없는 남자. 결코 큰 목소리로 이야기하지 않지만 어떤 불호령보다도 강하게 상대방을 굴복시키는 남자.

확실히 그는 다른 남자들과는 달랐다. 아름답다고 해야 할 섬세한 얼굴이지만, 어떤 크고 억센 남자들보다 강한 눈빛을 가진 남자. 그의 마음은 세심하면서도 차디찼다, 그의 손끝은 얼음 같았지만 정향은 불꽃 같은 그 가슴에 끌렸다. 언제부턴가 정향은 자신도 모르게 그 남자를 기다리게 되었다.

남자란 족속들의 치근덕거림에도 익숙해질 만큼 익숙해졌다. 막무가내 치맛단 밑으로 손을 넣는 자, 술 냄새를 풍기며 턱수염을 부비려는 자, 자신의 가락을 듣기 보다는 얼굴을 힐끗힐끗 훔쳐보기에 급급한 자……. 엽전뭉치를 들이미는 한량도 있었고, 소실로 들여앉히겠다는 반가의 자제도 있었다.

그자들에게 정향은 소유해야 할 그 무엇일 뿐이었다. 그 하나의 목적을 위해 내로라하는 양반자제나 부유한 상인들이 돈뭉치를 싸들고 계월옥을 찾아들었다.

정향 또한 잘 알고 있다. 그 구차하고 능욕스러운 유혹을 언제까지나 물리칠 수는 없다는 것을……. 원하지 않지만 일이 어떻게 흘러갈 것이라는 것쯤은 알고 있다. 이미 예정되어 있는 일이라면 굳이 피하고 싶지는 않다. 그것이 운명이라면 받아들일 준비 또한 되어 있다. 하지만 그 굳은 마음조차 윤복을 생각하면 자꾸 허물어졌다.

어깨에 힘이 쭉 빠져나가 손목을 가야금줄 위에 털썩 놓았다.

우르르.

마음의 벽이 무너지듯 가야금이 그렁그렁 울었다.

"벌나비 날아드는 꽃처럼 고운 몸이라도 세월에는 삭고 무너지는 법……. 하지만 가야금은 세월을 더할수록 소리가 농익으니 예인은 악기를 제몸처럼 돌봐야 하거늘 어찌 헛된 소리를 내느냐!"

날카로운 목소리에 정향은 흠칫 놀라 가야금을 바닥에 놓고 일어섰다.

"송구하옵니다. 마음이 정처없어 잠시…… 넋을 놓았나 봅니다."

"네 몸과 마음을 잘 챙겨라. 그것은 이미 네것이 아님을 모르느냐?"

계월은 치켜뜬 눈으로 정향의 머리끝부터 발끝까지를 천천히 훑어보았다.

큰머리를 얹지 않은 머릿결이 햇살을 받아 반짝였다. 단정한 이마 아래 갸름한 눈썹은 단아한 느낌을 주었다. 쌍꺼풀 없는 긴 눈은 자신의 미래를 당당히 바라보는 듯했다. 곧은 콧마루와 선명한 입술은 운명을 피하지 않고 떠안겠다는 단단한 고집을 보여주고 있었다.

그 아이를 집에 들인 3년 전부터 계월은 한 번도 그 얼굴을 편하게 대하지 않았다. 수많은 계집들을 길러내며 그들의 운명을 한 손으로 쥐락펴락했지만 이처럼 쉽지 않은 아이는 처음이었다.

아이의 아비는 오래전부터 계월옥에 들르곤 하던 사당패의 꼭두였다. 한때는 잘나가는 패거리로 팔도를 돌며 큰돈을 벌기도 했다. 한 번 놀음을 나서면 일 년이 지나야 돌아오곤 했는데, 그때마다 어김없이 패거리들을 이끌고 계월옥에서 닷새 동안을 퍼마시고 놀았다. 양반들을 비롯한 큰 객주의 행수들은 사당패 나부랭이가 물을 흐린다 하여 분탕질을 쳤지만 계월은 그들을 한마디로 물려세웠다.

"계월옥의 주인은 나 목계월이옵니다. 돈에 양반 상놈이 없고, 여색을 탐하는 데 또한 양반 상놈이 없습니다. 사당패 또한 저의 손님이니 그만들 하시고 흥을 즐기십시오."

불평하던 자들은 계월의 술 한 잔에 모든 것을 잊고 다시 여흥에 빠져들었다. 그런 계월을 누님이라 부르며 따르던 사당패들의 발길이 뚝 끊어진 것이 5년 전이었다.

1년인가 지나 계월옥 대문 앞에서 구걸을 하는 거지 하나가 풍문을 전했다. 버금꼭두가 벌어둔 돈을 들고 사라지자 오갈 데 없는 패거리들은 팔도로 흩어졌다고 했다. 병든 꼭두는 도성 밖 움막에서 죽을 날만 기다리고 있다는 것이었다.

물어물어 그 집을 찾았을 때 풀뿌리를 달이고 있던 아이가 정향이었다. 잘나가던 시절 탕진한 터라 남은 재산은 없고, 정향의 아래로 사내 아이 넷이 옹기종기 주린 배를 움켜쥐고 있을 뿐이었다. 계월은 늙은 사내가 웅크리고 있는 불기 없는 아랫목으로 금 열 냥을 던졌다.

"옛정이 있어 외면치 못하는 것이니 받아두오."

쿨럭쿨럭 기침을 뱉는 사내는 장안 최고 기방의 행수가 금덩이를 던지는 이유를 알고 있었다. 모든 것을 탕진한 자신에게 단 하나의 물건이 남아 있다는 것을……

평생 계집장사로 오늘의 계월옥을 이룬 그녀였다. 어떤 계집이 물건이 될 것이며, 싸게 사서 비싸게 되팔 수 있을지 훤했다.

계월옥의 머리올림은 대번에 신출내기 풋기생들의 팔자를 바꿀 수 있었다. 골빈 양반자제들은 넘치는 춘정을 억누르지 못하고 하룻밤을 치를 금침과 계집에게 바칠 색동치마저고리, 그리고 묵직한 돈꾸러미를 싸들고 달려들었다.

기생이 머리를 올리는 날이면 사내는 큰 잔치를 열고 그 술값을 모두 내는 것이 관례였다. 연회가 끝나면 기생과 사내는 정갈하게 준비된 방으로 함께 들었다. 방 안은 봄에는 작약, 가을에는 국화로 장식되었다. 가끔은

삼추가연 三秋佳緣, 종이에 담채, 28.2×35.6cm, 간송미술관
어린 기생의 '머리를 얹어주는' 초야권을 사고 파는 장면. 뚜쟁이라 할 수 있는
늙은 할미가 기생과 초야권을 사는 사내의 중간에서 중개를 하고 있다.

기생어미가 따라 들어와 농염한 우스개로 사내의 춘정을 돋우기도 했다.

하지만 계월옥의 머리올림은 하룻밤 정을 파는 하찮은 계집장사가 아니었다. 계월은 귀한 물건을 거래하는 상인처럼 신중했고, 그 거래에 누구보다 능수능란했다.

세상의 모든 계집들은 계월에게 사거나 팔지 않으면 쓸 데가 없는 물건이었다. 마른 장작처럼 병에 시달리는 아비나 목구멍이 포도청인 어린 식솔들을 살릴 수 있다면 괜찮은 적선이 아닌가. 그길로 금덩이를 버리듯 던져두고 어린 정향의 손을 잡고 계월옥으로 돌아온 것이 삼 년 전이었다.

역시 계월의 눈은 정확했다. 막종이 들고 온 줄 끊어진 가야금으로도 정향은 정확한 음을 냈다. 농현은 벌써 능란했고, 줄을 퉁기는 탄력은 물오른 계집처럼 탱탱했다. 어떤 사내든 춘정을 느끼지 않을 수 없는 가락이었다. 그 작은 계집아이가 큰 물건이 될 것임은 한눈에 알 수 있었다. 꽤 괜찮은 거래였다.

아이의 농현은 점점 무르익었고, 가락의 탄력도 점점 탄탄해졌다. 젊은 한량녀석들이건 늙은 수염붙이들이건 눈을 대지 않는 자가 없었다. 하지만 계월은 서두르지 않았다. 모두가 군침을 흘리는 물건일수록 쉽게 흥정하면 안 되는 법, 모든 계집은 스스로 자신의 값어치를 창출한다는 것은 오랜 장사 끝에 얻은 깨달음이었다. 이 아이 또한 마찬가지였다. 기생이 되었다는 절망감이나 향락에 젖은 자포자기의 심정으로 푼돈을 내미는 사내들의 품으로 달려드는 아이들과는 달랐다. 사내들이 돈꾸러미와 유혹의 말로 다가들수록 그녀는 점점 견고한 성이 되어갔다.

잘하고 있는 일이지. 계월은 돈꾸러미를 들이미는 사내들의 애원은 듣는 척 마는 척하며 속으로 쾌재를 부르곤 했다. 돈꾸러미는 점점 묵직해졌고, 거래의 조건도 점점 커졌다.

정향에게서 알 수 없는 낌새를 챈 것은 모든 일이 짜맞춘 듯 흘러가던 어느날이었다. 언제부터인가 넋을 놓은 정향을 발견한 계월은 뒷골이 섬칫했다. 지금껏 잘 가꾸어 온 물건이 하루아침에 산산조각이 나버릴 수도 있었다.

"어떤 놈이냐? 네 마음에 바람구멍을 낸 놈이 누구냐 말이다."

계월의 성마른 목소리에 날이 서 있었다.

"예? 바람구멍이라니 당치 않습니다. 단지 행랑채의 봄꽃을 보니 마음이 싱숭생숭하여……."

소스라치게 놀란 정향이 부산을 떨며 고쳐 앉았다.

"그 눈을 안다. 봄꽃 몇 송이에 싱숭생숭한 눈빛이 아니다. 그 안에 분명 남자가 있다."

정향이 눈길을 피했지만 계월은 자신의 말을 수긍하는 몸짓으로 받아들였다.

"누구인지 알고 싶지 않다. 어떤 남자를 마음에 담아도 상관없다. 다만 다시 한 번 눈 밖으로 그 남자를 들여다보이게 하지 마라. 난 내 물건이 손상되는 것을 원하지 않으니까. 너는 내가 나의 돈을 투자한 나의 물건이고…… 세상 누구도 내 물건을 손상시킬 수는 없다. 비록 너 자신이라 해도 말이다."

능글거리는 웃음소리는 정향의 처지를 가장 명확하고 확실하게 설명해 주었다.

"그렇겠지요. 저를 사기 위해 아비에게 금전을 던지셨고, 지난 삼 년 동안 수많은 남자들에게 이 몸을 내보여 값을 올려왔으니까요."

정향은 겨우겨우 혀를 움직여 소리를 냈다. 계월은 흡족한 미소를 지었다.

"슬프지만 그것이 현실이다."

"행수님 말씀에 틀린 점이 없음을 잘 알고 있습니다."

"그래. 그 당당함이 네가 비싼 물건임을 말해주는 증거지. 받아들이고 싶지 않지만 그것이 진실이라면 피하지 않는 용기 말이다."

정향은 대답하지 않았다. 받아들이지 못할 만큼 슬프고 힘든 현실은 없다. 그런 건 복에 겨운 계집들의 투정일 뿐.

"난 널 최고의 물건으로 만들 거야. 이전에도 없고 이후에도 없을 최고의 몸값을 내는 사내에게 너를 넘겨줄 거야. 알겠니?"

정향은 빙그레 웃는 계월을 쏘는 듯한 눈으로 쳐다보았다.

"그것이 제가 원하는 거예요. 전 최고의 여인이 되겠어요."

가야금줄에 걸친 하얀 손가락이 현을 스치자 맑은 소리가 물방울처럼 튀어올랐다. 길고 하얀 손가락이 현 위를 나비처럼 사뿐거리며 날아다녔다. 깊은 농현은 흔들리는 마음처럼 울렁이며 오후의 적막 속으로 번져나갔다.

173

교수실 안은 향기로운 유연먹 냄새가 코를 찔렀다. 홍도는 침침한 촛불 아래에서 편전의 일을 생각했다.

사흘의 시간이 어떻게 지나갔는지 알 수 없었다. 병풍을 옮기러 입궐했던 일, 저자의 풍경을 그려오라는 주상의 명을 받았던 일, 사흘 동안 도성 안팎의 주막을 헤매다닌 일, 어떻게 그렸는지도 모르게 그림 한 점을 그린 일, 그리고 다시 주상의 앞으로 불려간 일……

그 모든 일들이 오래전의 일처럼 아득해졌다. 홍도에게 삶은 윤복의 주막그림을 보기 전과 후로 나뉘었다. 상상조차 하지 못했던 그림을 보는 순간 홍도는 벼락을 맞은 듯한 전율을 느꼈다. 그 그림을 그린 자는 이미 자신의 제자가 아니었다. 누구도 그 사실을 알 수 없었고 믿으려 하지도 않겠지만 스스로 알 수 있었다. 자신이 가르친 제자는 이미 자신의 경지를 넘어서고 있었다. 인정하고 싶지 않았지만 사실이었다.

하늘이 낸 화원이라는 칭송을 받던 홍도였다. 자신을 가르친 대화원 강세황을 앞질러 화명을 천하에 떨친 대천재. 스물을 갓 넘어 어진 작업에 참여했던 궁중화원 중의 화원이었다. 하지만 편벽한 생도청 구석에 처박혀 세월을 죽이는 동안 하늘이 또 다른 천재를 낸 것인가.

홍도는 오래전 스승이 했던 말을 떠올렸다.

"하늘은 한 시대에 두 천재를 내지 않는다. 그러니 이 시대는 너의 것이 될 거라."

자신을 앞서서 저만치 달리고 있는 제자를 놓아주기 위한 노스승의 찬사였다. 그 말을 홍도는 철석같이 믿었다. 그런데 지금 자신이 가르친 제자 앞에서 그는 한없이 작아지고 있는 것이었다.

안정된 듯 하지만 과감한 구도, 여인을 화면의 중심에 배치한 대담성, 뛰쳐나올 듯한 인물들의 표정과 몸짓, 눈을 황홀하게 하는 아름다운 색감……. 무엇 하나 홍도의 마음을 들쑤시지 않는 것이 없었다.

사실 홍도는 백성들의 삶살이를 있는 그대로 그려냈다는 사실을 내심 뿌듯해했다. 지금까지의 도화서양식을 생각한다면 꿈도 꾸지 못할 파격이었다. 그림에 인물을 배치하고 그 표정에 감정을 담는 것은 상스럽고 잡된 환쟁이들이나 할 짓이 아니던가. 명색이 한때 조선 최고의 화원이 그런 천한 그림을 그렸다는 것이 알려지는 것만으로도 큰 화를 불러일으킬 만한 일이었다.

하지만 홍도는 이 대결 아닌 대결에서 완전히 압도당했다는 모멸감을 벗어버릴 수 없었다. 단지 주상의 명에 충실한 그림을 그렸을 뿐이라고 스스로 위안해도 마음속 패배감은 지워지지 않았다. 소재의 선택에서부터 윤복은 홍도를 넘어서고 있었다.

홍도는 어떻게 하면 상민들과 농꾼들과 장사꾼들의 곤궁함을 그릴 수 있을까 하는 생각뿐이었다. 양반들의 삶은 잘 모를뿐더러 관심 또한 없었다. 하지만 윤복은 홍도와는 반대로 양반들의 삶을 그렸다. 윤복은 홍도가 중인들과 저자의 상민들을 그릴 것을 이미 알고 있었던 것이다. 그래서 홍도로서는 접근조차 힘들고, 그럴 수 있다고 해도 그리지 않을 양반들의 일상을 그려낸 것이었다.

더 큰 패배감은 윤복의 그림이 단지 그림에만 머문 것이 아니라 현실의 기능을 수행했다는 사실이었다. 윤복의 그림을 본 주상은 대낮에 술타령을 하는 관가이속들을 단속하는 조치를 취했다. 한 장의 그림이 세상을 바꾸고 있었다. 지금까지의 그림이란 어떤 것이었던가. 주상의 영광과 왕실의 권위에 복무하든가, 고매한 유교의 가르침을 구현하든가, 아니면 양반 호사가들의 기호에 아부하는 것이 전부가 아니었던가. 하지만 윤복의 그림은 달랐다. 그 그림은 구성과 색감과 묘사 등 기법에 있어 완벽한 그림이었거니와 그 내용으로 세상을 바로잡은 것이다. 그 그림은 수백 장의 상소문보다 효과적이었으며, 수많은 간관들의 목숨 내놓은 간언보다 더욱 정확한 뜻을 전했다. 도화서의 누가 그런 그림을 그릴 수 있을 것인가. 아니, 누가 그런 그림을 꿈이나 꿀 수 있을 것인가.

홍도는 윤복의 그림 한 부분 한 부분을 꼼꼼히 다시 떠올렸다. 쇠락해가는 한 천재는 섬광처럼 눈앞에 솟아난 또 다른 천재의 존재 앞에서 눈이 머는 듯했다. 불같은 질투의 감정이 서슬퍼런 빛을 발했다.

홍도는 윤복의 재능을 부러워하면서도 연모하는 스스로에게 참담한 패배감을 느꼈다. 그는 자신이 지금껏 누리던 모든 것을 송두리째 빼앗아가버릴 수도 있었다. 한 시절에 두 천재를 내지 않는 것이 정녕 하늘의 뜻이라면, 자신은 이미 천재가 아닐지도 몰랐다. 둘 중 누군가가 천재여야 한다면, 홍도는 자신이기를 간절히 원했다. 하지만 그럴 가능성은 희박했다.

한편으로는, 자신이 정말 축복받은 천재일지도 모른다는 생각도 들었다. 살아 있는 동안 자극하고 매질하고 패배감을 안겨줄지도 모를 또 다른 천재를 만나게 되었으니……

홍도는 시대의 천재가 되기보다는 차라리 한 천재의 스승이 되어도 좋겠다고 생각했다. 천재가 그냥 만들어지는 것이 아니라 겨루고 싸우고 쟁취하면서 완성되는 존재라면, 윤복이 진정한 천재로 성장하는 데 디딤돌이 되어도 상관없겠다고 생각했다. 하늘이 내린 재능을 지닌 한 천재를 극한까지 이끌어 그 천재성을 꽃피우게 하는 것, 그것이 스승의 할 일이라면.

하지만 여전히 마음 깊은 곳에서는 천재의 스승보다는 스스로 천재가 되고 싶은 욕망을 어찌할 수 없었다.

영복은 두근거리는 심정으로 칼을 쥔 손아귀에 힘을 주었다. 서늘한 칼끝의 느낌이 손바닥에 닿자 더럭 겁이 났다. 영복은 반짝이는 칼날 위에 어린 수십 가지의 색을 면밀히 살폈다.

작은 단도의 날 하나에 수많은 색이 서려 있었다. 칼날끝에서는 빛을 머금은 흰색이 눈부시게 반짝였다. 그 위로 검푸른 빛깔과 서늘한 파란색이 켜켜이 뒤섞였다. 날 위에서 부서진 빛은 붉고 푸르고 노란 입자가 되어 퍼졌다. 날이 끝난 곳에는 부드러운 흰빛이 어리고, 칼등에는 검은빛이 돌았다.

영복은 채색에 대한 윤복의 열망을 하나부터 열까지 알 것 같았다. 또한 그 열망은 자신의 것이기도 했다.

"여인의 얼굴에 어린 홍조를 표현할 붉은색이란 어떤 것일까?"

윤복이 툭 던진 한마디는 영복이 며칠간을 싸안고 뒹굴어야 할 화두가 되었다. 면벽하는 선승처럼, 영복은 윤복의 물음을 되새김질하며 며칠을 보냈다.

붉은색이라면 전혀 방법이 없는 것은 아니다. 단청실에서는 고래로부터 붉은색을 내는 데 천초茜草와 밀타승密陀僧을 썼다. 붉은 꽃이 피는 꼭두서니의 뿌리를 달인 물을 끓여 만드는 천초는 타오를 듯 진한 붉은빛을 띠었다. 밀타승은 서역에서 수입해온 안료로, 뜨거운 불에 납덩이를 녹여 식힌 것이라 했다. 급랭하여 어두운 기운을 띠는 것을 은밀타라 하고, 서냉하여 황색이 감도는 것을 금밀타라 했다.

하지만 그것은 윤복이 원하는 색이 아니었다. 단 한 점의 오점도 없이 완벽하게 붉은색은 오방색의 현현한 발현을 목적으로 하는 단청칠에나 어울렸다. 윤복은 좀 더 오묘하고 깊고 그윽한 붉은색을 원했다. 윤복이 원하는 붉은색이란 앳된 여인의 볼에 어린 홍조였다. 그것은 이제 막 세상에 자신을 드러내는 어린 여인의 순결, 설레임, 수줍음, 두려움을 모두 담은 색이어야 했다. 피어나는 꽃 같은 여인의 소담스런 미소에 어리는 건강미를 드러낼 수 있어야 했다.

지난 사흘 동안, 영복은 조색실을 기웃거리며 훔쳐낸 밀타승을 물에 개어 희석시키기도 하고 담황색의 안료를 섞어보기도 했다. 하지만 그것은 원하는 색이 아니었다. 윤복이 원하는 색은 전혀 새로운 것이어야 했다. 기존의 안료로는 도저히 낼 수 없는 새로운 색. 그 대상의 겉으로 드러나는 색감뿐 아니라 그 내면까지 엿보일 수 있는 색. 천초와 밀타승이라면 수백 년을 써온 색이다. 수백 년 눈에 익은 색으로 어떻게 세상의 눈을 번쩍 뜨이게 할 새로운 그림을 그린단 말인가.

영복은 새로운 붉은색을 스스로 찾고자 하였다. 붉은 꽃잎을 삶아보기도 하고 붉은 황토를 갈아보기도 하였다. 하지만 꽃잎은 뭉그러지면서 검은 갈색으로 변했고, 황토는 탁하게 변할 뿐이었다. 가장 원초적이고 단순한 방법으로 돌아갈 수밖에 없었다. 얼굴의 홍조란 실핏줄에 도는 피의 색이니 사람의 피로써만이 능히 그 색을 낼 수 있는 것이 아닐까?

더이상 망설일 것이 없었다. 영복은 아직 초벌칠이 끝나지 않은 거대한 기둥에 기대어 허리춤의 작업용 단도를 빼들었다.

생살을 베어서 흘린 선혈이 아름다운 여인의 붉은 홍조가 될 수만 있다면 열 번이라도, 백 번이라도 좋아.

영복은 손바닥에 갖다댄 칼자루에 힘을 주고 스윽 그었다. 섬뜩한 이물감을 느끼기도 전에 발간 선혈이 배어나오기 시작했다.

이 색이다. 순수한 피가 머금은 순수한 붉은색…….

영복은 뚝뚝 흘러내리는 핏방울을 서둘러 작은 안료병에 받았다. 그때 등짝을 후려치는 듯한 고함소리가 날아들었다.

"고얀 놈! 나라의 녹봉을 먹는 주제에 자해를 하다니 네 죄를 어찌하려는 것이냐!"

영복은 피가 흐르는 손을 눌러 쥐며 뒤를 돌아보았다. 회백의 머리카락이 어지럽게 휘날리는 노인이 서 있었다. 한때 뛰어난 조색공이었으나 늙고 병들어 눈이 어두워진 후 조색일에서 손을 뗀 뒷방늙은이였다. 단청공사가 있는 날이면 단청공들을 감독한다는 구실로 하릴없이 작업장 근처를 어슬렁거렸다. 젊은 단청공들은 이래라 저래라 말만 많은 늙은이를 탐탁찮게 생각했으나 평생을 단청실에서 보냈으니 함부로 대할 수도 없었다. 그러자니 단청공들은 자연 늙은이의 눈을 슬슬 피해다니기 일쑤였다.

미주알고주알 말 많은 늙은이에게 손바닥을 칼로 긋다 들켰으니 낭패가 아닐 수 없었다. 하지만 영복은 짐짓 아무렇지도 않은 척 툭툭 털며 웃어보였다.

"아무것도 아닙니다. 칼장난을 하다가 조금 베었을 뿐입니다."

"그러면 그 안료병에 받은 것은 무엇이냐?"

잔주름이 자글자글한 눈이 영복을 쏘아보았다. 영복의 얼굴에 당황스런 빛이 얼핏 스쳐가는 것을 노인은 놓치지 않았다.

"이틀 전 조색실을 기웃거리다가 밀타승에 손을 댄 것이 네놈이렷다? 표시나지 않을 만큼 적은 양이었지만 네놈의 짓임을 안다. 긁어낸 밀타승에 남아 있는 칼자국은 지금 네 손바닥을 벤 그 칼날과 다름없겠지? 요 몇 달 조색실에서 조금씩 덜어낸 색색의 안료 흔적도 그 칼에 고스란히 묻어 있으렷다?"

노인의 질타에 영복은 사색이 되어 머리를 조아렸다.

"천한 놈이 죽을 죄를 지었습니다……."

"네놈이 가지기를 원하는 색은 선혈처럼 생생한 붉은색이 아니냐?"

영복은 더 이상 숨을 곳이 없음을 깨달았다. 노인은 이미 속마음을 들여 179 다본 것처럼 영복이 원하는 색을 정확하게 알고 있었다.

"그렇습니다."

"네가 색이 무엇인지나 알고 덤비는 것이냐?"

"모르오나 간절히 알기를 소원합니다."

"단청쟁이에겐 빨강, 파랑, 노랑, 검정, 흰색의 오방색이면 충분하거늘 또 무슨 색이 필요하냐?"

"다섯 가지 새깔로 능히 최고의 단청생이 될 수 있을지 모르나, 그림을 그리자면 세상의 온갖 색을 낼 수 있어야 할 것입니다."

"말을 삼가라. 천한 목숨이 위태롭다."

노인은 꾸짖었다. 영복은 그제서야 노인이 자신을 벌하려 함이 아니라 도우려 한다는 사실을 어렴풋이 느꼈다. 노인은 카악 목구멍 깊숙한 곳에서 기침을 뱉은 후 말을 이었다.

"색은 곧 독이다. 색을 잘못 쓰면 제 명에 돼지고 못해. 색은 그것을 다루는 자의 몸을 망치고 영혼을 헐벗게 하지. 수많은 조색공들이 동록과 월황의 독에 취해 죽어갔다. 채색화를 꿈꾸던 화원들은 도화서를 쫓겨나거나 음탕함의 죄를 뒤집어쓰고 붓을 놓아야 했다. 그런데도 너는 색을 알고 싶으냐?"

"그렇습니다. 색을 만들고 싶습니다. 세상에 없었던 색, 새로운 색을 말입니다."

"오방색의 깊은 뜻을 모르느냐? 다섯 가지 색으로 동서남북중의 온갖 방향과 화수금토목 오행의 이치를 나타낸다. 빨강, 노랑, 파랑, 검정, 흰색으로 세상의 모든 이치를 펼치는데 또 무슨 색이 필요하냐?"

"세상 모든 존재가 색의 덩어리 아닙니까. 나무를 본다고 할 때 우리는 나무에 어린 짙고 엷은 푸른빛을 보는 것이며, 지붕을 본다고 할 때 기와에 서린 검은빛의 덩어리들을 보는 것입니다. 세상에 색 아닌 것이 어디 있으며 색 없이 존재하는 것이 무엇이 있겠습니까. 사람은 머리카락과 눈동자의 빛깔과 살의 색을 얻은 후에야 비로소 존재할 수 있습니다. 산은 산의 색을, 강은 강의 색을 발현하는 것으로 자신의 존재를 드러내는 것이 아닙니까. 그런데도 도화서 화원들은 그림에서 색을 지워버렸습니다. 색을 잃어버린 그림을 어찌 온전한 그림이라 할 수 있겠습니까. 먹과 여백으로만 이루어진 형상이 어찌 그 대상을 온전히 드러낼 수 있겠습니까……."

"일체의 색을 배제하고 흑과 백으로만 그리는 단순고졸한 수묵의 깊은 경지를 네가 모르느냐? 단 두 가지 색으로 세상의 모든 형상을 형용하니 그 어찌 현묘하지 아니하냐. 산과 강과 호수와 안개와 구름과 인간……. 흑은 그림이요, 백은 그리지 않음이니 수묵에 현현하는 여백의 아름다움은 그리지 않음으로써 그리는 행위가 아니더냐."

"여백의 역할은 소인 또한 알고 있습니다."

영복은 도화서에서 수학했다는 알량한 사실을 이 노인에게 드러내고 싶지 않았다. 한때 도화서 생도였으나 지금은 아무것도 아닌 천한 단청쟁이 도제일 뿐. 한때의 자신을 드러내보인다고 지금의 자신이 달라지는 것도 아닐 것이며 알량한 자존심을 위안받을 수도 없다. 대신 영복은 막 열이 오른 격렬한 노인과의 토론을 즐기려는 듯 빠르게 말을 이어갔다.

"여백은 화면에 여유와 편안함을 주며, 아무것도 표현하지 않음으로써 자세하게 묘사한 것보다 더 많은 것을 암시하여 보는 사람 스스로 상상하게 합니다. 침묵이 웅변보다 더 많은 말을 하는 것과 마찬가지입니다. 여백을 통해 화면은 운치를 지니고 그림은 여운을 가지게 됩니다. 그러니 여백은 다 그리고 남은 나머지가 아니라 스스로의 역할을 수행하는 의도적인 공간이지요."

영복을 바라보는 노인의 눈빛이 생기를 띠었다.

"여백은 무위를 기치로 하는 노장의 가르침이나 참선을 통해 깨닫는 불가의 무념무상과도 두루 통한다. 그리지 않음으로써 그리고, 깨닫지 않음으로써 깨닫는 것이지. 정념을 억누르고 중용의 도를 구현하는 선비들의 구도적 지향 또한 마찬가지다. 덕지덕지 울긋불긋한 색으로 도배한 그림이 어찌 단순고졸한 경지를 따르겠느냐."

영복은 노인에게 금지된 색을 말하려 하는 자신을 말리고 싶었지만, 한 번 터진 입은 다물어지지 않았다.

"도화서 양식은 색을 사용한다 하나 온 화면에 황색을 칠하는 것이 전부입니다. 누른색이 세상의 중앙을 뜻한다 하나 세상이 어찌 황금색일 수만 있습니까. 주상전하의 권능이 아무리 세상에 차고넘친다 하나 어찌 온세상을 황금빛으로 뒤덮을 수 있겠습니까. 정녕 주상전하의 권능이 제대로 빛을 발한다면 나무는 푸르고, 태양은 붉고, 새들은 제각각의 색을 발현해야 하지 않겠습니까!"

"말을 삼가라, 이놈! 교활한 세 치 혀로 주상전하의 권세를 더럽히려는 것이냐!"

청천벽력 같은 목소리가 찬물처럼 쏟아지고 나서야 영복은 입을 다물었다.

"용서하십시오. 이 몸은 단지 세상의 모든 색이 온전한 제 모습으로 발현되는 새로운 그림을 그리게 하고 싶을 뿐입니다."

"그리게 하고 싶다? 누구에게?"

"이 몸은 재주가 없어 하찮은 단청쟁이가 되었으나 제 아우는 하늘이 낸 화원입니다. 그 아이는 세상이 놀랄 만한 그림을 그릴 것입니다."

영복이 눈물어린 눈으로 노인을 바라보았다. 노인의 눈빛이 잠시 흔들렸다.

"네가 궁중화원 신한평의 아들이냐?"

"집안의 이름에 누가 되는 천한 놈이라 말씀드리기 외람되나, 그렇습니다."

노인이 고개를 끄덕였다. 몰라서 묻는 것이 아니라 아는 사실을 확인하는 것이었다.

"색이 너의 목숨을 위협하고, 네 아우의 재능을 망치게 하고, 네 집안의 명예를 더럽힌다 해도 색을 알고 싶으냐?"

노인이 다짐을 받듯 물었다.

"맹독이라 해도 잘만 쓰면 약이 될 것이니, 색으로 해서 이 몸은 꿈을 이루고 아우는 새로운 그림을 그릴 것입니다."

노인은 힘주어 말하는 영복을 보며 곰방대에 담배를 재워넣었다.

윤복은 서둘러 발걸음을 옮겼다. 견평방에서 계월옥까지는 그다지 멀지 않은 길이었다.

실눈썹 같은 초승달조차 없는 그믐밤이어서 발걸음은 더뎠다. 싸늘한 초겨울 바람이 싸하게 귓전을 훑고 지나갔다. 광통교를 건널 무렵 문득 동네 개 짖는 소리가 어둠 속에 퍼졌다.

희미한 달빛 아래 광통교 저편에서 두런거리는 소리가 들렸다. 두 명의 사내와 기생 하나, 어린 막종 하나가 보였다. 사내들 중 하나는 붉은 도포 자락을 늘어뜨린 것으로 보아 기생오래비 노릇을 하는 별감이었다. 사내는 노란 패랭이 아래로 귀를 내놓은 푸른 남바위를 덮어쓰고 있다.

갓을 쓴 사내는 그럴듯한 풍채에 체통이 엿보이는 양반이었다. 도포자락 안의 갖가지 장신구와 담배주머니로 보아 돈깨나 있는 대갓집 양반이었다. 한 손으로 갓을 잡은 채 소리 낮춰 이야기하는 양반은 무언가 사정을 하고 있는 듯 보였다. 소매 안에 바람을 막는 검은 토시가 얼핏 비쳤다.

양반의 옆에는 백짓장처럼 하얀 얼굴을 한 기생이 보였다. 초록 저고리에 남색 치마를 주홍빛 무명천으로 질끈 묶은 여인은 긴 담뱃대를 물고 있었다.

기생들과 기방의 사내들이 뿜어대는 담배연기가 도성 안에 가득차는 것이 이즈음의 세태였다. 무명옷 차림의 어린 막종은 길이 지체되는 것이 마뜩찮은지 자꾸만 사내를 힐끗힐끗 째려보고 있었다.

광통교와 보신각 사이의 중촌은 장삿일로 큰돈을 번 중인들이 모여사는 중촌이다. 돈 가는 곳에 가장 먼저 따라가는 것이 기생집. 수많은 기방들이 자리잡은 곳이니 흔히 볼 수 있는 풍경이었다.

도성 안 통행금지도 훨씬 지난 시간에 양반사내와 기생, 그리고 대전별 감의 은밀한 거래가 이루어지고 있었다. 거나한 술자리를 파한 양반은 반

야금모행 夜禁冒行, 종이에 담채, 28.2×35.6cm, 간송미술관
늦은 겨울 밤 기생이 동침을 원하는 양반을 따라 어디론가 가는 모습.
붉은 옷을 입은 별감이 양반과 기생의 성매매를 중개하고 있다.

반한 기생년을 데리고 기방을 나선 참이었고, 기생오라비 별감은 묵직한 돈뭉치를 받아챙긴 후 은밀한 눈빛을 보내고 있었다.

머릿속에 하나의 얼굴이 또렷이 떠올랐다. 갸름한 듯 풍성하던 얼굴선과 창백한 듯 윤택하던 뺨…….

늦은 밤이면 화선지와 먹을 앞에 두고 그 얼굴을 떠올리지만 점 하나 찍지 못하고 밤을 새기 일쑤였다. 그렇다고 무작정 여인을 찾아갈 수는 없었다. 여인을 다시 본다 해도 그 얼굴을 마음속에 새길 수 있을 것 같지 않았다.

화원은 보이는 것을 그리는 자라고 배웠지만 윤복은 그 말을 믿지 않았다. 보이는 것은 단지 볼 수 있을 뿐이다. 화원이 그리는 것은 보이는 것이 아니라 마음에 담은 것이라야 했다. 마음에 담지 못한 대상이라면 그 겉모습을 베끼는 데 불과할 것이다.

윤복은 그 여인을 그리려면 먼저 그 여인을 마음에 담아야 한다고 생각했다. 수많은 불면의 밤은 그 얼굴을 담을 마음의 자리를 마련하는 시간이었는지도 모른다.

계월옥 앞에 당도했을 때는 그믐달이 꽤 높이 떠 있었다. 솟을대문을 지나자 윤복의 낯을 기억하는 기생 하나가 반색을 했다.

"아이그머니나! 도화서에서 제일 가는 미남자님이 오셨네."

여인은 엉덩이를 씰룩거리며 긴 복도의 막다른 방으로 윤복을 안내했다. 잠시후, 적막이 가득한 방문이 스르륵 열리고 긴 가야금을 부둥켜안은 여인이 방안으로 들어섰다.

"통행이 금지된 야밤에 어인 일이십니까?"

그렇게 묻는 여인은 윤복이 이 밤에 이곳까지 달려온 이유를 누구보다 잘 알고 있었다.

185

"네가 보고 싶어서……. 네 얼굴과 네 몸과 네 마음이 보고 싶어서……."

그 말은 정향의 솜털 하나하나까지를 사시나무처럼 떨리게 했다. 눈앞에서 수없이 많은 노란 깃발들이 펄럭이는 것 같았다. 발그레한 뺨의 색조가 마음까지 번져 까닭모르게 설레었다.

그것이 색이 지닌 힘이었다. 붉은색이 없다면 여인의 설레는 마음을 무엇으로 표현할 것인가.

언제부턴가 윤복은 밤마다 흰 종이를 앞에 놓고 머릿속의 여인과 씨름하였다. 차가운가 하면 한없이 뜨겁고, 세상모르는 듯 순수한가 하면 세상 모든 사내들의 콧대를 꺾을 당찬 여인. 하지만 붓을 들면 그녀의 모습은 덧기운 조각보의 천조각처럼 조각조각 흩어지고 말았다.

사실을 말하자면, 화원시험의 단오풍정은 그녀를 그린 것이었다. 그녀의 얼굴을 관찰하여 여인들의 얼굴을 그렸고, 그녀의 벗은 몸을 보아 멱감는 여인들의 젖가슴을 그릴 수 있었다. 무엇보다 그네를 타고 막 날아오를 듯한 여인은 바로 정향의 얼굴과 몸의 태를 묘사한 것이었다.

하지만 지금 그리려는 그림은 풍정이나 여러 여인이 등장하는 그림과는 달랐다. 아무 배경도 없이, 아무 장치도 없이 한 여인의 형상만으로 그 혼을 담아내야 하는 그림이었다.

빈 종이를 앞에 두고 붓을 들면 막다른 골목의 끝에 다다른 느낌이었다. 며칠 동안의 궁리 끝에 윤복은 통금을 무릅쓰고 여인을 찾아나선 것이다.

"어찌 그리 유심히 보십니까? 그런 소중한 눈빛으로 보실 만큼 소중한 몸이 아닙니다."

"널 그리고 싶어서다."

윤복이 높낮이 없이 말했다. 여인의 가슴속에서 오래오래 익은, 너무 오래 매달려 있어 자신의 무게마저 견디지 못한 열매 하나가 툭 떨어지는 소리가 들렸다.

"천한 몸이 귀한 화폭을 더럽힐까 두렵고, 저속한 그림으로 화원님께 누가 될까 두렵습니다."

정향은 알고 있다. 여인을 그리는 것은 화인들에게 금기 중의 금기라는 것을.

여인의 그림은 곧 욕정 넘치는 사내들에게는 춘화에 불과하다. 초상화라면 근엄한 선비나 고관대작에게나 어울리는 것, 어떤 화원도 여인의 초상을 그리지 않았다. 정경부인도, 왕비도 자신의 초상화를 가져본 적이 없다. 하물며 기방을 떠돌며 가락을 파는 천한 기생의 그림이라니……. 그것은 화폭을 더럽힐 뿐 아니라 그림을 그린 자에게도 감당치 못할 화가 되어 미칠 것이다.

"너에게 미칠 화가 두려운 것이냐?"

정향의 속을 들여다본 듯 윤복이 물었다. 정향은 흔들리지 않는 눈빛으로 윤복을 똑바로 보았다.

"두렵지 않습니다."

윤복은 몽환처럼 떠오르는 여인의 얼굴 구석구석을 욕망의 대상이 아니라 묘사의 대상으로 보기 위해 마음을 다잡았다.

갸름한 듯 풍요로운 얼굴선과 화색이 도는 뺨, 그 아래로 앙다문 붉은 입술과 긴 목선……. 여인의 얼굴은 수많은 점과 선과 면으로 구분되어 가로세로 길이의 비율과 각도와 옅고 짙은 색의 조화로 이루어진 대상이었다.

"되었다. 그러면 나는 지금껏 세상에 없었던 아름다운 여인도를 그릴 수 있겠다."

윤복은 그렇게 말하며 정향을 바라보는 시선을 떼지 않았다.

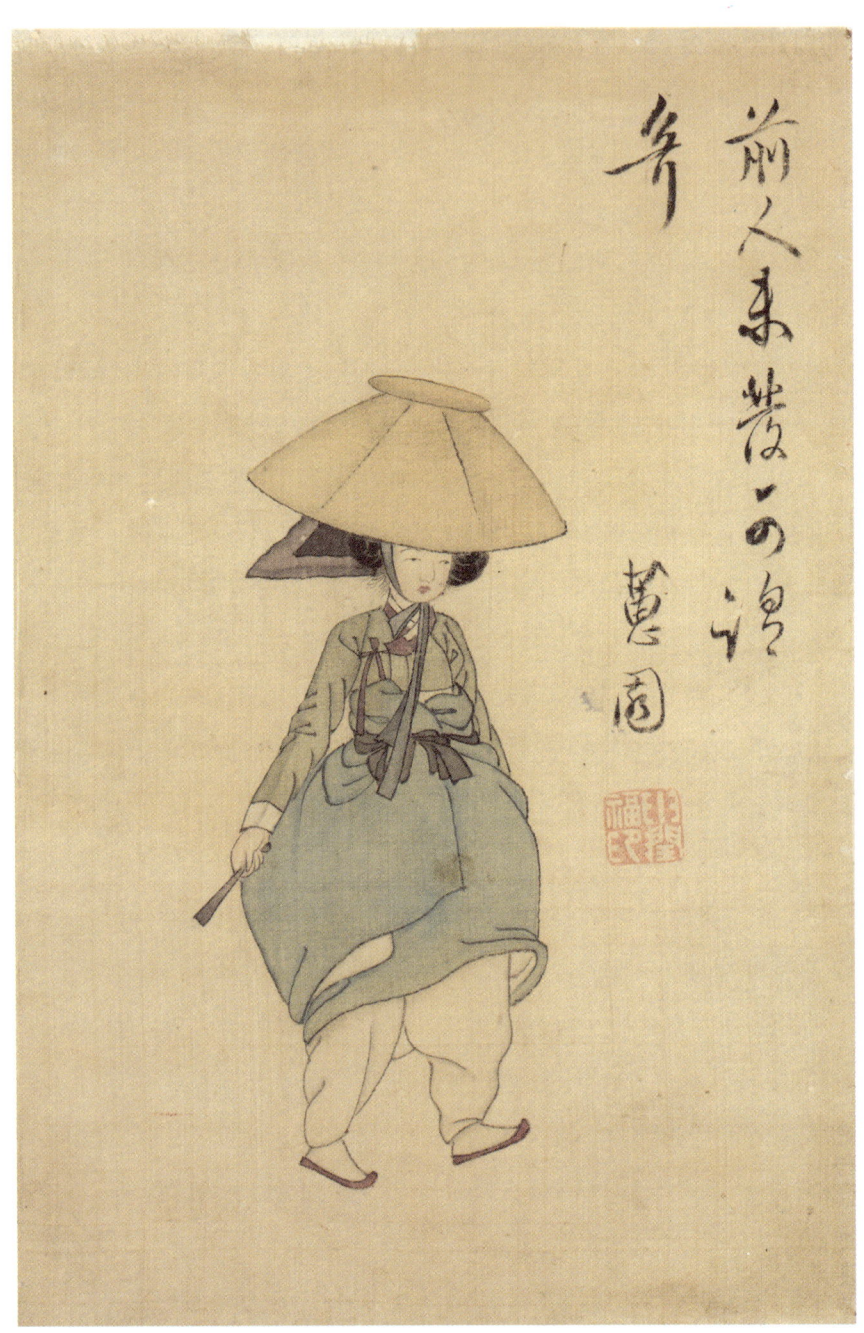

前人未發の竒

蕙園

전모를 쓴 여인, 비단에 담채, 19.1×28.2cm, 국립중앙박물관
배경도 없는 단순한 화폭 위에 가늘고 또렷한 선묘로 그려낸 아름다운 여인의 모습.
조심스럽고 세심한 묘사를 통해 숨막히는 듯한 긴장감을 불러일으킨다.

홍도는 햇살 속으로 아련하게 풀어지는 담배연기를 바라보았다. 그 모습은 파란 안료가 물에 풀리는 듯 몽롱했다.

"도화서에 도는 소문을 들었느냐? 하루가 멀다 하고 계월옥을 드나든다는 화원의 소문 말이다."

홍도가 긴 눈을 부릅뜨며 윤복을 추궁하듯 바라보았다.

"뜬소문은 아닐 것입니다."

"그럼 네가 매일밤 통금시간에 계월옥을 찾는다는 그 화원이란 말이더냐?"

"사내가 술과 계집을 찾는 것이 어찌 허물이 되겠습니까. 할 짓 없는 화원들이 남의 일에 방정을 떠는 것입니다."

"정녕 술과 계집을 탐하여 한밤에 기방으로 숨어드는 것이냐?"

그것이 아니라는 것을 아는 홍도가 물었다. 윤복의 눈빛이 잠시 흔들렸다.

"기방에 술과 여인 외에 무엇이 있겠습니까?"

"화원의 녹봉이 빤한 처지에 매일밤 기방출입이라니 그런 소문이 도는 것이 아닌가!"

"그 소문이 음해임을 정녕 모르십니까?"

홍도는 허전한 눈빛으로 윤복을 바라보았다. 그를 지켜야 한다는 생각과, 그의 도전을 더 이상 허락할 수 없다는 생각이 머릿속에서 격렬하게 싸우고 있었다.

"알고 있다. 하지만 도화서의 독사 같은 자들은 이 일을 빌미삼아 독이빨을 들이대려 하고 있어. 저들은 네가 화원이 된 사실 자체를 인정하려 들지 않는다. 그런 처지에 네 행실이 빌미를 준다면 저들이 무슨 모해를 할지 알겠느냐."

"저는 저들을 화원이라 생각했으나 간교한 모사꾼들에 불과했군요."

윤복의 코웃음을 홍도는 걱정스런 눈빛으로 바라보았다. 그 당당함과 정념이 한없이 부러웠다. 한때는 자신의 것이었던 자신만만함은 이제 젊은 자의 것이 되고 말았다. 홍도는 알고 있다. 그 당당함과 거침없음 때문에 이 젊은 화원은 고초를 겪게 될 것임을…….

도화서는 그런 곳이다. 모든 것이 정연하고 가라앉은 듯 보이지만, 그 정적의 내부에서는 불같은 질투와, 서로에 대한 증오와, 위를 향한 격렬한 자리싸움이 도가니 속의 쇳물처럼 펄펄 끓고 있다. 그들은 결코 이 어린 천재를 자신들의 울타리 안에 두려 하지 않을 것이다.

"기방을 드나드는 이유는 역시 그림 때문이겠지?"

윤복은 홍도의 눈빛을 피하지 않았다.

"하지만 그림을 위해 기방을 찾았다 해도 독사 같은 자들은 코웃음을 칠거야."

홍도는 그 말로 행실을 조심하라는 말을 대신했다. 그를 잃고 싶지 않아서였다. 재능있는 어린 화원이 머무르기에 도화서는 위험한 곳이다. 사방에서 곱지 않은 시선들이 날아들었다. 탐욕에 절은 인간들 틈에서 재능있는 자의 삶이 얼마나 힘겨운지 홍도는 알고 있다. 천재라는 이름은 곧 외로움이란 말과 같은 뜻이었다. 그들에게 윤복은 존재 자체가 위협이고 두려움이었다.

언제 누구와 영혼이 담긴 그림에 대해 이야기할 수 있었던가. 언제 누군가와 같은 형상과 풍정을 보고 치열한 그림으로 대결해본 적이 있었던가. 윤복은 그림에 대해, 색에 대해, 구도에 대해 이야기할 수 있는 유일한 상대였다. 양식이 아니라 혼을 그린 그림, 기법이 아니라 마음으로 그린 그림, 누구에게 보이기 위해서가 아니라 스스로를 표현하는 그림을 두 사람은 얼마나 갈망했던가. 어느덧 윤복은 홍도의 영혼을 떠받치는 바지랑대였다.

윤복이 도화서를 떠나게 된다면 견딜 수 없을 것만 같았다. 천재를 지키지 못한 죄책감뿐 아니라 자기자신을 외롭게 만든 데 대한 자책일 것이다. 하지만 표독스럽고 교활한 독사들 틈에 그를 잡아두는 것 또한 가책을 느끼기는 마찬가지였다.

홍도는 자신의 내부에서 커져가는 낯선 감정의 덩어리를 느꼈다. 윤복의 재능이 아니라, 윤복의 그림이 아니라, 윤복이라는 인간에게 빠져들고 있다는 사실이었다.

언제부터일까? 얼마만큼일까? 대답할 수 없지만 자신도 모를 낯선 감정에 빠져들고 있다는 사실만은 분명했다. 살아오면서 단 한 번도 느껴보지 못한 한 인간에 대한 끌림이었다. 하지만 홍도는 낯설고 서툰 감정이 솟아오를 때마다 몸서리를 쳤다.

'나는 그라는 인간이 아니라 그의 재능을 사랑할 뿐…….'

하지만 수십 번, 수백 번 되뇌어도 윤복의 얼굴은 마음속에서 지워지지 않았다.

홍도는 떨리는 손으로 서안 위에 놓인 두루마리의 끈을 풀어냈다.

"주상전하께옵서 내리신 새로운 화제다."

윤복의 가슴속에서 뜨거운 무엇이 끓어올랐다. 그것은 어쩔 수 없이 들끓는 천재의 본능이었다.

홍도의 손끝에서 천천히 두루마리의 끝이 펼쳐졌다.

井邊

하얀 종이 위의 글자는 주상이 건네는 은밀한 수수께끼였다. '우물가' 라는 뜻의 두 자 화제로 두 사람은 어떤 그림을 그려올 것인가. 천재들은 어떻게 바라보고, 어떻게 생각하고, 어떻게 그려낼 것인가.

젊은 주상은 그 생각을 하며 홀로 즐거워했을 것이다. 그 화제는 두 사람에게 주상이 걸어오는 대결이었다. 이제 대결은 서로를 향한 두 화원의 것만이 아니었다. 주상 또한 두 천재와 더불어 겨루기를 원하는 또 한 사람의 천재였다.

"조건은 지난번과 같다. 사흘 동안 우물간 그림으로 백성들의 삶살이를 주상전하께 아뢰는 것이다."

홍도가 마른 가지 부러지듯 말했다. 이런 저런 행장기나 관찰록, 상소문이라면 시시콜콜 백성들의 삶을 글로써 아뢸 수 있을 것이다. 하지만 이것은 단 한 장의 그림으로 몇백 자나 되는 두루마리 상소보다 많은 이야기를 아뢰는 일이다.

하지만 홍도는 알고 있다. 아무리 어려운 문제라도 반드시 답이 있다는 것을.

"주막이 아닌 우물간에서 말이지요?"

홍도는 윤복의 가슴속에 타오르는 경쟁심의 불길을 보았다. 그 뜨거움은 홍도에게 옮겨붙어 그의 가슴도 뜨겁게 했다. 그리고 그 불길은 편전에 홀로 앉은 주상에게도 옮겨붙을 것이다.

두 번째 대결은 시작되었다.

다음날 새벽, 홍도와 윤복은 어둠이 깔린 중촌의 골목 모퉁이에서 안개속을 바라보고 있었다. 희미한 안개 너머로 정갈한 돌담이 이어지고, 그 한쪽에 우물간이 있었다. 어둠속으로 하얀 안개의 입자가 스며들어 비현실적인 분위기를 자아내고 있었다.

북촌이 공신들과 육조의 벼슬아치 등 수백 년 이래 고관대작들이 모여사는 곳이고, 남산 아래의 남촌이 무관들과 당하관들의 마을이라면, 바뀐 세상의 등에 올라타 재물과 권력을 얻은 신흥부자들이 건설한 자기들만의 새로운 마을이 바로 중촌이었다.

그들의 재물과 권세를 따라 수많은 사람들이 이곳으로 옮겨와 중촌의 규모와 활력은 이제 북촌을 뛰어넘고 있었다. 하루가 다르게 호화저택이 들어서고, 연못을 갖춘 후원과 회벽으로 장식한 담장이 유행이 되었다. 중국에 유학하고 돌아온 자들의 새로운 복식과 행동양식, 귀중한 중국식 도자기와 장식장이 매매되었다.

집집마다 우물을 팠지만 대가의 여종들은 대개 집 밖 골목의 우물에서 물을 길었다. 그것은 하루종일 부엌일에 시달리는 여종들과 부엌데기들이 유일하게 집 밖 출입을 할 수 있는 시간이었다. 우물가는 갑갑한 집안의 담장을 벗어난 여인들의 사랑방이었다. 그곳에서 여인들은 커가는 아이들 이야기며, 무지렁이 남편의 흠이나 깨가 쏟아지는 신혼 즈음의 즐거움을 이야기했다.

우물가에는 한 여종이 물을 긷고 있었다. 또 다른 한 여인이 물동이를 내려놓으며 여종의 엉덩이를 손바닥으로 툭 쳤다. 아이가 기겁을 하며 주위를 돌아보았다.

"이년! 방뎅이를 보니 이제 시집을 가야겠구나!"

여인이 의미 있는 눈빛을 던지며 물동이를 채우기 시작했다. 소곤거리고, 키득거리고, 손으로 입을 가린 이야기들은 계속 이어졌다. 채운 물동이를 우물턱에 얹어놓자 한 여인이 다른 여인의 따리 위에 물동이를 얹어주었다. 여인은 눈인사를 남기고 총총걸음을 옮겼다.

그것이 두 사람이 본 것들이었다. 그것은 각자의 방식대로 그들의 화폭 위에 옮겨질 것이었다.

주상의 얼굴에는 호기심이 가득했다. 홍도와 윤복은 각기 메고 온 두루마리통의 뚜껑을 열었다. 주상은 몸을 서안 앞으로 굽혀 두 사람이 펼칠 그림 속의 우물간 풍경을 상상했다.

"이번에도 지난번처럼 도성 안의 우물가를 두루 돌아다닌 것이냐?"

"아닙니다. 광통교 인근의 우물을 지키고 앉아 오가는 사람들을 이틀 동안 관찰했습니다."

주상은 기대를 배반당한 짜릿함을 터지는 웃음으로 마음껏 즐겼다.

"기대는 배반당할수록 즐거운 것이지. 하하하!"

이런 왕이 언제 있었던가. 천한 도화서 화원들의 붓끝을 통해 백성들의 삶을 구석구석 살피는 왕이. 자신의 생각을 뒤집은 천한 자들을 웃음으로 격려하는 군주가. 그는 천재들을 다스리는 법을 알고 있는 사람이었다. 어쩌면 홍도와 윤복이 다다르지 못할 경지에 있는 또 다른 천재일지도 모른다.

"이틀 동안 우물을 찾는 여인들을 그리다, 천한 장난기로 남정네 하나를 넣어 그렸사옵니다."

그것은 무예를 단련하는 자들이 주로 하는 대련의 방식이었다. 일정한 약속에 따라 공격과 수비를 반복하는 약속대련의 바탕 위에 아무런 제한 없이 겨루는 자유대련을 더하는 대결방식이었다. 주상은 더욱 호기심이 동한 표정을 지었다.

"남정네라? 양반인가, 상민인가? 늙은 자인가, 젊은 자인가?"

"그것은 오로지 그리는 자의 붓끝에 맡기기로 하였사옵니다."

홍도의 말에 주상은 안달이 난 듯 서둘러 말했다.

"두루마리를 펼쳐라!"

홍도가 두루마리를 펼치자 윤복의 두 눈이 번쩍 빛을 발했다.

우물가, 종이에 담채, 22.7×27cm, 국립중앙박물관
우물가에서 물을 청하는 사내와 아낙네들의 순간적인 감정을 해학적으로 표현한 수작.
가슴을 풀어헤쳐 털을 자랑하는 사내는 그 중 제일 젊고 예쁜 아낙네에게 물을 청하고
젊은 아낙네도 싫지 않은 듯 두레박을 건네고 사내의 얼굴에는 웃음이 가득하다.

배경 없는 말간 종이 위에 세 명의 여인과 한 사내가 보였다. 배경색은 지난번 갈색보다 훨씬 옅어져서 투명하면서도 아늑한 느낌을 주었다.

놀랄 만큼 단순명료한 구도였다. 화면 왼쪽으로 배치한 우물가에 선 두 여인은 옷차림부터 자신의 그림과 다름이 없었다. 나이든 여인은 흰 저고리에 회색 치마를 치마끈으로 질끈 동여매고 있었고, 젊은 듯 보이는 여인은 녹색 저고리에 푸른 치마차림이었다. 우물벽 위에는 커다란 오지 물독과 나무 물통이 올려져 있었다.

윤복의 눈을 번쩍 뜨이게 한 것은, 저고리 고름을 활짝 풀어헤쳐 털이 더부룩한 탄탄한 가슴을 내보이며 두레박 가득 담긴 물을 벌컥벌컥 들이켜는 사내였다. 벗어젖힌 갓을 쥔 왼손을 허리춤에 짚고 두레박자루를 쥔 모습은 거침없는 사내의 성정을 말해주었다.

"물 한 그릇을 청하는 남정네에게 버들잎을 띄워 건넸다던 옛날의 우물가 여인이 생각나는구나."

윤복은 사내에게 건넨 두레박줄을 잡은 푸른 치마의 젊은 여자를 눈여겨보았다. 여자는 사내의 맨 몸을 바로보기 민망한 듯 다소곳이 고개를 돌려 눈길을 피했다. 하지만 윤복에겐 그 모습이 사내의 목젖을 타고 벌컥거리며 물 넘어가는 소리에 조심스럽게 귀를 기울이고 있는 것처럼 보였다.

어쩌면 홍도는 그런 효과를 계산한 것인지도 모른다. 화폭 가운데를 꽉 채운 존재감으로 중심을 잡고 있는 사내와, 그 사내를 외면하면서도 어쩔 수 없는 호기심에 귀를 세운 여인. 두 사람 사이에 흐르는 팽팽한 긴장감이 화면의 중심을 꽉 채우고 있었다.

"뒤쪽에 보이는 여인은 누구인가?"

주상이 호기심 가득한 눈으로 물었다. 그림의 오른쪽에는 두 남녀에게 관심도 없다는 듯 힘겨운 표정으로 물동이를 인 흰 민짜저고리를 입은 여인이 보였다. 기골이 굵고 튼실한 것으로 보아 어느 부잣집 막일을 하는 부엌종인 듯 했다. 우물가에서 일어나는 젊은 남녀의 희롱에 관심을 보이기에는 너무도 고달픈 삶의 무게가 엿보였다.

"우물가에서 남녀가 희롱하는 것이 자연스런 풍정이라면, 그런 일에 상관할 기력조차 없이 하루하루 살아가는 여인도 전하의 백성이 아니옵니까."

주상이 고개를 끄덕이며 윤복에게 시선을 돌렸다. 가는 손가락끝에서 끈이 풀어지고 두루마리가 펼쳐졌다.

홍도는 뒷골이 찌릿하였다. 똑같은 우물가에서 똑같은 사람들을 관찰했지만, 윤복의 그림은 완전히 다른 분위기를 자아내고 있었다. 절반을 넘는 화면을 차지한 것은 인물이 아니라 풍경이었다. 우물 뒤쪽의 암벽과 바위벽 사이사이에 낀 이끼, 절벽 위의 고목등걸과 무성하게 웃자란 나무숲……

"이것은 화성이라 일컫는 정선의 실경산수화법이 아닌가……"

주상이 혼잣말처럼 중얼거렸다.

"실경산수는 인물이 극단적으로 배제되는 산수화라 할 것입니다. 그러나 이 그림은 실경산수의 기법이 인물과 절묘하게 어우러지고 있사옵니다. 자연과 인간의 가장 조화로운 모습이라 하겠지요."

홍도의 부연에 주상이 고개를 끄덕였다. 하지만 정작 윤복과 그림을 번갈아보던 홍도는 혼란스러웠다. 이 젊은 천재는 사람의 삶을 그리는 데 자연을 끌어들였다. 그것도 정선鄭敾이란 화단의 거인이 구사했던 실경산수기법을 사용하여……. 거기에 비하면 배경을 배제하고 인물만을 그린 자신의 그림은 얼마나 초라한가!

홍도는 마른 입술을 깨물며 다시 화면을 압도하는 풍경을 살폈다.

197

정변야화 井邊夜話, 종이에 담채, 28.2×35.6cm, 간송미술관
어스름 봄밤에 우물가에서 일어난 일을 그린 것으로 물을 길러 온 두 여인이
춘흥이 오른 듯 보름달 아래서 무언가 이야기를 나누고 돌담 뒤에서 음흉한 양반이
두 여인을 몰래 훔쳐보고 있다.

붉은 봄꽃이 가지마다 흐드러진 봄밤. 붉은 기운이 흐드러지게 번진 하늘 위에는 하얀 보름달이 떠 있었다. 달 아래에는 어느 대가의 일각대문 처맛자락이 보였고, 길게 돌담이 이어져 있었다. 지붕 없는 둥근 우물은 자신의 것과 모양새가 다르지 않았다. 우물벽 위에는 오지독 하나와 나무 물통 하나가 놓여 있었다.

녹색 저고리에 푸른 치마를 입은 여인은 두레박줄을 잡고 있었고, 흰 민짜저고리에 똬리를 얹은 나이든 여인은 머뭇거리며 여인에게 말을 전했다. 인물의 생김새와 복색은 홍도의 그림과 흡사했다. 그리고 사방관을 쓴 것으로 보아 지체 높은 양반인 듯한 남자가 돌담 너머에 몸을 숨긴 채 두 여인을 초조한 눈으로 바라보고 있었다.

"말인즉슨, 지체 높은 양반이 밤중에 담 너머로 우물가의 젊은 아낙을 희롱하고 있다는 뜻이렷다."

주상이 중얼거리며 오래오래 두 그림을 번갈아보았다. 긴밀한 두 여인 사이의 시선과 담 뒤의 남정네 사이에 흐르는 흰 달빛만큼이나 알 수 없는 긴장감이 감도는 그림이었다.

"천하의 명인들이로다. 이틀 동안 같은 풍정을 보고 이렇듯 다른 그림을 내놓다니……. 단원의 그림은 따뜻한 햇살이 퍼지는 환한 대낮이며 혜원의 그림은 보름달이 교교한 한밤이로다. 단원은 일체의 배경을 삭제하여 인물들에 주목한 반면, 혜원은 흐드러진 꽃가지와 아스라한 암벽과 창백한 달빛으로 등장인물들의 마음속을 표현했다. 혜원은 화려한 색감과 섬세한 묘사를 위주로 했으나 단원은 질박한 색감과 과감한 구도를 썼다. 너희는 해와 달처럼 한 하늘에 떠 있는 두 빛이니, 해는 해대로 밝고 따스하며 달은 달대로 교교하고 아름다운 것과 같다."

홍도와 윤복은 머리를 조아렸다.

계월옥 문앞은 취한 남정네들의 고함소리와 술 냄새와 욕지기가 떠날 날이 없었다. 해가 저물기도 전에 찾아든 남정네들은 기생 하나를 두고 싸움을 벌이기 일쑤였다. 고래고래 욕지거리를 쏟아내다가 주먹이 오가는 경우도 허다했다.

벌겋게 취한 사내들은 윗통을 까제친 채 주먹을 날리고, 상투가 일그러지고 갓뚜껑이 부서지도록 진흙바닥을 굴렀다. 눈두덩이 시퍼렇게 멍들고 코뼈가 휘기도 했다. 별감들은 붉은 도포자락을 휘날리며 여기저기 싸움을 말리느라 정신이 없었다.

하지만 계월옥 중문 뒤쪽은 대가의 안채처럼 조용했다. 그곳은 정경부인 빼고는 도성 안에서 가장 많은 패물을 지녔다는 계월의 살림집이었다. 저녁 어스름이 안뜰에 한가득 내려앉아 있었다.

정향은 다소곳이 계월에게 절을 올리고 고개를 들었다. 쌍꺼풀 자국이 진한 계월의 눈이 정향을 바라보았다. 그 눈은 때가 다가오고 있음을 말해주었다. 멀리서 한 사내의 거친 고함소리가 들렸다.

"사내놈들이 또 암탉 본 수탉처럼 벼슬을 세웠나보군."

계월은 눈살을 찌푸리며 혀를 찼다. 정향은 대답하지 않았다. 늘 익숙한 일이기도 했지만 그런 일에는 무심한 아이였다.

"사내란 그런 것들이야. 계집 하나를 차지하려고 저렇게 허세를 부리는 게 아니지. 저들은 계집 때문이 아니라 자기 자신을 위해서 싸우는 거란다. 한 푼어치 가치조차 없는 자존심, 명예…… 그런 것들 때문이지. 여자를 빼앗긴다는 건 남자로서 명예를 빼앗기는 것과 같다고 생각하지. 그렇게 멍청하고 생각없는 것들이 사내들이다."

계월이 말을 끝내며 핏하고 웃었다.

"사내들이 그렇게 어리석으니까 계집장사가 돈을 벌겠지요?"

유곽쟁웅 遊廓爭雄, 종이에 담채, 28.2×35.6cm, 간송미술관
기방 문 앞에서 대판 벌어진 싸움 모습이다.
장죽을 문 기생은 구경을 하고 붉은 옷을 입은 별감大殿別監이 싸움을 말리고 있다.

방자하다고 생각했지만 나무라고 싶지 않았다. 그 말이 사실이었으니까. 지금껏 적지 않은 돈을 모을 수 있었던 것도 모두 어리석은 사내들 덕분이 아닌가…….

"되바라진 년."

계월이 큰 눈으로 정향을 흘기며 빙긋 웃었다. 오늘이야말로 오랜만에 제대로 된 거래를 성사시킬 수 있을 것 같았다. 3년 동안 정성을 기울여 만들어온 귀한 물건이 드디어 임자를 만나게 되는 것이다.

"나는 약속을 지켰다. 널 장안에서 가장 값진 물건으로 만들어 가장 큰 돈을 지르는 사내에게 넘기겠다고 했지?"

정향은 계월에게 감사하고 싶었다. 어차피 누군가에게 팔려가야 할 몸이라면 가장 비싼 값에 팔리는 최고의 물건이 되고 싶었다.

"행수어른의 은덕을 잊지 않고 있습니다."

고개를 숙인 정향을 내려다보며 계월은 입을 열었다.

"별채에 손님이 드셨으니 따르거라."

계월은 말을 마치기가 무섭게 훌쩍 일어나 대청으로 나섰다. 별채는 계월이 청한 특별한 손이 아니면 아무나 드나드는 곳이 아니었다. 은밀하고 깊은 그곳에서 계월의 큰 거래들이 이루어지곤 했다. 오늘의 거래는 그 중에서도 가장 큰 거래였다.

"어떤 분이십니까?"

한걸음 떨어져 뒤따르던 정향이 조심스럽게 물었다. 그것은 자신의 마음에 차지 않는 상대라면 더 이상 따르지 않겠다는 결의이기도 했다.

"대행수 김조년 어른을 모른다 하지 않겠지? 맨주먹으로 시작해 시전 점포의 절반을 먹어치운 대상인이 아니더냐."

정향의 몸이 꼿꼿해졌다.

"도성 안에서 그 이름을 모르는 자가 있을까요? 코흘리개 아이도 커서 김조년처럼 큰돈을 버는 상인이 되겠다고 입을 모으니까요."

김조년은 가난한 집안에서 나 시전판의 지게꾼으로 시작했으나 타고난 수완으로 부를 거머쥔 자였다. 작은 점포들을 하나둘 사모으고 상인들을 규합하여 엄청난 규모의 도가를 형성하고 그 아래로 상인들을 거느렸다. 난전상인들 중 그의 그림자를 비껴나는 자가 없었고, 육의전 상인들조차 그와 거래를 트지 않을 수 없었다.

행수가 된 후에는 큰돈을 들여 3대째 벼슬이 끊어진 몰락한 양반가의 양자로 들어가 그 집 족보를 통째로 사버렸다. 양반이라는 신분의 날개를 단 그는 더욱 거침없었다. 아전들과 호형호제하며 궁과 관아의 물품을 납품하더니 결국 육조와 의정부에까지 선을 대었다.

"벽파든 시파든 굵직한 파당의 영수들 중에 그의 돈을 쓰지 않는 자가 없다. 벼슬이 없다 뿐이지 삼정승이 부럽지 않은 권세가 아니냐. 오히려 정승들을 마음대로 부릴 정도의 위세라 해야 하겠지? 그 정도면 천하의 네 콧대에도 모자람이 없지 않겠느냐?"

"그런 대단한 어른이 어찌 저같은 계집을 찾으셨답니까?"

"이 별채를 드나든 지 어언 십 년이 넘은 분이다. 지나는 길목에 네 가야금 소리를 귀담아 들으신 모양이다. 비록 시전 출신이나 예악을 즐기고 풍류를 아끼는 건 정승판서도 따르지 못할 경지다. 온갖 악기를 수집하고 비싼 청나라 그림을 사들인다 들었다. 집안에서 화원들을 먹이고 재우며 그림을 그리게 한다니 네 가야금 소리에 반한 것도 이상한 일은 아니지."

별채로 통하는 중문을 넘어서자 어둠이 짙어졌다. 발간 불빛을 머금은 방문 너머 반듯이 앉은 그림자가 어른거렸다. 정향은 큰숨을 들이쉬었다.

"내가 할 일은 여기까지다. 지금부터 네가 어떻게 하느냐에 따라 네 몸값이 달라질 거야.”

정향은 그 말을 듣는 둥 마는둥 붉은 비단신을 벗고 대청마루를 올랐다.

“매정한 년……. 얼음장을 끼고 살아도 네년보다는 나을 거다.”

계월이 방문을 들어서는 정향의 등 뒤에서 중얼거렸다. 하지만 그 얼굴에는 여전히 웃음기가 가시지 않았다.

두 번째 그림대결이 있은 후부터 주상은 시와 때의 구분없이 열흘에 한 점씩 임의의 화제로 그림을 그려 올리도록 했다. 주상의 명은 더이상 은밀한 호출이나 두루마리가 아니라 화원장을 통해 정식으로 하달되었다. 덕분에 홍도와 윤복은 잡인의 출입이 철저히 통제되는 특별화실에서 작업하는 은사를 누리게 되었다. 하지만 그 덕에 비난이 집중되는 과녁이 되어야 했다. 화원들은 고까움과 적의를 노골적으로 드러냈다.

그림에 대한 주상의 탐닉은 시강교재 대신 두 사람의 그림을 육조관원들과 함께 독화讀畫하겠다는 하교로 이어졌다. 삼정승이 나아가 엎드려 부당함을 아뢰었다.

“도화서는 예로부터 중인으로 한정하여 취재하였으니 그 하는 일이 속되고 천한 까닭입니다. 선비의 그림은 단아한 사군자와 웅혼한 산수를 그리는 문인화로 도화서의 그림과 차별되옵니다. 비록 도화서가 궁 안의 크고 작은 화사를 담당하나 정사에 개입한 적은 없습니다. 하물며 김홍도는 생도청으로 내쳐진 자이옵고 신윤복이란 자는 음탕한 그림으로 화원의 자격마저 위태로운 자인데 어찌 그들의 그림을 시강원에 들이려 하시옵니까!”

가르릉거리는 좌의정의 소리에 주상이 눈살을 찌푸렸다.

“왕이 되어 백성의 삶을 구석구석 살피기 어려움은 그 처소가 좁은 궁궐

안에 한정되어 있기 때문이다. 야밤의 밀행을 통해 궁 밖으로 나간다 한들 백성들은 잠자리에 있으니 어찌 그들의 삶을 살필 것인가. 백성의 고초와 그 삶의 구석을 모르고 어찌 군왕이라 할 수 있겠는가."

"백성의 삶이란 육조의 벼슬아치들과 삼사의 간언으로 파악할 수 있을 것이옵니다. 특별한 일에는 전국의 유생이 올리는 상소문 또한 있사옵니다.

"수백 자의 글로 설할 수 없는 풍경을 단 한 장의 그림이 말해줄 수 있음을 어찌 모르는가."

"하오나 그자들의 그림은 저자의 상것들조차 피해야 할 속된 그림으로 주상전하의 성스러운 심기를 해칠 것이옵니다."

"저자의 보부상과 농사짓는 농꾼들과 술파는 아녀자들이 모두 나의 백성이다. 나의 백성들을 내가 돌보지 않고 누구에게 맡기라 하느냐!"

조정 안팎에서 쑥덕이는 소리들이 연이어 터져나왔다. 왕이 상스럽고 음탕한 그림에 빠졌다느니, 춘화도와 같은 저속한 그림들이 왕의 총기를 흐린다는 소리들이 궁궐 여기저기서 흘러다녔다. 홍도와 윤복은 그런 쑥덕임에는 관심도 없었고, 알고 싶지도 않았다. 다만 주상이 명한 그림을 위해 매일 도성 안팎을 헤매다녀야 했다.

홍도는 아이를 업은 보부상 부부를 이틀 동안 따라다녔고, 윤복은 계월옥에 머물며 하루종일 기생들을 관찰했다. 정향이 떠나버린 그곳에서 윤복은 정향의 흔적을 찾아내기 위해 몸부림쳤다. 홍도는 대장간과 타작마당을 돌았다. 윤복은 무당들과 아녀자들과 중들과 싸움판을 헤맸다.

도화서로 돌아온 둘은 마지막 하루 내내 화실에 머물렀다. 아침부터 저녁까지 햇살이 기울기를 달리하며 비쳐드는 화실 안에서 각자의 그림에 빠져들었다. 홍도의 간결하면서도 거침없는 필치는 비루한 현실에 쪼들리면서도 웃음을 잃지 않는 백성들의 건강한 삶을 담아냈다.

행상 行商, 종이에 담채, 22.7×27cm, 국립중앙박물관
조선 후기에 상업이 발달하고 물류가 늘어나자 봇짐장수와 등짐장수인 보부상이 대거 출현하였다.
그림은 이들의 힘겹고 고달픈 생활을 묘사했다.

시전 대상 김조년이 천하절색을 취했다는 소문은 화류계를 흔들었다. 기생들은 만나기만 하면 정향의 이름을 입에 담았고, 사내들은 계월이 얼마를 챙겼을까를 넘겨짚었다.

소문과 수군거림 사이에서 윤복은 뜨거운 물을 뒤집어쓴 것 같았다. 언젠가 이런 일이 올 거라고 생각하지 않은 것은 아니었다. 하지만 좋지 않은 일이란 아무리 준비해도 갑작스러웠다.

윤복은 그녀의 몸이 아닌 자태를 탐했고, 그녀의 얼굴보다는 그 영혼에 깊이 빠졌다. 그녀는 여자이기보다는 인간이었고, 정욕의 대상이기보다는 그려야 할 대상이었다.

그녀가 윤복에게 불러일으킨 것은 불타는 욕정이 아니라 그리고자 하는 강렬한 욕망이었다. 그녀는 윤복의 붓끝에서 살아났고 그림 속에서 영혼을 얻었다.

하지만 가진 것 없는 신출내기 화원이 탐할 여자는 애초에 아니었다. 그녀는 다른 남자의 여자가 되었다. 사실이 아니기를 바랐던 일은 명확한 사실이 되고 말았다.

슬퍼해야 할까, 절망해야 할까. 양쪽 모두였다. 할 수 있는 일은 그 모든 것이 꿈이기를 바라는 것뿐.

윤복은 슬픔과 절망 때문에 오래 붓을 잡지 못할 것 같다고 생각했다. 하릴없이 멍하니 빈하늘을 바라보는 날이 늘었다.

계월옥 행랑할아범이 정향의 전갈을 들고 도화서를 찾아온 것은 윤복이 처음 소문을 접한 뒤로 사흘 후였다.

"아씨께서 오늘밤 뵙고자 청하십니다. 내일이면 김조년 어른의 별당으로 들어가셔야 하기에…….'

서쪽 하늘에 붉게 노을이 짙어왔다. 윤복은 의관을 차려입고 도화서를 나섰다. 행랑할아범은 윤복을 계월옥 별채로 안내했다.

어떻게 계월옥까지 온 것일까. 무슨 생각을 하면서 온 것일까.

아무것도 생각나지 않았다. 단지 노을이, 노을이 유난히 붉어 서러웠다는 것밖에는……

스산한 가야금 가락이 눈앞을 어른거리게 했다. 가야금 소리는 윤복의 마음을 퉁기고, 가슴을 쥐어뜯었다.

윤복은 눈 속에 새긴듯 선명한 그녀의 모습을 바라보았다. 언제나처럼 외로 돌린 고개, 가지런한 머리카락과 빛나는 이마, 초승달을 오린 듯 단아한 눈썹, 단단한 콧마루와 반듯한 입술, 그리고 물처럼 흘러내리는 하얀 목선… 때론 힘차게, 때론 여리게 현을 퉁기고 흐느적거리며 농현하는 길고 흰 손가락…

그 모든 것들을 윤복은 세심하게 머릿속에 새겼다. 날카로운 끌로 가슴을 깎아내듯 아프게 그 자태를 새겼다. 가야금의 흔들리는 가락이 흐느껴 우는 소리처럼 들렸다.

그것은 정향이 눈물너머 보이는 윤복에게 건네는 마지막 인사였다. 한 사람을 사랑했으나 그를 떠나야 하는 여인의 서글프고도 스산한 작별인사. 가지고자 하였으나 가지지 못한 사람에게 뒷모습을 보여야 하는 여인의 눈물겨운 인사.

"아름답구나. 내가 본 어떤 날보다 더욱…"

신선한 초여름 바람이 들창문으로 쏟아져 들어왔다. 밤이 깊어가고 있다는 것을 윤복도, 정향도 알 수 없었다. 술취한 사내들의 고함소리가 잦아들었다.

"그 가야금 소리는 이제 나의 것이 아니라 다른 사람의 것이 되겠지……"

윤복의 서글픈 눈빛은 여인을 나무라는 듯하였지만 실은 자신을 책망하고 있었다.

"아닙니다. 이 가야금 소리는 언제나 오직 한 사람의 것입니다."

"그 한 사람은 김조년이란 자를 말하는 것이겠지. 그 자는 수천 냥으로 네 가야금 소리를 샀으니까……."

"기예를 팔았을 뿐 혼까지 팔지는 않았습니다. 저의 혼은 오래전에 한 사람이 가져갔으니까요."

정향은 자신을 바라보는 서글픈 눈빛을 피하지 않았다. 시선과 시선이, 사랑과 사랑이, 뜨거움과 뜨거움이 희미한 어둠 속에서 얽혔다.

"제 마음이 가 닿는 분에게 저를 맡기고 싶습니다."

툭. 잘 익은 과일이 떨어지듯 초록 저고리의 고름이 풀어졌다. 빛을 머금은 아름다운 선이 어둠 속에서 하얗게 빛났다. 떨리는 손끝이 깃털처럼 스친 자리에 오소소 소름이 돋아났다.

따뜻한 서글픔이, 서글픈 사랑이, 미련과 원망이 품에서 품으로, 눈에서 눈으로 건네졌다. 열두 현 위를 흐르고 미끄러지는 손처럼 윤복의 손끝이 여인의 몸을 떠돌았다. 손끝이 가 닿을 때마다 세상 어떤 악기보다 아름다운 소리가 났다.

여인의 몸은 붓끝을 기다리는 화선지처럼 반듯했다. 어떤 뛰어난 화원이 있어 이 아름다운 몸에 흔적을 남길 수 있을까. 윤복은 자신만의 방식으로 이 아름다움 위에 잊혀지지 않을 흔적을 남기고 싶었다.

붓보자기를 펼쳐 가장 작은 붓 하나를 꺼내든 윤복이 반듯이 누운 여인을 내려다보았다.

"네 몸에 나의 영혼을 새겨둘 거야. 내 혼을 다해 한 폭의 그림을 남겨둘 거야."

여인은 붉은 입술 사이로 가지런한 이를 보이며 웃었다.

"어떤 사내도 그 흔적을 지우지 못할 것입니다."

물결 같은 붓끝이 여인의 평평한 배 위에 닿았다. 가장 고귀한 화폭 위에서 붓끝은 격랑처럼 소용돌이치고 여리게 잦아들었다.

푸른 새벽빛이 문살 너머로 스며들었다. 먼데서 막종이 마당을 쓰는 소리가 두 사람의 마음을 쓸어내렸다.

주상은 기대어린 표정으로 두 화원을 바라보았다. 화제를 정하지 않고 내키는 기법을 강구하여 백성들의 삶 이모저모를 자유롭게 그리라 했던 그림이었다.

명을 받은 두 화원은 각자 서로 다른 장소를 찾아 서로 다른 사람들을 관찰했다. 두 화원의 그림을 곧바로 비교하기는 힘들겠지만 구석구석 백성들의 삶이 보일 것이었다.

홍도와 윤복은 각각 들고 온 두루마리통의 뚜껑을 열었다. 매번 과장에 들어서는 선비처럼 가슴이 두근거렸지만 서로의 그림을 볼 수 있음이 다행스러웠다.

주상은 두 천재화원의 그림을 나란히 보는 감흥을 마음껏 즐기기나 하려는 듯 잔뜩 기대어린 눈빛을 반짝였다.

"펼쳐 보여라."

홍도와 윤복이 동시에 그림을 펼쳤다.

종이가 스적이는 소리에 홍도는 가슴이 베이는 것 같았다. 종이를 펼치자 확 끼쳐오는 묵향에 윤복은 숨이 멎는 듯했다. 서로는 서로가 펼친 그림속에 펼쳐질 숨막히는 풍경을 상상하며 소름을 키웠다. 애타는 호기심은 주상 또한 다르지 않았다.

타작, 종이에 담채, 22.7×27cm, 국립중앙박물관
농부들이 볏단을 내리쳐 알곡을 털어내는 타작 풍경.
흥겹게 노동에 빠져든 농부들과 술병을 옆에 두고
농부들을 감시하는 듯한 양반의 표정이 묘한 대조를 이룬다.

홍도의 그림은 넓은 마당에서 일꾼들이 타작을 하고 있는 모습이었다. 마당 한가득 강한 가을의 햇살이 끓어넘칠듯 노랗게 빛났다.

화면 가운데에는 네 명의 농군들이 열심히 나락단을 들고 알곡을 터는 것이 보였다. 앞쪽에는 나이든 자가 흩어진 알곡을 쓸어모으고 있었고, 뒤쪽에는 지게 가득 나락단을 지고 오는 사내가 보였다.

모두가 즐거운 듯 입가에 한가득 미소를 머금고 있는 모습이었다. 단 한 명, 그림의 오른쪽에 보이는 양반만이 얼굴에 수심이 가득한 표정이었다. 일꾼들을 감시하려는 듯 양반은 낟가리에다 돗자리를 깔고 팔을 괸 채 담뱃대를 물고 있었다. 옆에 술병이 있는 것으로 보아 대낮부터 술에 취해 있는 것이 분명했다.

"어찌 고된 타작일을 하는 일꾼들은 모두 입가 가득 미소를 머금고 있는데 유독 낟가리에 기대어 음풍농월하는 양반의 표정이 저렇듯 어두운 것이냐?"

그림 구석구석을 유심히 보던 주상이 고개를 갸웃거리며 물었다. 홍도가 대답했다.

"그것이 소인이 본 바이옵니다. 열심히 일하고 땀흘리는 자들의 즐거움을 나태한 자가 알 수 있겠사옵니까. 천한 일을 하나 귀한 양반이라는 자들의 삶이 부럽지 않은 것이 그 까닭입니다."

주상이 고개를 끄덕였다.

"그렇다. 조선은 대대로 일하는 자를 업신여기고, 사대부라 하여 몸 움직이기를 게을리하였지. 하지만 이제 알겠다. 삶의 기쁨이란 정직한 노동의 대가로 오는 것임을 말이다."

말을 맺은 주상은 윤복의 그림으로 눈길을 돌렸다.

청루소일 靑樓消日, 종이에 담채, 28.2×35.6cm, 간송미술관
방안에 여유로운 양반이 앉아 있고 마루에는 생황을 든 여인이 있으며
전모를 쓴 기생이 마당을 들어서고 있는 적막한 오후 한때의 기방 풍경을 그렸다.

화사한 갈색의 기운이 도는 화폭 위에 세 명의 남녀가 보였다. 살집 좋은 사내 하나가 방 안에 앉아 있는 것이 보였다. 탕건을 쓴 것으로 보면 그곳에 익숙한 자였다. 마루에는 생황을 든 여자가 보였다. 그 둘이 동시에 중문을 들어서는 전모 쓴 여인을 바라보는 것이 전부였다. 여인의 뒤에는 키 작은 사내아이가 시중드는 모양으로 따르고 있었다.

그림을 본 홍도는 얼굴이 후끈 달아올랐다. 윤복의 그림답지 않은 간결하고 소박한 구도에 단순한 배경……. 하지만 인물을 보면 여지없이 윤복의 그림임을 알 수 있었다. 어느새 윤복은 홍도의 뛰어난 점을 자신의 그림에 차용하고 있었다.

홍도는 자랑스러우면서도 부끄러웠다. 윤복이 자신을 따르고 있음이 자랑스러웠고, 윤복의 그림을 따르지 못한 자신이 부끄러웠다. 이제 홍도는 더 이상 윤복의 스승이 아니었고, 윤복 또한 홍도의 제자가 아니었다. 서로가 서로를 말없이 가르치고 배우는 스승이자 제자였다.

"이 정경의 뜻을 알 수 없구나. 기방의 한때임이 확실한 것 같으나……."

윤복이 긴 숨을 들이마시고 입을 열었다.

"이들은 지금 큰 거래를 하는 중이옵니다. 계집을 사고파는 것이지요. 돈 많은 양반이 기방에서 제일가는 기녀를 첩실로 들이려는 것이옵니다."

"그만하게. 어찌 상스러운 그림으로 전하의 심기를 어지럽히려 하는가."

듣고 있던 홍도가 나무라듯 넌지시 말했다.

"기방이 상스러운 곳이라면 어찌 양반들이 찾겠사옵니까. 천한 기생들 또한 전하의 백성이오니 그들의 사정 또한 헤아리심이 옳을까 하여……."

윤복이 말끝을 맺지 못하고 머리를 조아렸다.

"말인즉슨 틀리지 아니하니 허물삼지 말고 다음 그림을 펼쳐라."

주상의 말에 홍도가 다음 그림을 펼쳤다.

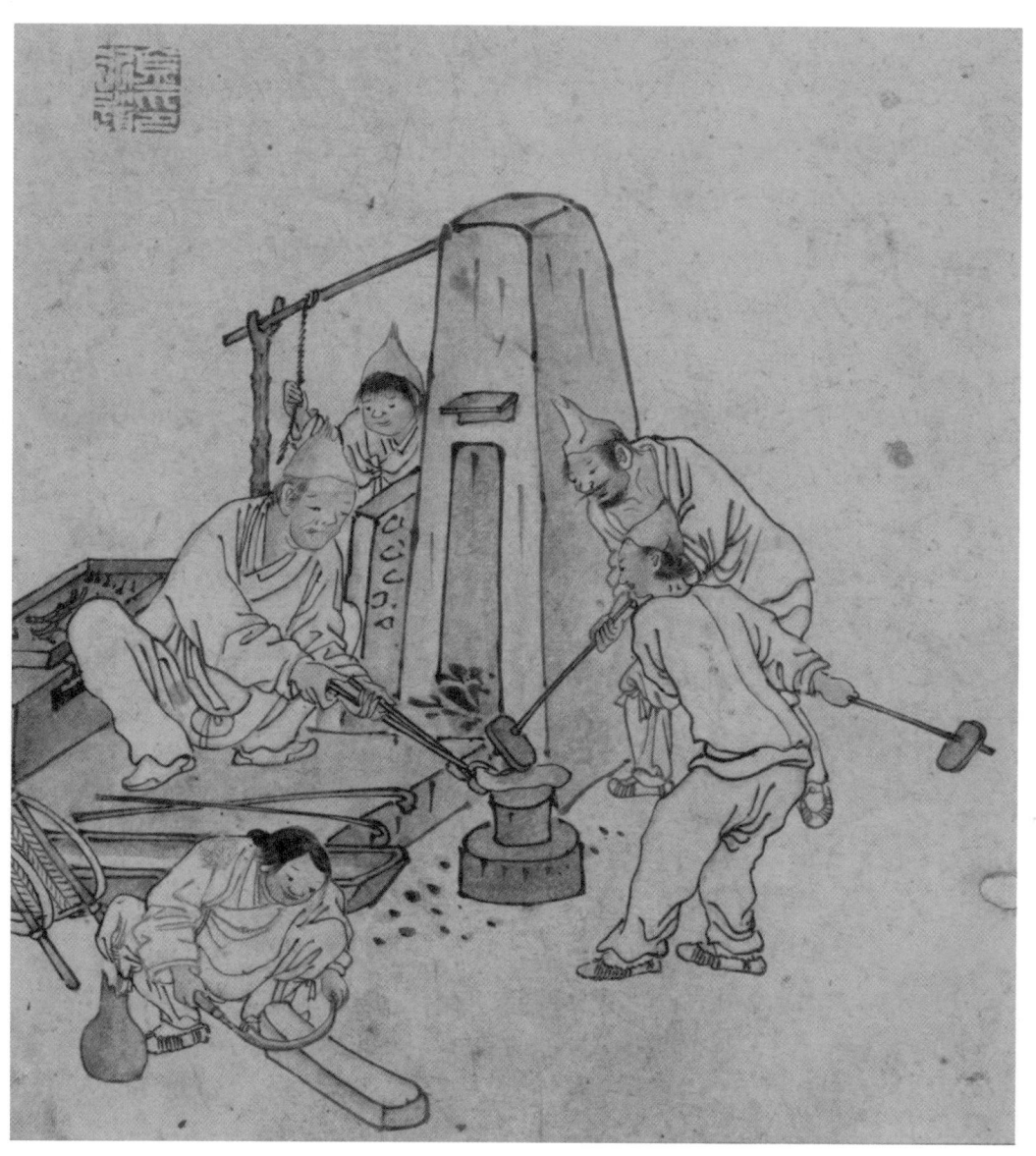

대장간, 종이에 담채, 22.7 x 27cm, 국립중앙박물관
아무 배경없이 대장간에서 일하는 사람들의 모습을 생동감있게 그렸다.
활기찬 대장간의 모습과 쇠 두드리는 망치 소리가 들리는 듯하다.

다섯 명의 대장장이들이 저마다의 일에 바쁜 대장간 풍경이었다.

"이곳이 무엇하는 곳이냐?"

"견평방에서 육조거리 쪽으로 통하는 길가에 있는 대장간입니다. 쇠를 달구어 농기구와 일용품과 무기를 만듭니다."

화면 전체는 불기운으로 붉게 달아올라 있었다. 다섯 명의 남자들은 뜨거운 불기운 속에서 저마다의 작업에 열중하고 있었다.

숙련된 두 대장장이가 모루 위의 쇳덩이를 번갈아 망치로 쳤다. 한 사내의 망치가 쇳덩이를 치고 있었고, 다른 쪽 사내의 망치는 등 뒤에 있어 정교한 시간차를 두고 망치질을 하고 있음을 알 수 있었다.

왼쪽에 쭈그리고 앉은 노인이 집게로 잡은 쇳덩이를 모루 위에 대고 있었다. 그 손길에서 오래 숙련된 대장장이의 솜씨가 엿보였다. 앞쪽에는 도제인 듯한 댕기머리 소년이 갓 만들어낸 듯한 낫을 숫돌에 갈아 날을 세우고 있었다. 화덕 뒤쪽에는 또 한 명의 도제소년이 바쁘게 풀무질을 하고 있었다.

"다섯 사내가 있는데 정면을 보고 있는 사람은 하나도 없고 모두 다른 곳을 바라보고 있구나."

"그림을 보는 사람에게는 다른 곳이지만, 그들에게는 그곳이 정면이기 때문이옵니다."

"그렇구나. 그들의 눈이 자신들이 하고 있는 일에 흠뻑 빠져 있음을 알겠다. 망치질하는 자들은 모루 위에, 낫을 가는 자는 숫돌 위에, 풀무질을 하는 아이는 화덕의 불꽃에 눈길을 주고 있느니……."

"그림을 그린다고 한가롭게 정면을 응시하고 있을 겨를이 없거니와 그럴 필요도 없었사옵니다."

"이들을 보고서야 비로소 노동이 이토록 아름다움을 알겠다. 천한 자들이나 하는 천한 일이라 하지만, 이 힘에 넘치는 모습과 자신의 일에 몰두한 모습을 보아라. 그토록 고달픈 농삿일이나 대장간일을 이토록 힘에 넘치고 아름답게 표현함은 곧 화원의 재능이 아니겠는가.”

주상은 대장간 그림을 주워 눈앞에 다시 펼쳐 들며 말을 이었다.

“아름다운 것을 아름답게 그리고, 천한 것을 천하게 그리는 것은 화원이라면 누구나 할 수 있는 일이다. 하지만 홍도는 천한 것을 아름답게, 고달픈 것을 즐겁게 그렸다.”

“망극하옵니다.”

주상이 흡족한 미소를 머금고 말했다.

“이 그림을 보니 나 또한 윗도리를 벗고 당장이라도 망치질을 하고 싶구나.”

그런데 주상이 홍도의 그림을 내려놓으며 고개를 갸웃했다. 홍도가 걱정스런 표정이 되었다.

“천한 놈의 그림이 성심을 거슬렀사옵니까?”

“아니다. 그림은 훌륭했다. 다만 한 가지 궁금한 것은, 단원의 그림에는 늘 일하는 사내들이 등장하는데 혜원의 그림에는 언제나 무언가 비밀을 감춘 듯한 여인들이 등장한다는 점이다.”

그것은 사실이었다. 홍도는 언제나 기와를 이고, 타작을 하고, 망치질을 하는 남정네들을 그렸다. 하지만 윤복의 그림 속에는 수줍어하고, 갈망하며, 비밀을 감춘 듯한 여인들이 있었다. 그 이유가 궁금한 것은 홍도 역시 마찬가지였다.

주상은 기대에 찬 표정으로 윤복이 펼칠 두루마리를 바라보았다. 윤복은 고개를 숙인 채 두루마리를 펼쳤다. 주상의 얼굴에 놀라움의 빛이 스쳤다.

무녀신무 巫女神舞, 종이에 담채, 28.2×35.6cm, 간송미술관
조선 말기에 유행했던 민간의 굿하는 장면을 그렸다.
붉은 옷을 입은 무녀와 여인들이 마당에 옹기종기 앉아 있고
담 너머에서 한 사내가 여인들을 훔쳐보고 있다.

그림 속에서 뿜어나오는 강렬한 붉은색이 어지러울 지경이었다. 그림은 어느 마을에서 벌어진 굿판을 그린 것이었다.

전체적으로 붉은 배경을 깔아 대장간의 열기와 뜨거운 불기운을 표현했던 홍도와는 달리, 윤복의 붉은색은 마치 타오르는 듯했다. 붉은색뿐만이 아니었다.

전체적으로 오후의 햇살이 내리쬐는 마당에서 펼쳐진 굿판의 분위기는 무당의 붉은 철릭과 구경꾼의 노란 저고리, 파란 장옷, 그리고 장구의 붉은 몸통 등에 칠해진 강렬한 색감을 드러냈다. 화면 왼쪽에는 싱싱한 나뭇잎이 화면에 시원스런 변화를 주고 있었다.

그림 가운데에 쌀이 담긴 소반 앞에서 한 여인이 두 손을 간절히 비비고 있었다. 무당 뒤의 굿청에는 보자기를 덮은 소반과 붉은 보자기로 싼 광주리가 보였다. 화면 중앙에는 춤추는 무녀 한 명이 홍철릭 차림으로 춤을 추고, 옆에서 큰 갓을 쓴 박수무당 두 명이 각각 피리를 불고 장구를 치고 있었다.

"이 그림은 화원이 직접 본 것인가, 그렇지 않으면 상상하여 그린 것인가?"

주상의 목소리가 약간의 노기를 띠었다. 윤복은 고개를 들어 주상의 눈을 바라보았다.

"화원은 본 것으로 그릴 뿐이옵니다. 보지 않은 것을 그리는 것은 문인들이지요."

"그러면 아직도 도성 안에서 이런 굿거리가 횡행하고 있다는 것이냐?"

윤복은 말하지 않았다. 이미 그림이 말했기 때문이었다. 주상은 알았다는 듯 말을 이었다.

"경국대전 형전 금제에 '도성 안에 무격으로 거주하는 자는 논죄한다' 고함은 곧 무당이 도성 안에 살 수 없다는 말이 아니냐! 그런데 어찌 허황된 귀신놀음으로 백성을 미혹시키는 무당들이 활개치는가! 도성 안에 무당으로 이름가진 자를 모두 쫓아내어 오부 안에는 발을 들이지 못하게 할 것이다!”

주상의 음성이 방안을 쩌렁쩌렁 울렸다.

조색실 영감의 가르침은 영복에게 새로운 빛의 세상을 열어 주었다. 빛깔과 밝기에 따라 수십, 수백 가지의 색이 존재하듯 색을 만드는 방법도 수십, 수백 가지였다.

영복은 매일 아침 방바닥에 펼친 하얀 천을 오래오래 바라보았다. 흰색은 어머니의 품처럼 포근했다. 색이 아니면서도 모든 색을 품는 색……. 자신은 아무 것도 가지지 않았지만 그 위에 세상의 모든 현란한 색을 받아들이는 색이었다.

영복은 화원이 되고자 했으나 생도청에서 쫓겨난 자신이 그 색을 닮았다고 생각했다. 화원이 되지 못했으나 또 다른 천재화원을 위해 색을 만들 수 있다면, 그리고 그 색을 화폭 위에 펼쳐낼 수 있게 한다면 어떤 화원이 이룬 성취도 부럽지 않을 것이었다.

여명이 밝아올 무렵부터 흰 천을 바라보고 있으면 시간에 따라 색은 조금씩 변해갔다. 푸른 새벽빛을 머금었다가, 붉은 먼동을 품었다가, 다시 하얗게 바래어갔다. 눈이 부실 듯 하얀 천은 영복의 눈을 가장 순수한 상태로 헹궈주었다.

해가 떠오르면 영복은 흰 앞가리개를 차고 조색실로 향했다. 그리고 하루가 어떻게 지나가는지 모르고 조색실험에 몰두했다. 맨 처음으로 익힌 제법은 모든 그림에 두루 소용되는 으뜸색이라 할 황색이었다.

일반적으로 널리 쓰이는 황색은 황토를 이용해 얻었다. 그러나 좀 더 섬세한 색감을 얻기 위한 고급 안료는 노란색을 띤 돌인 석황을 가열하고 빻은 가루를 수비水飛하여 얻었다. 귤황색의 웅황雄黃과 황금석의 바깥층을 갈아서 태우면 토황土黃을 뽑을 수 있었다.

식물에서 얻는 황색으로는 더운 안남지역의 해등나무 껍질에 상처를 내어 흘러내리는 수액을 굳힌 등황과, 좀벌레를 막아주는 황목을 달인 황벽, 치자나무에서 뽑은 치자 등이 있었다.

적색 또한 의궤를 비롯한 많은 회화 작업에 필요한 색이었다. 적색은 수은광맥에서 뽑아낸 섬광성 색소인 주사朱沙, 붉은 산호를 갈아 만든 산호분에서 얻을 수 있었다.

식물에서 뽑아낸 붉은 안료성분도 있었다. 붉은 홍화 꽃잎을 물에 담가 발효시켜 황색 색소를 헹궈낸 후 잿물에 담가 붉은색소를 녹여내어 초를 부어 가라앉혀 얻은 홍화즙이 그것이다. 홍화즙을 짜서 농축시키면 연지색이 되었다. 그밖에 꼭두서니 뿌리를 짜서 달인 천초 또한 붉은빛깔을 내는 데 제격이었다.

멀리 안남 지역의 더운 숲에 사는 벌레의 똥에서 뽑아낸 자류와 서역 지방에 사는 연지벌레의 암컷을 말려 붉은색을 뽑아낸 양홍洋紅은 극소량만이 수입되어 평생 구경조차 할 수 없는 희귀한 안료들이었다.

갈색은 붉은빛을 띤 천연황토를 가공해 얻었다. 황토를 불에 볶으면 갈색이 점점 짙어져 붉은기가 도는 갈색이 되었다.

오징어 먹물집의 먹물을 말려 가루로 만들고 잿물에 끓여 가라앉힌 후 낮은 온도에서 말려도 짙은 갈색을 얻을 수 있었다. 또한 7, 8월에 덜 익은 감을 따서 즙을 내고 병에 넣어 2년 정도 숙성시키면 천연의 갈색 안료가 되었다.

녹색은 중국 윈난 등지의 구리광산 근처에서 구리성분을 머금은 석록石綠이라는 돌을 빻아 가라앉혀 얻었다. 역시 구리광산에 있는 동록을 식초에 담가 하룻밤 불렸다가 겨 속에 묻고 약한 불로 그을러 표면을 긁으면 녹색을 얻을 수 있었다.

아름다운 비취색을 띠는 공작석孔雀石의 조각이나 모래알 같은 사록沙綠도 훌륭한 재료였다.

청색은 적동광赤銅鑛에서 발견되는 석록보다 더 깊고 짙은 석청을 갈아 사기그릇에 넣고 물을 부으면서 저었다가 떠오르는 불순물을 건져내고 썼다.

석청을 만드는 광물인 남동광藍銅鑛의 경우에는 곱게 갈면 조색력이 떨어지므로 거칠게 갈아야 했다. 윈난성과 안남 지역에서 나는 편청扁靑과 옅은 기운을 띠는 천청天靑, 흰 기운을 띠는 백청白靑도 있었다.

식물성으로 만드는 청색은 남藍이 있었다. 7,8월경 쪽풀의 줄기를 베어 큰 항아리에 담아 돌로 눌러 이틀이 지난 후 가지와 잎을 건지고 조갯가루나 석회를 물의 10분의 1 정도 넣고 고무래로 젓는다.

거품이 생기면 하루 정도 가라앉힌 후 가라앉은 앙금을 광목에 걸러 햇빛에 말리면 얻을 수 있었다. 그밖에 회색을 띠는 푸른색인 청회靑灰도 있었다.

노인은 영복에게 거의 매일 조색의 비전들을 알려주었다. 영복은 노인이 말해준 조색법들을 하나하나 실험했다. 재료를 구하는 데만도 엄청난 시간이 들었다.

하지만 영복은 새로운 색을 만들겠다는 열망을 꺾지 않았다. 독성이 강한 등황이나 석록의 원석을 만지느라 손끝이 터져나가도 영복은 절구질을 멈추지 않았다.

222

"언젠가 네게 새로운 색을 보여주겠어. 세상의 누구도 보지 못한 아름다운 색을 말이야."

영복은 혼잣말처럼 중얼거리며 절구질을 계속했다. 그것은 윤복에게 하는 말이었지만, 스스로에 대한 끝없는 다짐이기도 했다.

왕을 그리다

김조년

"갖고 싶다. 갖고 싶다. 얼마를 들여서라도 저 여인의 귀한 가락을 가지고 싶다. 내 앞에서만 가야금을 타고, 나의 앞에서만 웃고, 나를 위해서만 존재하는 여인으로 만들고 싶다."

윤복

"안개와 서리가 사람에게는 하찮을지 모르나 그림에는 생명이라 할 만큼 중요합니다. 종이가 물을 너무 많이 먹으면 퍼짐이 심하고, 물을 덜 먹으면 발색이 되지 않기 때문입니다."

홍도

"널 내 곁에 잡아두는 건 나를 위한 일이지만, 널 이곳에서 떠나보내는 것이 진정 널 위한 일이겠지."

5

입추가 지나자 조정은 어진화사를 두고 들썩였다. 통상 10년마다 있는 어진화사 중에서도 첫 어진은 주상의 가장 젊은 시절인데다 이후 어진들의 모본이 되는 어진 중의 어진이었다.

도화서에서는 오래전부터 어진화사의 수석화원 자리를 두고 암투와 모함이 횡행했다. 어진화사에 이름을 올리는 것만으로도 삼대를 이어갈 광영이니 화원들은 필사적이었다.

뇌물을 실은 달구지가 원로화원들의 대문 앞에 줄을 섰고, 서로를 모함하는 투서가 쉼없이 날아다녔다. 물망에 오르던 화원이 어디서 날아왔는지도 모를 투서에 목이 달아나고, 원로화원들의 배에는 살이 올랐다.

도화서에서 올린 어진화원의 명단을 받든 예조판서가 편전으로 들어섰다. 두루마리를 펼쳐본 주상이 눈살을 찌푸렸다.

"조선의 도화서에 이리 재능있는 화원이 없던가?"

당황한 예조판서가 수염을 떨며 얼굴을 들지 못했다.

"여기 뽑힌 자들은 도화서 안팎에 명망이 높고 실력이 뛰어나 화원회의의 선발을 거쳤사옵니다."

"돈 많고 인맥 좋고 아부에 능한 자들의 손을 빌어 나를 그리게 하고 싶지는 않다."

예조판서는 더 이상 할 말이 없었다. 그 자신이 챙긴 뇌물이 들통나지 않기를 바랄 밖에.

"내가 아는 화원이 있다."

"속된 그림을 그리는 자들 말이옵니까?"

"속된 그림을 그릴지 모르지만 그 재주는 하늘이 낸 자들이다. 어진을 그릴 화원은 김홍도와 신윤복밖에 없다."

주상의 하교는 청천벽력이었다. 먼저 의정부가 발칵 뒤집어지고, 다음으로 예조가 뒤집어지고 도화서가 뒤집어졌다. 하지만 주상의 뜻은 뒤집어지지 않았다.

어명을 전하기 위해 홍도와 윤복을 부른 화원장은 내내 고까운 눈길을 보내며 입맛을 쩝쩝 다셨다. 어쩌다 살쾡이 같은 자들에게 평생 있을까 말까 한 화원의 영광을 넘겨주게 되었던가……. 분통이 터졌지만 어명을 거스를 수는 없었다.

"화원 김홍도와 신윤복은 주상전하 즉위년 어진 작업 화원으로 선발되었으니 입궐준비하라!"

카랑카랑한 화원장의 목소리는 간단하게 용건만을 전했다.

"도화서 안에 서른 명의 화원이 있는데 어찌 하찮은 생도청 교수와 갓 입시한 말단 화원에게 큰일을 맡기십니까?"

"어명이니 토를 달지 말고 따르기만 하라!"

어명이란 말에 홍도는 벌떡 일어나 삼배를 올렸다.

윤복은 두려웠다. 사방에서 굶주린 이리떼처럼 자신을 노려보는 눈들이 있다. 이 일을 빌미삼아 어떤 일이 벌어질지 알 수 없는 노릇이었다.

윤복이 어진화사에 참여하게 되었다는 사실은 도화시를 발칵 뒤집었다. 모두가 놀랐고, 모두가 불평을 터뜨렸고, 모두가 부러워했다.

신한평은 지지직 소리를 내며 타오르는 촛불을 노려보며 이제 윤복이 불꽃이 되었다고 생각했다. 불편하지만 모두가 받아들이지 않을 수 없는 존재. 인정하고 싶지 않지만 굴복해야만 할 존재.

"어진화사! 어진화사! 하하하!"

신한평은 독경을 하듯 경건하게 네 음절을 소리내어 말했다.

어.진.화.사. 꿈이 이루어지는 것인가.

대를 이어 어진화사에 참여하는 화원의 가문……. 이전에도 없었고 이후에도 없을 광영.

아들은 집안의 유일한 희망이었으며 버리지 못할 보물이었다. 도화서의 기율을 받아들이지 못하고 배회할 때, 되지 않은 속화로 도화서를 쫓겨날 뻔 했을 때도 한평은 아들에 대한 믿음을 잃지 않았다. 언젠가는 그 아이가 스스로 빛날 것이라는 믿음이었다.

"너로 인해 나는 꿈을 이루게 되었다. 이제 우리 집안은 대를 이은 최고의 화원가문이 된 거야. 꺼지지 않는 불꽃처럼, 마르지 않는 샘물처럼 명성은 대를 잇고 세월을 건너 이어질 거야."

한평은 어린아이처럼 웃었다. 꿀항아리의 꿀을 퍼먹다가 단맛을 잃어버린 아이처럼, 그 기쁨을 즐길 감각조차 마비될 때까지 그는 기뻐하고 기뻐하고 또 기뻐했다.

한평은 천성적으로 즐기고 기뻐하는 인간이 아니었다. 그는 노리고, 획

득하고, 욕망하는 자였다. 작은 것을 얻으면 더욱 큰 것을 욕망했고, 큰 것을 얻으면 가진 것을 지키기 위해 안달했다. 그는 끊임없는 상승의 욕망에 굶주린 짐승 같았다.

욕망하는 것을 얻기 위해서라면 그는 무엇이든 할 수 있었다. 짓밟고, 빼앗고, 훔치는 것은 물론, 무릎꿇고, 음모하고, 배신했다. 보다 높은 곳으로 올라서는 것, 보다 많은 것을 획득하는 것. 그것이 유일한 존재의미였다.

"어진화사는 너와 나에게 엄청난 기회가 될 거다."

한평은 등 뒤에 숨긴 것을 슬그머니 내미는 소년처럼 겸연쩍어했지만 곧 정색했다.

"이번 어진화사를 통해 우리는 엄청난 후원자를 얻게 될 테니까… 나와, 너와, 영복이와, 우리 집안의 개돼지까지 그분의 크나큰 덕을 입을 수 있을 게다."

한평이 가는 눈을 바르르 떨었다. 하지만 윤복은 가슴 위에 커다란 돌덩이가 얹힌 것처럼 답답했다. 아버지의 뜻을 따라 기뻐해야 하는 것일까. 기뻐할 수 없다면 기뻐하는 척이라도 해야 하는 것일까.

한평이 말을 이었다.

"화원의 일생이란 세파를 어떻게 타느냐에 달려 있는 것이다. 그림솜씨도, 어진화사도 중요하지만 세상의 흐름을 좇아 입신하고 이름을 떨치는 것도 그 못지않아. 아무리 그림천재라 해도 외골수에 건방진 자들은 가난과 핍박을 면치 못한다. 홍도란 자를 보아라."

"사람마다 사는 방도가 있을 것입니다."

"그래. 하기야 그런 자의 인생살이까지 걱정할 일은 아니지."

신한평이 늘어뜨렸던 입꼬리의 못마땅한 표정을 감추었다.

229

영복은 품속에서 작은 병 세 개를 꺼냈다.

"색을 내는 안료들이야. 도화서에는 그림에 색을 쓰는 것을 엄격하게 제한하지만, 어진을 그리는 데는 필요할 거야. 잘 간수해두어라."

영복이 내미는 세 개의 병에는 각각 짙은 남색과 붉은색, 그리고 금색을 내는 금분이 들어 있었다. 윤복의 얼굴이 금방 화사하게 밝아졌다.

도화서의 화원들도 그림에 색을 쓰려면 엄격한 절차를 밟아야 했다. 적어도 수석화원이 되어야 색을 쓸 수 있었고, 왕실의 큰 행사나 어진을 그릴 때라야 채색이 허락될 정도였다. 그 외에는 아주 작게 묘사된 인물들의 복식에나 눈에 띨까 말까 하게 쓰이는 것이 전부였다. 색을 쓴다고 해도 엄격하게 규정된 오방색에 국한했다. 안료의 값이 비싸 구하기가 힘들고 귀했던 탓도 있지만, 색이 인성을 어지럽히고 음탕하게 한다는 전통적인 유교적 관념에서 비롯된 도화서양식 때문이었다.

색은 혼란을 부추기고 음심을 돋구며 정연한 정신의 질서를 해치는 사악한 것으로 폄하되었다. 색은 곧 음탕함이요, 어지러움이며, 혼돈과 무질서를 뜻했다. 도화서에서 쓰이는 모든 안료는 안료실에서 철저히 통제되어 불출되었다.

"이렇게 귀한 안료를 어디서 구한 거야?"

"내가 조금씩 만들어두었던 거야. 네게 필요할 것 같아서……."

영복의 말은 정확했다. 언제나 같은 방식으로 베끼기를 계속하는 칙칙한 무채색의 그림에 넌더리를 내면서 윤복은 화려한 색과 날아갈 듯 자유로운 화풍을 꿈꾸었다.

그런 윤복의 속마음을 영복은 오래전부터 알고 있었다. 생도청을 쫓겨나야 하는 처지였지만 단청실로 가기를 자원했던 까닭도 거기에 있었다. 단청실이 곧 색을 공부할 수 있는 곳이었기 때문이다. 빨강, 파랑, 노랑, 검정, 초록……. 화려한 오방색과 그 색들을 섞고 어우러지게 하여 생겨나는, 눈이 어지러울 정도의 다채로운 색들을 보며 영복은 행복했다.

생도청에서는, 채색이란 부족한 운필이나 기교의 모자람을 현란한 갖가지 색으로 떼우려는 눈속임 같은 것이라고 가르치고 배웠다. 그러니 생도청에는 색을 공부하려는 자도 없었고, 색을 가르칠 자도 없었다. 자연히 색을 만들고 칠하는 일은 천한 일로 치부되어 단청쟁이들에게 맡겨졌던 것이다. 그것이 수백 년 동안 도화서 내에서도 단청쟁이들이 업신여김을 받고 천시되는 이유였다.

단청쟁이의 일은 막일과 다름없었다. 모두가 가기를 꺼리는 고되고 천한 자리. 도화서의 백정 취급을 받는 단청쟁이…….

그들도 그리는 일을 하는 데는 화원들과 다를 바 없었다. 하지만 그들은 귀한 담비털 붓 대신 거친 돼지털 붓을 들었다. 또한 하얀 화선지가 아니라 전각의 벽면과 처마 밑에 그렸다. '그린다' 기보다는 '칠한다' 는 표현이 오히려 맞겠지만.

그들은 하루종일 사다리나 얼기설기 엮은 나무틀 위를 아슬아슬하게 오가며 고개를 젖혀 처마를 올려다보며 칠하고 또 칠했다. 칠해진 단청은 비에 씻기고 바람에 쓸려 곧 바래졌고, 그들은 지난해 칠했던 그 처마밑으로 다시 모여들곤 했다. 높은 나무틀 위에서 칠에 몰두하다 발을 헛디뎌 바닥으로 떨어져 반신불수가 되는 자도 있었고 더러는 죽어나가기도 했다. 그것이 단청쟁이들의 삶이었다.

하지만 영복은 두렵지 않았다. 아우를 최고의 화원으로 만들 수만 있다면…… 도화서의 최고화원이 아니라 세상을 놀래키고 주상의 입에까지 오르내리는 최고의 예인으로 만들 수만 있다면 아무래도 좋았다.

"내 걱정은 마. 남들은 업신여기는 단청쟁이지만 나는 그곳에서 색을 만

드는 법을 배울 거야. 언젠가 네가 세상에 없는 색을 필요로 할 때 나에게
오렴. 내가 그 색을 만들어 줄 테니까……."

밝게 웃으며 말하는 영복을 보며 윤복은 웃어야 할지 울어야 할지 알지
못했다.

입궐한 홍도와 윤복은 매일 아침 목욕재계를 하고 궐내의 문서고로 향했
다. 역대왕의 어진은 특별한 명이 없이는 다가갈 수조차 없는 깊은 금역에
있었다.

두 화원은 세 번 절한 후 무릎을 꿇고 역대왕들의 어진을 알현했다. 아침
일찍부터 늦은 저녁까지 꿇은 무릎이 시리고 조아린 고개가 시큰거릴 정도
였다.

대부분의 어진은 지극히 양식화되어 있었다. 제일원칙은 '있는 그대로' 그
리는 것이었고, 두 번째는 그 혼을, 마지막으로는 그 영광을 그릴 것이었다.

일반적으로 어진화사에는 네 명, 혹은 그 이상의 화원이 참여했다. 수석
화원 두 명이 그림을 그리면, 수종화원 두세 명이 그 시중을 들었다. 하지
만 수종화원만 열 명이 넘는 경우도 빈번했다. 돈과 뇌물로 어진화사 명단
에 이름 석 자를 올려 가문의 명예를 삼으려는 화원들의 수작 때문이었다.
먹을 가는 자, 벼룻물을 떠오는 자까지 수종화원에 이름을 올리는 지경이
었다.

하지만 홍도는 단 한 명의 수종화사도 뽑지 않았다. 조정대신의 이름을
깃발처럼 달고 줄을 대려는 자들이 찾아왔으나 요지부동이었다.

화사는 주상의 일과나 업무가 시급하지 않은 날을 고르고, 일관日官이 일
진을 살펴 길일을 뽑았다. 삼배를 올린 후 화사일을 받으면, 왕의 얼굴을
떠올리며 참선을 하듯 마음을 가다듬었다. 하루종일 먹을 갈고, 붓의 털을

고르고, 종이의 질감을 손끝으로 느꼈다.

오후의 햇살이 비쳐드는 조용한 화실에서 홍도는 향기로운 향낭을 만지작거렸다. 왕의 전갈이 전해진 것은 그때였다. 황급히 관복을 차려입고 편전으로 나서자 왕은 홀로 있었다.

"내 직접 어진화원을 거명한 것은 너희 둘의 재능을 겨루는 시합에 함께 하고 싶은 까닭이다."

"주상전하의 권위와 영광을 그리는 어진화사를 어찌 천한 것들의 놀음판에 비기시옵니까."

"어진화원들이 왕의 모습을 정교하게 그린다지만 그것은 영혼이 담기지 않은 껍데기일 뿐……. 얼마나 똑같이 그리느냐로 잘 되고 못 됨을 가리니 답답한 노릇이다. 대저 그림에는 화원의 꿈과 욕망이 서려야 하거늘 도화서의 어떤 화원이 그 일을 해내겠더냐. 뛰어난 화원의 손끝에서 이루어질 지극한 경지의 작품 속에 스스로 뛰어드는 것이 어찌 즐겁지 않겠느냐. 그러니 이번 화사는 너희 두 화원과 나, 이렇게 세 사람의 겨루기가 될 것이다."

두 화원의 재능을 지켜보고 다양한 화제를 내려 겨루게 하던 주상은 이제 더 이상 관찰자가 아니었다. 은밀한 대결 속으로 뛰어들어 두 화원이 그려야 할 대상으로 스스로를 내던진 것이었다.

한 폭의 비단 위에서 두 화원과 한 왕은 팽팽하게 대립하고 어울려 극한의 작품을 만들어낼 것이었다. 그리는 자와 그려지는 자, 바라보는 자와 바라보게 하는 자. 그것은 단지 그리는 자들의 대결보다 더욱 팽팽하고 기막힌 긴장을 자아낼 것이었다.

"천한 화원의 재주를 높이 치시니 성은이 망극하옵니다."

홍도와 윤복은 두려웠다. 가장 뛰어난 화원조차 손을 떨어 붓을 잡지 못한다는 어진화사. 그 엄중한 자리를 팽팽한 대결의 자리로 만든 것만으로도 주상은 여느 예인의 경지를 넘어서고 있었다.

"나 또한 화사가 몹시 기다려지노라. 물러가 쉬라."

대전을 나왔을 때는 어느덧 열기를 잃은 해가 서쪽으로 기울어가고 있었다.

김조년은 정향의 반듯한 이마에서 눈길을 떼지 않고 곰방대를 빨았다. 아득한 황홀경이 몰려왔다.

평생은 오로지 분투와 욕망만으로 쌓아올린 거대한 돌탑 같은 것이었다. 가난한 집안에서 태어나 저자거리를 헤매며 눈칫밥을 얻어먹던 어린 시절……. 김조년의 유일한 자산은 막 도래하는 새로운 시대였다.

농사기술이 비약적으로 발달해 소출이 늘고, 늘어난 소출은 저자거리로 쏟아져 나오고, 일 없던 사람들은 저자로 모여들고, 약삭빠른 자들은 돈을 모으고, 모인 돈은 더 많은 소출을 만들었다. 헐벗던 중인들은 아이들에게 글을 가르치고, 서출들이 등과하고, 돈을 모은 자들은 양반벼슬을 사들였다. 글공부를 한 중인들이 늘고, 역관과 의원이 늘어났으며, 저자는 점점 커졌다.

누구든 기회를 노리고 기회를 잡을 수 있는 기회의 시대였다. 사내가 계집이 되는 것만 빼면 무엇이든 할 수 있는 시대였다. 상놈이 양반이 되고, 아랫것이 윗사람이 되고, 종놈이 자기 땅을 가질 수 있는 세상이었다.

김조년은 그 기회를 놓치지 않았다. 저자의 법칙은 단 하나였다. 강한 자가 살아남는다……. '강한 자'란 곧 돈을 가진 자였다. 저자에서는 돈이면 안 되는 일이 없었다. 어린 김조년은 돈의 위력을 누구보다 잘 알았다. 돈. 살아남는 유일한 방법, 자신이 겪은 가난과 서러움을 되갚을 수 있는 유일한 방법은 돈을 버는 것뿐이었다. 돈을 벌겠다는 결심을 하고 맨 처음 한 일은 자신의 작은 몸에 맞는 지게 하나를 만드는 것이었다.

지게를 지고 저자거리로 돌아온 김조년은 새벽부터 늦은밤까지 상인들의 짐을 져다 날랐다. 한 푼 두 푼 모은 돈으로 대장간에서 작은 손수레를 만들자 일은 몇 배로 늘어났다. 일이 몇 배나 늘어났다는 것은 돈을 몇 배로 더 번다는 말이었다.

다시 소 한 마리를 사고 소달구지를 맞추었다. 소는 달구지를 끌기도 했지만, 어느 정도 크면 반촌으로 내다 팔 수 있었다. 달구지가 한 대 두 대 늘어나고 소는 곧 말로 바뀌었다. 저자의 일없는 놈팽이들을 데려다 달구지를 몰게 하고 짐꾼을 모았다.

그러는 동안 김조년은 어느덧 스물을 바라보는 나이가 되었다. 머릿고기를 훔쳐먹다 발길질을 당해야 했던 국밥집을 사들이고, 유기그릇을 훔치다 들켜 곤장을 맞아야 했던 유기전을 사들였다. "얼마나 많은 점포들을 사들일 거냐"고 누군가 물으면 "난전과 시전, 육의전을 모두 손아귀에 넣고 말겠다"며 주먹을 흔들었다.

그것은 거짓말이 아니었다. 시전의 크고 작은 점포들을 삼킨 그는 이제 누구도 함부로 못할 권력이 되었다.

김조년이 다음으로 한 일은 신분을 세탁하는 일이었다. 그는 쌀과 비단을 그득 실은 소달구지 3대를 앞세우고 도성 안의 궁벽한 초가집을 찾았다. 다 쓰러져가는 초가집 안에서 기침을 쿨럭이는 노인이 문을 열었다. 2대째 벼슬이 끊어진 몰락한 양반이었다. 기력이 쇠한 노인을 잡고 양자되기를 청해 그 집 족보를 통째로 사버렸다. 이제 그의 인생을 구차하게 만들었던 신분의 흔적은 어디에서도 찾을 수 없었다.

그는 마흔 명의 목수를 사서 중촌 관인방寬仁坊에 아흔아홉 간의 대가를 지었다. 터다지기와 주춧돌 세우기, 지붕 이기……. 망치소리와 톱질소리가 3년 동안 끊이지 않았다는 대저택이었다. 관인방은 어느덧 김조년의 성

235

채가 되어버린 듯했다.

시전상인들은 양반이 된 그를 명실상부한 대행수로 옹립했다. 시전을 장악한 그는 더욱 거침없었다. 관가의 물건을 대는 육의전을 잠식하고 관가의 아전들을 구워삶기 시작했다.

모든 것은 돈이 해결해주었다. 열 냥을 바라는 자가 있으면 스무 냥을 내밀었고, 백 냥을 탐하는 자가 있으면 삼백 냥을 던져주었다. 막힌 곳이 있으면 돈으로 뚫었고, 센 놈이 있으면 돈으로 쓰러뜨렸다.

사소한 편의와 호의를 베푸는 아전들에게 배포 크게 돈을 퍼준 데에는 다른 이유가 있었다. 그는 돈이 하지 못하는 일이 없음을 아는 만큼, 돈을 헛되게 쓰지도 않았다.

작은 일 하나를 풀기 위해 푼 돈은 더 큰 고기를 모으는 밑밥이었다. 그가 상대하는 관원들은 각조의 하급관리에서 점점 위쪽으로 옮겨갔다. 나중에는 참판들과 조정의 당상관까지 그의 도가를 드나들었다.

아무리 벼슬이 높고 덕망이 널리 알려진 자도 돈 앞에서는 여지없이 아군이 되었다. 지체 높은 자들은 조금 세련된 방식을 원한다는 것 정도가 다를 뿐이었다. 풍류를 즐긴다는 이유를 대는 양반사대부들이 원하는 것은 무거운 쇳덩이가 아니라 좀 더 세련된 방식이었다.

김조년은 도성 안팎의 이름난 장인들의 수공예 귀중품들과 이름난 그림들을 아낌없이 닥치는 대로 사모으기 시작했다. 한 점 한 점 사모은 그림들은 유력한 조정의 중신들과 권세를 가진 자들을 움직였다. 장안의 모든 돈은 김조년의 곳간으로 흐르고, 이름난 화원의 그림은 김조년의 화실로 흘러든다는 말이 공공연히 떠돌았다.

아늑한 담배연기가 감도는 방안에서 정향이 가야금의 현을 퉁겼다. 김조년은 다시 한 번 은근한 눈으로 가야금 현 위를 미끄러지는 하얀 손가락을 바라보았다.

정향은 귀한 물건만 모으는 김조년이 거둔 것들 중에 가장 귀한 물건이었다. 매일 고관대작들과의 술자리와 기방출입에도 김조년은 여색을 탐하지 않았다. 쉰을 바라보는 나이에도 절륜한 욕망이었지만 얼음같은 남자였다.

하지만 정향의 가야금 소리는 팽팽하던 마음속의 현을 퉁겼다. 김조년에게 그녀는 여인이 아니라 예인이었다. 바로 그 순간 강렬한 소유욕이 불타오르기 시작했다.

갖고 싶다. 갖고 싶다. 가야금을 타는 여인의 귀한 재능을. 오로지 먹고 취한 자들의 색욕 앞에서, 예악이 무엇인지도 모르는 천한 술주정뱅이들에게서 구해내고 싶다. 얼마를 들여서라도 저 여인의 가락을 가지고 싶다. 내 앞에서만 가야금을 타고, 나의 앞에서만 웃고, 나를 위해서만 존재하는 여인으로 만들고 싶다.

욕망은 뜨겁게 타올랐다. 그것은 단순히 젊은 한 여인의 육체를 탐하는 욕망이 아니었다. 그런 여인 몇이라면 당장이라도 어렵지 않게 소실로 들어앉힐 수 있었다.

그러나 정향은 그런 여인이 아니다. 예인 중의 예인, 명인 중의 명인. 그 천부의 재능을 자신의 것으로 만들고 싶은 맹렬한 욕망이었다.

예악에 대한 김조년의 감식안은 엄청난 경지에 올라 있었다. 거듭되는 그림거래를 통해 한눈에 뛰어난 화원의 걸작을 분별해내는 예리함을 갖추고 있었다.

한번 발을 들인 예악의 세계에 그는 거침없이 빠져들었다. 어린 시절 글을 배우지 못했지만, 타고난 지력으로 스물이 넘어 글공부를 시작하고 글씨를 습득했다. 도화서 화원을 지낸 이름난 자들을 독선생으로 데려다 사군자를 배우고, 도성 안에 이름난 미술거래상들을 불러 걸작을 감식하는 눈을 키웠던 것이다.

언젠가부터 그는 그림을 사모으는 대신 스스로 걸작을 만들고 싶다는 욕망에 불타올랐다. 그래서 도화서 화원을 지낸 자를 집안에 들여 돈을 주어 그림을 그리게 했다.

그의 화실에는 팔도의 이름난 화원들이 찾아들었고, 화실에서는 도화서에 버금가는 걸작들을 쏟아냈다. 하지만 하늘이 준 재능을 지닌 예인들을 향한 그의 소유욕은 끝간 데가 없었다.

그즈음 김조년의 마음을 설레게 하는 소식은 단연 궁궐 안에서 벌어지는 어진화사에 관한 것이었다. 도화서에서 천거하여 올린 자들을 모두 물리친 주상이 이번 화사에 친히 점찍은 자들은 천하의 말썽꾼 김홍도와 신출내기 신윤복이었다.

김조년은 두 사람 모두를 잘 알고 있다. 김홍도는 어린 시절부터 그의 눈에 든 자였다. 구차한 도화서를 떠나 자신의 화실에 의탁하라고 몇 번이나 권했지만, 천둥벌거숭이 같은 녀석은 오히려 큰소리를 치며 술잔을 팽개쳤다.

신윤복은 도화서 화원 신한평의 아들이라 했다. 신한평이라면 자신이 뒤를 봐준 덕으로 중견화원이 된 자였다. 재능도 좋지만, 출세와 명예를 향한 타고난 욕망이 강해 자비대령화원*을 꿈꾸는 자였으니 자신의 영향력을 벗어날 수 없는 자였다.

"신윤복…… 신윤복이라……. 그자의 재능이 아비를 넘어섰으니 하늘이 내린 것이 아닌가……."

곰방대를 문 입으로 중얼거리는 소리에 문득 탕! 소리를 내며 끊어진 가야금줄이 튀어올랐다. 가까스로 정신을 수습한 정향이 끊어진 가야금줄을

---

* 궁중 도화서의 최고화원.

정리하느라 부산했다. 김조년의 두 눈이 날카로운 매의 눈처럼 번득였다.

"신윤복이란 자를 아느냐?"

날카로운 목소리는 대답을 강요하고 있었다. 정향은 간신히 어지러운 마음을 다잡았다.

"예. 도화서 생도시절 면을 익힌 적이 있사옵니다."

김조년의 눈썹이 꿈틀거렸다.

"뛰어난 재주는 세상을 사는 데 장애가 될 뿐이지만 돈은 뛰어난 재주를 살 수 있지."

김조년이 쐐기를 박듯 말했다. 정향이 가야금을 밀치며 한 쪽 다리를 세워앉았다.

"돈으로 살 수 있는 것은 초라한 재주일 뿐 혼을 살 수는 없겠지요."

김조년이 당돌한 정향의 눈을 사랑스럽게 바라보고는 너털웃음을 터뜨렸다.

"네가 예인은 예인이구나. 알량한 재주와 예인의 혼을 구별해 생각하다니… 내 눈이 틀리지 않았어. 하하하."

푸근한 웃음소리가 한낮의 별당에 나지막히 퍼져나갔다.

닷새 동안 어진화사가 진행되는 동안 일체의 잡인은 출입이 통제되었다.

"시작하라!"

홍도가 조심스럽게 세모필에 먹물을 먹이는 동안 주상은 얼굴 가득 미소를 머금었다. 지켜보던 대전내관의 입이 쩍 벌어졌다.

"무에 그리 놀랄 일인가?"

왕이란, 웃음을 감추고 화를 마음 깊이 숨겨야 하는 자리였다. 군왕은 보통사람과 달라 일희일비할 수 없었고 감정을 자연스럽게 내보일 수도 없었다. 그러기에 어떤 어진에도 웃고 있는 용안은 없었다. 특히나 사방에서 불온한 자들이 설치고 다니는 지금 같은 시절에는 더욱 있을 수 없는 일이었다.

주상은 시작부터 싸움을 걸고 있었다.

웃고 있는 왕을 그릴 것인가. 그렇지 않으면 웃는 왕을 웃지 않는 얼굴로 바꿔그려야 할 것인가.

홍도는 붓을 내리고 물러섰다.

"화원은 어찌 붓을 내리는가?"

"용안의 초를 뜨는 일은 소인보다 혜원이 탁월할까 하옵니다."

홍도는 수석화원의 역할을 버리는 것으로 싸움을 피할 묘수를 찾았다. 수석화원이 용안을, 수종화원이 의복과 신체를 그리는 관례를 깨어버린 것이다.

윤복은 얼떨결에 홍도가 내미는 붓을 받아들었다. 제자인 자신에게 용안을 맡긴 스승의 뜻을 받드는 것이 아름다운 공모에 가담할 수 있는 길이었다.

모든 관례와 모든 허식과 모든 양식을 버린 그림. 한 인간이 또 다른 인간을 그리는 순수한 행위……. 거기에는 천한 화원도 지엄한 왕도, 스승도 제자도 없었다. 붓은 그리는 자의 마음이 가는 대로 움직이고, 그려지는 자는 본연의 모습을 드러낼 뿐이었다.

과감하면서도 섬세한 붓끝이 스쳐가는 화선지 위에 희미하게 주상의 표정이 드러났다.

웃는 얼굴을 그릴 것인가, 근엄한 얼굴을 그릴 것인가.

홍도가 붓을 양보한 것은, 자신이 주상의 웃음을 억지로라도 웃지 않는 표정으로 바꾸어 그릴 수밖에 없는 입장이기 때문이었다. 하지만 윤복은 달랐다. 그의 영혼은 전통에 속박되지 않았고, 그의 손끝은 양식에 얽매이지 않았다. 그의 혼은 거칠 것 없었고, 막힘이 없었고, 두려워하지도 않았다.

웃는 왕의 얼굴을 그릴 수 있는 화원이 세상에 몇이나 될까. 그런 화원이 있다면 오로지 윤복일 것이라고 홍도는 생각했다.

주상 또한 그 사실을 이미 알고 있었다. 용상에 앉아 웃음을 지었을 때 이미 주상은 윤복이 자신을 그리라고 말하고 있었던 것이다. 그리고 윤복이 스승의 붓을 받아들었을 때, 세 사람의 은밀하고도 아름다운 공모는 완성되었다.

노을이 질 무렵, 윤복은 이마에 맺힌 땀을 훔쳐내며 붓을 씻었다. 첫날의 화사는 끝났다. 그림 위에는 검은 천이 덮이고 내금위군의 호위를 받아 화실로 옮겨졌다.

다음날은 어깨 아래의 의복을 그리는 날이었다. 홍도는 서둘지도 긴장하지도 않은 채 붓을 들었다. 하루 전 윤복이 초를 한 용안의 윤곽이 희미하게 드러나 있었다.

"역시……."

윤복의 그림은 홍도의 붓끝을 떨리게 했지만, 동시에 의욕을 자극하기에 충분했다. 부드럽게 흐르는 곤룡포의 옷자락과, 큰 곡선을 그리며 접히는 주름들이 붓끝에서 과감하고 거침없이 살아났다. 떨리는 붓끝에 힘을 주며 가는 선 하나하나에 홍도는 성심을 다했다.

해가 서쪽으로 움직일 때마다 주름의 섬세한 그림자 또한 변화해갔다. 홍도는 찰나의 영상을 놓치지 않기 위해 두 눈에 힘을 주고 광선의 변화를 살폈다.

어느덧 화사가 끝났을 때 홍도는 기진맥진해 있었다.

다음날은 채색 화사가 이어졌다. 화원은 이른 새벽 화사장으로 나와 안료를 준비해야 했다.

10월 중순 늦가을의 싸늘한 공기가 소맷자락을 파고들었다. 간밤의 무서리가 희끗희끗하게 궁궐 구석구석에 내려 있었다. 먼동은 이미 동쪽 하늘을 붉게 물들였다.

내관들과 상궁들, 예조판서가 대령하자 베폭을 찢듯 중문이 열렸다. 미소띤 주상은 붉은 곤룡포자락을 휘날리며 용상 위로 가 앉았다.

"아침해가 뜬 참이니 바로 화사에 들어가라!"

하지만 윤복은 보기좋게 존명을 거부했다.

"황공하오나 하교를 이행할 수 없사옵니다."

홍도의 등줄기에 굵은 소름이 돋아났다.

"화사에 성심을 다해야 할 화원이 어찌 하교를 이행할 수 없다 하는가! 너의 죄가 불충을 넘어 역도의 무도함과 다를 바 없으니 당장 끌어내어 거열車裂*을 해도 시원치 않으리라!"

예조판서가 자리를 박차고 일어났다. 내금위장이 위병 둘을 앞세워 윤복에게 달려들었다.

"금군은 하는 일을 멈추라!"

윤복의 팔을 낚아채던 위병이 황급하게 허리를 숙였다.

"대전의 으뜸이 왕이고 조정의 으뜸이 영의정이라면, 화사장의 으뜸은 화원이다. 비록 중인의 신분이나 화원의 뜻을 따라야 할 것이다. 화원이 채색하지 못함에는 이유가 있을 것이니 어서 말하라."

윤복이 허리를 수그린 채 몇 걸음 나아가 엎드렸다.

"채색을 할 수 없다 함은 하늘의 조화에 따른 것이옵니다."

"어진화사는 나라의 대사다. 예조와 일관들이 택한 길일에 어찌 하늘의

---

* 사람의 팔다리를 수레에 묶어 찢어죽이는 형벌.

조화를 들먹이느냐!"

흥분한 예조판서의 목소리가 떨렸다.

"천시는 적절할지 모르나 채색에는 맞지 않습니다. 오늘 새벽 궁궐엔 온통 하얀 서리가 내렸고, 북한산 아래에는 짙은 안개가 끼어 있었습니다."

"하찮은 안개와 서리를 구실삼아 숭엄한 화사를 미루겠다는 것이냐?"

판서가 다시 말끝에 힘을 주어 힐난했다.

"안개와 서리가 사람에게는 하찮을지 모르나 그림에는 거의 전부라 할 만큼 중요합니다. 그림이란 종이 위에 먹이나 안료를 바르는 것인데, 먹이든 안료든 물이 생명입니다. 화선지에 물이 얼마나 제대로 배느냐에 따라 먹물과 안료가 얼마나 자연스럽게 퍼지고 배어드는지가 결정되옵니다. 종이가 물을 너무 많이 먹으면 먹이나 안료의 퍼짐이 심하고, 물을 덜 먹으면 발색이 되지 않기 때문입니다."

"하지만 이전의 어떤 화원도 일기를 탓하며 화사를 회피한 적이 없다. 너는 무엇을 근거로 그런 허무맹랑한 소리를 하는 것이냐!"

듣고 있던 화원장이 흰 수염을 휘날리며 소리쳤다.

"궁내 도화보관실의 어진을 면밀히 살펴본즉, 오래된 것이고 최근의 것이고를 떠나 어진마다 안색에 조금씩 차이가 있었습니다. 역대왕 전하들의 용안을 그린 화원들의 기법 탓이라 생각하였으나 이내 그것이 아님을 알게 되었습니다. 안료의 재질이나 농담이 엄격한 도화서양식에 따라 정해져 있기 때문이었습니다. 그토록 엄격한 기준에 맞춰 쓴 색이 왜 각각 다른 색으로 발현되었겠습니까?"

"그것은 오랜 세월이 지남에 따라 안료의 성질에 변성이 일어나기 때문이다."

화원장이 상황을 봉합하기 위해 나름의 진단을 내놓았다. 윤복은 고개를 끄덕인 후 말을 이었다.

"같은 재질의 안료가 세월에 따라 변성이 일어났다면, 시대에 따라 변성의 일관성이 있어야 할 것입니다. 세월이 지날수록 발색되는 성질을 지닌 안료라면 오래된 것일수록 진해야 하고, 세월이 지날수록 바래는 안료라면 최근의 어진일수록 진한 색을 띠어야 할 것입니다. 그러나 제가 관찰한 바로는 역대의 어진에서 그런 일관됨을 찾아볼 수 없었습니다. 안료 이외에 발색에 관여하는 요인이 있다는 뜻이지요. 거듭 말씀드리지만, 채색화의 성패는 물, 즉 습기와 관련이 있습니다."

"그것을 네가 무슨 수로 증명할 것이냐?"

수염끝을 부르르 떨며 되묻는 화원장의 눈빛이 심하게 흔들렸다.

"도화서 화원들의 행적과 화사를 기록한 도화서일기의 화사일 날씨기록과 역대 선대왕 어진들을 대조한 결과 의문을 풀 수 있었습니다. 화사 기간에 비가 온 기록이 있는 어진은 안색이 불투명하고 어두웠습니다. 반대로 맑은 날 그려진 어진은 투명한 색감을 그대로 유지했습니다. 오래된 것과 최근 것을 떠나 일관된 현상이었습니다. 그것은 습윤한 공기 중의 습기가 종이에 스며 안료의 스며듦을 방해하여 전체적으로 어두운 빛을 띠게 된 것으로 사료되옵니다."

반대할 수도, 뒤집을 수도 없이 모두부처럼 반듯한 논리였다. 지켜보던 주상이 어렵게 입을 열었다.

"새벽서리와 안개가 잠시 내렸던 것뿐인데 별일 있겠느냐?"

"서리와 안개는 눈에 보이는 장대비보다 오히려 해롭사옵니다. 종이를 적시지 않으면서도 속속들이 스며들어 발색을 방해하기 때문입니다."

윤복은 기름종이로 싼 주먹만한 무언가를 펼쳐놓았다.

"오늘 새벽 화사장과 궁궐 곳곳을 돌며 채집한 흙이옵니다. 해가 떠서

서리가 마르고 안개가 걷혔다 하나 흙이 품고 있는 물기는 그대로임을 알
수 있사옵니다."

기름종이를 풀어헤치자 물기에 젖은 검은 흙이 그대로 보였다.

"눈에 보이지 않는다 하나, 이 정도의 물기가 종이에 배어들었다면 이미
조직이 허물어졌을 것이며 발색 또한 여의치 않을 것이옵니다."

"천기를 살펴 잡은 길일을 어찌 마음대로 옮길 수 있다 하는가!"

예조판서가 다시 소리쳤다. 주상이 용상에서 벌떡 일어났다.

"판서는 어진을 망치려 하는가? 예조의 택일이 어찌 발색을 염려하는 화
원의 안목을 앞서겠는가!"

판서가 허리를 숙이며 고개를 조아렸다. 주상의 붉은 곤룡포자락이 조아
린 눈앞을 스쳐지났다. 그 뒤로 내관들과 상궁들, 그리고 대신들과 관원들
의 옷자락이 차례로 멀어져갔다.

홍도와 윤복은 오래오래 머리를 조아린 채 그 자리에 엎드려 있었다.

사흘 후에야 말간 늦가을 날씨가 돌아왔다.

먼동이 트기 전부터 윤복은 아교를 녹이느라 정신이 없었다. 직접 반촌
을 헤매며 구한, 어린 소의 연골에서 뽑은 질좋은 아교였다. 아교가 녹는
누릿한 냄새가 상쾌한 아침공기와 어울려 독특한 달콤함으로 다가왔다.

"안개도 걷히고 서리도 내리지 않았으니 제대로 된 날씨입니다."

아교 녹이는 작업이 끝난 후 윤복은 커다란 나무상자를 끌어당겼다. 걸
쇠를 풀고 뚜껑을 열자 한 번도 보지 못한 화려한 색의 향연에 눈이 멀 것
만 같았다. 상자 안에 나란히 놓인 색색 빛깔의 크고 작은 안료병들이 붓을
기다리고 있었다.

"이 안료들은 단순한 오방색이 아닌 듯한데 어디서 났느냐?"

"영복 형님을 기억하십니까?"

홍도는 그제야 윤복의 그림이 지닌 신비롭고 깊이 있는 투명한 색의 비밀을 알 것 같았다. 윤복의 그림을 빛나게 하는 신비로운 색채 뒤에는 색을 좇아 젊음을 바친 또 한 명의 장인이 있었던 것이다.

윤복의 색은 밝고 투명하며 맑고 화사했다. 음탕한가 하면 순결하고, 화사한가 하면 이유모를 애조를 담고 있는 듯도 했다. 이제 윤복은 그 신비로운 색으로 어진을 칠하려는 것이었다.

일찌감치 편전에서 조아리고 있는데 문득 중문이 열리는 소리가 들리며 주상이 모습을 드러내었다. 그 뒤를 내시들과 상궁들, 예조판서를 위시한 대신들, 내금위군들이 뒤따랐다.

용상에 앉은 주상이 고개를 끄덕였다. 눈부신 흰 앞가리개를 윤복의 가슴팍에 채워주는 홍도의 가슴은 윤복의 그것보다 더욱 세게 뛰었다.

아침해가 떠올랐다. 주상은 조용한 미소를 지으며 오른손을 들었다. 화사가 시작될 것이었다.

그날 동쪽에서 떠오른 해가 서쪽으로 질 때까지 붓은 쉴 틈이 없었다. 이마에서 배어나온 땀이 머릿수건을 흠뻑 적시고 앞가리개가 온갖 색의 안료로 물들었다.

해가 지고 왕이 떠나자 사람들도 왕을 따라 떠나고, 달이 중천에 떠오른 후에야 윤복은 탈진한 몸을 추스르며 숙소로 향했다.

안료상자를 받아든 홍도는 맥빠진 윤복의 한쪽 팔을 어깨에 걸치고 인적이 끊어진 궁궐을 걸었다.

"달이 높이 떴구나, 윤복아……."

윤복아, 라고 말하는 홍도는 가슴께가 찌르르했다. 어린 생도로 그를 만난 후 지금껏 이렇게 다정스런 말투로 이름을 불러본 적이 언제 있었던가.

"예. 달빛이 참으로 서늘합니다."

유일한 경쟁자는 동시에 곧 유일한 동료이기도 했다. 세상에 마음을 털어놓을 수 있는 단 한 사람. 천재의 외로움을 이해하는 유일한 천재. 양식이 아닌 예술을, 기법이 아닌 정신을 함께 논할 벗. 그리고…….

그리고 단 한 번도 느껴보지 못했던 낯선 감정.

윤복의 붓끝에서 살아나는 화려한 색감들을 볼 때마다 홍도는 이유모를 욕망에 얼굴이 화끈거렸다.

"청출어람이 청어람이라. 청은 쪽에서 나왔으나 쪽보다 푸르다 했으니…… 하하하."

홍도는 기분좋은 웃음을 지었다.

"푸르다 해도 쪽의 갈래일 뿐입니다."

홍도는 그렇게 말하는 윤복의 허리를 감은 손에 힘을 주었다.

"내일 채색화사 때에 이 안료를 쓰십시오. 도화서 안료보다 색이 다양해 농담을 깊이 있게 표현할 수 있거니와 발색이 좋아 맑고 투명한 색을 얻을 수 있습니다. 영복 형님 또한 스승님께서 안료를 사용해주시기를 원할 것입니다."

윤복이 간절한 눈빛으로 홍도를 바라보았다. 그 서늘한 눈빛에 홍도의 눈은 지진 듯 뜨거웠다.

"마음은 고맙게 받겠다. 하지만 나의 깜냥을 스스로 알고 있으니, 나는 그토록 세밀한 색의 농담과 배합을 능히 할 수가 없다. 색을 쓰는 것 또한 훈련으로만 가능하니, 나는 너무도 오래 도화서의 오방색에 익숙하여 다른 색이 있어도 어떻게 써야할지…… 눈뜬 봉사가 되어버린 탓이다……."

그것은 색에 관한 한 자신의 경지를 훌쩍 넘어선 어린 제자에게 자신의 무능과 재능의 한계를 완곡하게 고백하는 목소리였다.

"오랜 도화서 생활로 색감이 무디어졌다 하나 천부의 재능이 어디 가겠습니까."

홍도는 윤복의 말이 끝나기도 전에 고개를 가로저었다.

"아니다. 네가 용안을 그렸으니 의복이야 오방색만으로도 충분할 것이다. 중한 화사이니 새로운 재료로 자칫 일을 그르치는 것보다는 익숙한 도화서양식을 택하는 것이 나을 것이다."

윤복은 더 이상 말하지 않았다. 다만 홍도의 단단한 몸 쪽으로 지친 몸을 깊이 기댈 뿐이었다.

어진화사는 정확히 7일 만에 끝났다. 도화서로 돌아간 두 사람을 맞는 눈빛은 싸늘했다. 중견화원들은 평생을 기다려온 어진화사를 나꿔채간 둘을 독 품은 눈으로 쏘아보았다.

그들의 눈에 띄지 않는 것이 가장 좋은 운신의 방책이었다. 열흘 후에 어진 품평이 있을 거라는 통보를 홍도는 생도청 교수실에서, 윤복은 화서보관실 회랑에서 들었다.

품평이 있던 날, 홍도와 윤복은 몸에 익지 않은 무겁고 거추장스런 관복 차림으로 입궐했다. 어색한 걸음으로 편전의 미닫이문을 들어서자 주상과 함께 삼정승을 위시한 육조판서, 삼사의 수장들, 성균관 대제학, 도화서 원로화원들이 들뜬 표정으로 앉아 있었다.

두 사람은 세 번 배한 후 말석에 자리를 잡았다.

내관들이 서안 앞의 두루마리를 조심스럽게 펼쳐내렸다. 편전은 정적에 휩싸였다. 어떤 자는 눈길을 피하고, 또 어떤 자는 고개를 조아렸다.

화원장이 울먹이는 듯한 목소리로 침묵을 깼다.

"전하! 죽을 죄를 지었사옵니다! 천하고 어리석은 화원들을 단속하지 못한 죄를 벌하여 주소서!"

대신들이 울먹이듯 이구동성으로 "통촉하여 주시옵소서!"를 연발했다. 편전 바닥에 머리를 댄 홍도는 아름다운 날들이 지나갔음을 뼈저리게 깨달았다. 세 천재가 서로의 재능을 북돋아주던 따뜻한 날들은 지나갔다.

천한 화원이 그나마 행복할 수 있는 시간은 붓을 들고 종이 앞에 선 한 때일 뿐, 붓을 내리고 그림으로 심판받아야 하는 지금은 이빨을 드러낸 이리 떼에 둘러싸인 노루새끼처럼 가련한 신세였다. 이제 이자들은 마음껏 그림을 씹어대고, 화원을 물어뜯고, 주상에게 조소어린 눈빛을 날릴 것이었다.

"이 어진의 어느 구석이 그토록 참람하기에 온 조정대신들이 그토록 참혹해하는가?"

주상의 반듯한 목소리는 홍도와 윤복을 위한 변명이 아니었다. 음모에 가담했던 스스로의 자존을 지키기 위해서였다. 주름투성이의 눈꺼풀을 떨며 좌의정이 입을 열었다.

"저자의 상민을 그려도 그 표정에 가벼움과 속됨을 드러내지 않는 법인데, 어진에 민망한 웃음을 그렸으니 어찌 불경하다 아니하겠사옵니까! 군왕은 하늘이니 바위처럼 무겁고 산처럼 변함없어야 하며, 만년에 남을 어진 또한 숭엄한 군왕의 영광을 그려야 하나 이 그림은 차마 눈뜨고 볼 수 없을 만큼 속되고 속되니 참람하기 이를 데 없사옵니다!"

여기저기서 깊은 탄식소리가 들렸다. 그 자리의 모든 사람들이 이번 어진화사를 없던 일로 만들기를 간절히 원하고 있었다.

그러나, 새로운 왕의 새로운 생각은 새로운 화풍으로 드러나고 있었다. 주상이 친히 계획하고 집행한 새로운 흐름의 물꼬가 터진 것이었다. 비록 천한 화원들을 동원했지만, 주상은 자신의 생각을 모두 드러냈다.

그것은 혁명이었다. 기존의 화풍을 버리고, 기존의 기법을 버리고 새로운 방식으로 새로운 대상을 그린 새로운 그림. 수백 년 이어온 전통을 하루 아침에 뒤바꾸려는 음모였다.

그 변화의 물결로 가장 크게 상처입을 세력이 도화서 안에 있었다. 흙빛이 된 낯으로 화원장이 부연했다.

"도화서가 생긴 이래 수백 년을 엄격한 법도와 기법으로 어진화사에 몰두하였으나 오늘에 이르러 이러한 낭패가 생겼으니 소인의 죄 죽어도 씻을 수 없사옵니다!"

화원장의 목소리가 회초리처럼 두 화원의 조아린 머리 위로 날아들었다.

"경들의 말에 일리 있으나, 이번 어진화사는 짐의 의지로 이루어졌으니 화원들을 나무라지 말라."

대신들의 얼굴이 굳어졌다. 천한 화원놈들을 거열로 다스리고 속된 화법의 어진을 소각하여 모든 일을 없었던 것으로 되돌리려던 계획은 주상에게 가로막혔다. 주상은 온몸으로 화원들 앞을 막아서고 있었다.

"어진화사에서 웃은 사람은 짐이다. 화원들이 웃으라 청한 것이 아니니 짐 스스로가 웃은 것이다. 화원이야 보이는 대로 그릴 뿐이니 어찌 웃는 얼굴을 웃지 않는 얼굴로 바꿀 수 있다더냐."

"하오나 다른 사람도 아닌 만인지상의 주상전하께옵서 웃고 계신 어진이라니…… 참람할 따름이옵니다!"

예조판서의 목소리는 거의 울먹이고 있었다. 주상은 그를 달래듯 천천히 입을 열었다.

"인간의 심성이 다르지 않을 터, 짐이 행복하지 못하고서야 어떻게 남을 행복하게 하겠는가. 하물며 행복하지 않은 왕이 어찌 백성들을 행복하게 하겠는가 말이다. 스스로 행복함으로써 백성을 행복하게 하는 왕이 있어도 즐거운 일이 아닌가."

화원장이 목소리를 떨며 다시 아뢰었다. 어차피 도화서의 양식은 무너지고 천방지축 같은 화원놈들이 득세한 마당이었다. 목숨을 던져서라도 무너지는 기둥을 떠받치리라는 결연한 목소리였다.

"이 어진은 수백 년 도화서양식을 무시하였사옵니다. 태종대왕께옵서 도화서를 세운 이래 누대의 양식을 피라미 같은 자들이 흙발로 짓뭉갰으니 이제 도화서는 존폐를 걱정하게 되었사옵니다!"

"기존의 어진과 이번 어진의 다른 점이 무엇인가?"

주상이 도발하듯 물었다.

"색이옵니다. 도화서양식은 오방색 외의 색을 엄격히 제한하여 화면이 난삽함과 어지러움에 빠지는 것을 경계하였사옵니다. 하온데 이자들은 금지된 중간색을 쓰는 것으로도 모자라 속된 색을 만들어 어진을 어지럽혔사옵니다."

"새로운 색이라 하나 이전 것들보다 더욱 또렷하고, 얼굴에 서린 음영의 깊이 또한 잘 살아난 것으로 보인다. 그런데 어찌하여 금지된 색을 썼다는 것만으로 비난할 것인가."

"새로운 색으로 어진을 어지럽게 한 점은 지금 이 자리에서 확인할 수 있는 일이옵니다."

화원장은 주상의 허락을 얻지도 않은 채 일어나 허리를 숙이고 성큼성큼 앞으로 나아갔다. 늙은 자의 머릿속은 못된 두 화원의 비행을 온몸으로 고발하겠다는 열망으로 가득했다.

두 명의 내시들이 양쪽을 받쳐든 어진 앞으로 다가선 화원장은 내시들의 어깨를 움켜잡고 앞으로 몇 걸음 나오게 했다. 노인답지 않은 완강한 완력이었다.

길게 비쳐든 햇살이 어진에 쏟아졌다. 밝게 웃는 용안은 햇살 속에서 살아나올 듯 생생했다. 눈가에는 가는 주름이 자연스럽게 자리잡았고, 온화한 미소가 비쳤다. 정밀하게 묘사된 반듯한 기존의 어진과는 완전히 다른 새로운 화풍이었다.

"대대로 어진의 용안이 정면을 향한 좌우대칭구도인 것은 어느 한 쪽에 치우치지 않는 군왕의 넓고 고른 덕을 칭송함이옵니다. 하온데 이 그림은 오른쪽으로 각이 뒤틀린 비대칭구도이옵니다. 대칭이 깨어진 구도에서 용안은 이상적인 완벽함을 잃고 일그러졌으니 어찌 불경이라 하지 않겠사옵니까."

"그것은 짐이 용상 한 쪽 팔걸이에 의지하여 비스듬한 자세를 취한 탓이니 화원을 나무라지 말라."

주상이 또 다시 나서 화원장을 제지했다.

"화사 내내 한 자세를 취할 수 없음은 역대왕 전하들 또한 마찬가지이옵니다. 그런 일을 예상하여 화사 보름 전부터 화원을 궁으로 들여 주상전하의 용모와 행동을 관찰하게 하는 것이옵니다. 비록 주상전하께옵서 자세를 흐트리셔도 정위치를 더듬어 그리도록 하기 위함이옵니다."

주상은 반박하지 못했다. 힘을 얻은 화원장은 더욱 소리를 높였다.

"간교한 화원들은 또한 어지러운 원근의 기법을 적용했사옵니다. 보시옵소서. 우뚝 솟은 코와 턱선, 수염의 윤곽은 그림 밖으로 튀어나올 것처럼 생경하옵니다. 오방색으로는 표현할 수 없는 난삽한 색들로 각 부분의 밝기와 어둡기를 세밀히 조정하여 용안에 그림자를 만들었기 때문이옵니다."

주상은 속으로 미소를 지었다.

이로써 팽팽한 어진화사의 시합은 화원들의 승리로 돌려야 할 것인가……

주상이 틀어진 구도와 웃는 표정으로 도전하였다면, 화원들은 새로운 색과 음영의 표현기법으로 응수했다. 세 사람이 공모한 그림이 결국 조정과 도화서를 뒤집어놓고 있는 것이다.

"구도와 음영과 색을 쓴 원근의 기법을 어찌 불경하다고만 할 것인가. 오히려 새로운 화풍을 위한 화원들의 정념이 아니던가?"

"또 하나의 결격이 있사오니 어진의 코 옆에 그려진 점이옵니다. 천하에 티없고 고결하신 용안에 티끌이라니 그 불경을 무슨 벌로 다스려야 할지 알 도리가 없사옵니다."

대신들은 고개를 들고 어진을 꼼꼼히 살폈다. 과연 주상이 웃는 코 옆에 작은 점 하나가 선명하게 보였다. 대신들이 한두 마디씩 거들며 편전 안은 삽시간에 술렁거렸다.

"숭엄한 어진을 천한 화풍으로 어지럽힌 간교한 화원들을 끌어내 주살하소서!"

홍도는 대신들의 성토 속에서 이마에 땀을 흘렸다. 이런 일을 미리 예상했어야 했다. 단 한 점의 그림 때문에 목숨을 잃을 수도 있다는 것을… 완전히 새롭고 전적으로 다른 어진이 자신을 죽음으로 내몰 수도 있다는 것을…….

복잡한 머리를 바닥에 찧고 있을 때 옷자락 스적이는 소리가 났다. 자리에서 일어난 윤복이 성큼성큼 앞으로 나아가고 있었다. 저 아이가 또 무슨 짓을 저지르려 하는가.

어진 앞에서 걸음을 멈춘 윤복은 편전 안 모든 사람들의 눈길을 어진 속에 묶어 봉인시키려는 듯 오래오래 용안의 구석구석을 살폈다.

"천한 화원놈이 정사를 논하는 편전에서 범하는 무례를 용서하시옵소서. 어진화사를 그르친 죄는 죽음을 면치 못할 대죄이니 주살이든 거열이든 감읍하며 받을 것이옵니다."

주상을 똑바로 보는 눈빛은 죽음을 각오한 것이었다. 누구도 무례를 탓할 엄두를 내지 못할 결연함이었다.

"네놈은 수백 년의 양식을 버리고 속된 기법으로 주상전하의 영광과 덕은커녕 필부와 다름없이 그리는 불경을 범하였다. 웃음으로 용안의 위엄을 해친 죄, 비틀린 구도로 전하의 덕을 가린 죄, 난삽한 색과 음영의 기법으로 어진을 어지럽힌 죄, 하찮은 점으로 용안에 흠결을 남긴 죄…… 이로써 어진화사는 더럽혀졌고 주상전하의 은덕과 권위는 땅에 떨어졌으니 살아남기를 바라지 못할 것이다!"

예조판서가 자세를 곧추세우며 정색을 했다.

"그러면 이렇듯 참람하고 속된 그림 속의 인물은 누구이옵니까? 덕이 훼손되고, 영광이 가려지고, 고결함이 더럽혀진 군왕을 어찌 왕이라 하겠으며 그런 그림을 어찌 어진이라 하겠사옵니까? 소인은 이 그림이 어진이 아니며 그림 속의 인물 또한 주상전하가 아님을 알겠사옵니다."

말을 마치기도 전에 윤복은 그림을 나꿔채 두 손으로 찢었다. 가는 비단 폭이 찢어지는 소리가 편전 안을 칼날로 가르는 듯했다. 말릴 틈도 없이 순식간에 일어난 일에 대신들은 입을 멍하니 벌릴 뿐이었다. 한참 후에야 황망한 정신을 수습한 예조판서가 삿대질을 했다.

"저…… 저런 죽일 놈을 보았나! 천한 놈이 어진을 찢다니 네 몸이 수백 갈래로 찢어지고 싶은 것이냐!"

예조판서는 수염끝을 바들바들 떨며 격앙된 목소리를 내질렀다.

"이것은 어진이 아니라 속되고 난삽한 그림일 뿐이니 어찌 고결한 정사를 논하는 편전에 한시라도 있을 수 있사옵니까. 어리석은 화원의 손끝에서 생겨난 그림이오니 화원의 손으로 없앴을 뿐이옵니다."

대신들은 할 말을 잃었다. 윤복이 찢은 것은 어진이 아니라 참람하고 저속한 그림일 뿐이었다. 용안을 찢은 것이 아니라 주상의 덕을 더럽히는 속된 그림을 없앴을 뿐이었다.

"그만하면 되었다. 이제 상스러운 그림은 없어졌고, 덕을 잃은 짐의 얼굴은 사라졌다. 그러니 더이상 화원들을 질책하지 말 것이다."

"하오나 전하! 저 불경한 자들은……."

목소리를 높이는 화원장을 무시하며 주상은 말을 이었다.

"수백 년 이어온 도화서양식 못지않게 젊은 장인들이 새로운 화풍을 진작하는 것도 도화서양식의 거름이 될 것이다. 지금은 속되고 난하다 하나 새로움을 외면하고서야 어찌 옛것을 지키겠는가."

주상의 뜻은 분명히 전해졌다. 한바탕의 긴장을 가까스로 수습하였지만, 주상은 안타까움을 참을 길이 없었다. 두 명의 천재화원과 더불어 그렸던 위대한 걸작이 눈앞에서 훼손되는 것을 지켜보아야 했기 때문이다. 하지만 홍도와 윤복을 건져내는 대가라면 열 번이라도 아깝지 않을 터였다.

무도한 화원놈의 패악은 도화서를 발칵 뒤집어놓았다. 화원회의는 윤복을 당장 도화서에서 쫓아내야 한다고 결의했다. 화원들의 날선 비난은 저주에 가까웠다. 넓은 도화서 안에서 윤복은 혼자였다. 세상은 강퍅하니 그 뾰족함을 두고 보지 않을 것이었다.

윤복은 도화서 뒤뜰의 화서보관소로 숨어들었다. 어두컴컴한 그곳에 들어앉으면 세상의 모든 비난과 질책은 가뭇없이 사라졌다. 오래된 화첩과 그림에서 나는 종이냄새, 먹냄새에 취해 들여다보는 것만이 유일한 낙이었다.

한 두루마리를 펼치니 오래 낯익은 그림이 눈앞에 펼쳐졌다. 두루마리 끝에 묶인 비단조각에는 낯익은 이름이 적혀 있었다.

도화서 수석화원 신한평.

신한평. 윤복은 가만히 입속으로 아버지의 이름을 되뇌었다.

윤복은 알고 있다. 자신의 재능이 아버지에게는 축복인 동시에 재앙이라는 것을. 그 뛰어난 재능으로 하여 가문은 영원히 이름을 얻겠지만. 그 재능으로 인해 아들은 철저히 파멸할 것임을…… 아버지는 그것을 알지 못했다. 자유로운 영혼에 깃든 친재적인 새능이 부지한 세상의 몰이해와 편견에 부딪혔을 때 얼마나 큰 재앙이 되는지…….

윤복의 길고 슬픈 눈이 촉촉이 젖어들었다.

아버지는 욕망하지만, 욕망은 재앙이 되어 돌아올 것이다. 윤복은 아버지가 자신을 얼마나 아끼고 사랑하며 심지어 숭모하는지를 알고 있다. 신한평에게 윤복은 빛이요, 존재의 이유요, 생명 그 자체였다. 하지만 이제 그 무모한 열망은 막바지로 치닫고 있었다.

홍도와 주상과 윤복의 뜨거움은 섞이고 얽히어 더욱 강렬하게 타오르는 불덩어리가 되었다. 다른 이가 끼어들 한 치의 틈도 내주지 않으려는 세 천재의 뒤섞임은 어진화사의 번복이라는 거대한 재앙의 덩어리가 되고 말았다.

이리떼처럼 집요하고 음흉한 화원들은 절대 이 일을 그냥 넘기지 않을 것이다. 약점을 알아냈으니 할퀴고 물어뜯고 씹기를 멈추지 않을 것이다. 윤복은 결심했다. 피할 수 없는 일을 담담하게 맞서기로…….

아버지의 의궤는 대를 이어 이곳에 남을 것이었다. '신한평'이라는 푸른색 비단 이름표를 매단 채 수백 년이 지난 후에도 그 이름을 증거할 것이었다.

하지만 윤복은 알 수 없었다. 수백 년이 지난 후 자신이 어떤 이름으로 남게 될지……. 주상의 덕을 가리고 위엄을 실추시킨 역도의 이름으로 기록될지, 그렇지 않으면 역사의 뒤안 한구석에도 이름을 올리지 못한 채 흔적없이 사라지고 말게 될지…….

끼이익. 오래된 문짝이 찢어지는 소리를 내며 열렸다. 빛을 등지고 한 남자가 다가왔다.

"세월 편하군. 자넬 도화서에서 쫓아내자는 모의로 화원회의가 이어지고 있는데 말이야."

위태로운 제자를 보는 스승의 눈은 질책과 안도 사이에서 흔들렸다.

"초조해하지 마십시오. 요행이란 없을 테니 그들은 반드시 저를 쫓아낼 것입니다."

홍도가 기가 막히다는 듯 헛웃음을 픽 웃었다.

"태평한 건가, 생각이 없는 것인가?"

"지나간 일에 미련을 두지 않는 것입니다."

"너처럼 재능있는 자가 떠난다면 이 나라 도화서는 더이상 존재할 이유가 없을 거다."

"저와 같은 재능을 지닌 자가 머무르기에 편협하고 좁을 뿐입니다."

홍도는 당당하게 재능을 드러내보이는 윤복이 건방지다고 생각되지 않았다. 재능있는 자만이 자신의 재능에 당당할 수 있다. 타협하고 조율하지 않는 정신, 외로움을 두려워하지 않는 고결한 자존심, 스스로의 재능을 자각하고 뿜어내는 노련함… 그것이 천재의 덕목이었다.

하지만 그 때문에 윤복은 언제나 위태로워야 했다. 그에 비하면, 하늘이 준 재능을 가지고도 세상과 타협하고, 타인의 눈에 자신을 맞추고, 위계에 굴복한 자신의 처지가 홍도는 새삼 부끄러웠다.

젊은 한때 건방을 떨었지만, 도화서양식을 받아들인 비겁함은 무거운 원죄처럼 그의 뒤를 따라다녔다. 그 덕에 조선 최고의 화원이라는 명성을 얻긴 했지만……. 반면에 오로지 그림으로만 재능을 검증받으려는 윤복의 태도는, 세상사람들의 칭송으로 자존을 확인하는 자신에게는 늘 오르지 못할 고고함이었다.

"그래. 도화서 화원놈들이 마당을 어슬렁거리며 모이를 주워먹는 마당 닭이라면, 넌 고드름이 어는 절벽의 바위에 둥지를 짓는 소리개야."

세상사람들은 스승의 재능이 제자의 위에 있다고 생각할 것이다. 하지만 홍도는 안다. 윤복의 재능은 자신이 어찌하지 못할 경지에 있음을…

어줍잖게 도화서양식을 절충해버린 망가진 천재가 자신이라면, 윤복은 어떤 양식도, 위계도 건드리지 못할 까마득한 곳에 정신의 둥지를 틀고 있었다.

"하지만 앞마당에서 더욱 날랜 소리개도 있는 법이겠지요."

윤복은 오히려 자신이 가지지 못한 홍도의 재능을 간절히 부러워했다. 자신의 세계를 잃지 않으면서도 양식을 받아들이는 온유함, 거부하고 싶지만 한 쪽 문을 열어주는 관대함, 졸렬하기 짝이 없는 자들의 재능을 받아들이지 않고서도 배척하지는 않는 균형감각, 조직을 경멸하면서도 그 결정을 존중하는 현명함, 부러지지 않고 휘어지는 유연함…….

홍도는 자신이 가지지 못한 것을 윤복에게서 열렬히 탐했으며, 윤복은 자신에게 없는 것을 홍도에게서 강렬하게 욕망했다.

홍도는 어쩌면 자신이 윤복을 사랑하고 있는지도 모른다고 생각했다. 이렇게 가슴이 터질 것처럼 뛰고, 얼굴이 달아오르고, 뜨겁게 열망하는 것이 사랑이 아니라면 사랑은 세상에 존재하지 않을 것이다.

윤복의 깊은 눈이 홍도를 끌어당겼다. 아니, 이 순간 홍도를 끌어당기는 것은 단지 윤복이 눈빛이 아니라 그의 마음이었다.

바람이 가지를 흔들듯 홍도의 숨결이 윤복의 이마를 스쳤다. 돌팔매가 수면을 흔드는 것처럼 마음속에 수만 개의 물결이 일렁거렸다.

가지 끝에서 오래오래 농익은 과일 한 알이 떨어지듯, 윤복은 홍도의 가슴 위로 툭 떨어졌다. 오래오래 열매를 기다리던 땅은 그 무게를 아프게 느

껐다.

"널 내 곁에 잡아두는 건 나를 위한 일이지만, 널 이곳에서 떠나보내는 것이 진정 널 위한 일이란 걸 알겠다."

윤복을 쓸어안고 조용히 말하며 홍도는 비로소 그 사실을 깨달았다.

열흘 동안 도화서 화원회의 명의의 상소를 필두로, 중견화원 여섯 명 명의의 상소가 줄을 이어 올라갔다. 삼사는 말할 것도 없고 성균관의 상소 또한 빗발쳤다.

"천한 화원 하나를 잡으려고 온 나라가 일어섰군."

도화서에서 유일하게 상소에 서명하지 않은 홍도는 그렇게 씨부렁거렸다.

열흘이 지난 아침, 주상은 편전회의에서 예조판서에게 "화원회의의 뜻대로 하라"는 짧은 명을 내렸다.

도화서를 떠나는 일은 예상외로 쉬웠다. 작은 나무 궤짝 하나에 붓과 벼루와 먹, 그리고 쓰다남은 안료통을 챙기는 것으로 끝이었다.

푸른 새벽빛이 검은 어둠 속으로 조금씩 스며들 무렵이었다. 문 밖에서 들려오는 가벼운 발자국 소리에 윤복은 문을 젖혔다.

싸늘한 새벽의 한기가 쏟아져 들어오는데 어둠 속에서 대전 내관의 흰 도포자락이 보였다. 윤복은 버선발로 축대 아래로 내려서며 허리를 숙였다.

"관복을 챙겨 입궐채비하게. 나는 여기서 기다릴 테니……."

유령처럼 흰 옷자락을 날리며 새벽길 속으로 앞장서는 내관을 따라 윤복은 궐문을 들어섰다. 아직 새벽기운조차 밝지 않은 미명에 주상은 편전에 홀로 앉아 있었다. 이미 당도해 엎드린 홍도의 뒷모습이 보였다.

"왕이 만인의 위에 있다 하나 하늘이 내린 화원 하나 지키지 못하니 헛

말인 줄을 알겠다."

주상이 힘없는 목소리로 말했다. 윤복은 깊이 머리를 조아려 예를 표한 후 입을 열었다.

"천한 재주를 천재라 추키셨으니, 이제 도화서를 떠남이 재주를 지키는 길이 아닐까 하옵니다."

나지막한 말을 듣는 순간 주상은 비로소 깨달았다. 대소중신들이 뻔히 지켜보는 편전 한가운데에서 어진을 찢는 어리석은 짓을 할 천재는 없다는 것을. 그것은 편협하고 옹벽한 도화서를 탈출하려는 윤복의 계획된 행동이었던 것이다. 그리고 그 계획은 정확히 들어맞았다.

"깊은 밤에 천한 자를 찾으시니 그 뜻을 헤아리기 어렵사옵니다."

윤복이 자신을 찾은 주상의 뜻을 공손하게 여쭈었다. 단지 도화서에서 쫓겨남을 위로하기 위해 이 밤에 은밀히 내관을 보내지는 않았을 것이다.

"어진을 너처럼 아는 자도 없을 테지?"

정색을 한 주상의 서슬퍼런 목소리가 칼날처럼 위태롭게 날아들었다. 윤복은 목덜미에 서늘한 기운이 스치는 것을 느꼈다.

"어진화사를 그르친 죄로 목이 달아나는 화원을 불러앉히시고 어찌 어진을 논하라 하시옵니까……."

"가까이 오라. 은밀한 일인즉……."

윤복이 무릎걸음으로 다가가자 주상은 천천히 다짐하듯 말했다.

"사라진 병진년의 어진을 찾고 싶다."

윤복이 목소리를 가다듬고 또렷한 음성으로 대답했다.

"선대왕 치세에 모두 열 번의 어진화사를 치렀으나 병진년에는 화사가 없었사옵니다."

"제대로 알고 있구나. 어진화사가 없었던 해이니 사라진 어진은 선대왕

전하의 것이 아니다."

"군왕의 초상을 어진이라 할 때, 임금이 아닌 그 누구의 어진이 어찌 있을 수 있사옵니까?"

윤복의 물음에 주상은 잠시 뜸을 들였다가 결심한 듯 말했다.

"장헌세자의 어진이다."

주상의 말이 채찍처럼 등짝을 후려쳤다. 왕이 되지 못했지만 왕이었고, 뒤주에 갇혀 죽은 왕의 아들이자 왕의 아버지. 천천히 쉼호흡을 한 윤복은 조심스럽게 입을 열었다.

"장헌세자의 어진이 있다는 말을 들은 바 없고, 화사의 도화서일기에서도 기록을 보지 못했사옵니다. 그리지 않은 그림을 어찌 찾아내라 하시옵니까?"

"기록된 것만이 진실은 아닐 것이다. 분명 어진화사는 이루어졌느니라."

"주상전하께옵서는 그 어진을 직접 보셨사옵니까?"

윤복이 도발하듯 물었다. 주상은 슬픔을 담은 두 눈을 지그시 감으며 고개를 좌우로 흔들었다.

"나 또한 그 어진을 본 적은 없다. 하지만 어진은 분명히 완성되었고 어딘가에 존재하고 있다."

"병진년이라면 십 년 전이온데, 세자저하 승하하신 것이 십사 년 전이옵니다. 세자저하께옵서 환생하신 것이 아니라면 어찌 화사를 도모할 수 있겠사옵니까?"

윤복의 말에는 일리가 있었다.

어진이란 살아 있는 군주의 초상을 그리는 일이다. 그 묘사가 정묘하면서도 그 모습 속에 혼을 불어넣어야 하는 화사 중의 화사였다. 그래서 정사에 바쁜 군왕들도 닷새씩이나 시간을 내어야 했다.

그런데 이미 뒤주 속에서 죽은 세자가 어떻게 어진에 모습을 드러낼 수 있단 말인가. 귀신이 아니라면 말이다.

"보통의 화원은 상상하지 못할 일이나, 뛰어난 화원이 있어 생전의 부친을 떠올려 그렸다."

뒷덜미가 서늘해진 윤복이 믿을 수 없다는 듯 볼멘소리를 냈다.

"두 눈을 뜨고 앉아 있는 사람을 그리는 일도 보통일이 아닐진대, 기억마저 희미한 죽은 이를 그린다는 것이 어찌 가능한 일이라 하시옵니까. 그런 자가 있다면 화원이 아니라 귀신일 것이옵니다."

"그렇지. 화원이라기보다는 화신이었지."

주상이 고개를 끄덕이며 오래전의 한 화원을 떠올렸다. 옆에서 듣던 홍도의 이마에 불끈 굵은 힘줄이 섰다. 번개같은 생각이 머릿속에서 순식간에 회오리를 일으켰다.

"그해 여름 도화서 화원 두 명이 잇따라 피살되었사옵니다. 혹 그들의 죽음이 그 화사와 연관이 있사옵니까?"

주상은 그제야 고개를 끄덕였다. 홍도는 묘한 배신감에 사로잡혔다. 십 년 전 신출내기 화원으로 대화원의 피살을 조사하였으나 곳곳에서 난관에 봉착하던 이유를 어렴풋이 알 것 같았다.

"그런데 어찌 그 일을 누구도 발설하지 않았던 것이옵니까?"

"그 일은 은밀하게 추진되었다. 부왕의 노여움으로 왕의 자리에 오르지 못한 채 뒤주 속에서 죽어간 왕자의 어진을 누가 용납할 것이더냐."

"그 일을 누가 주관했으며 어떤 경위로 진행되었사옵니까?"

"화원 강수항이 장헌세자의 어진을 그린 것은 어린 나의 철없는 보챔 때문이었다. 내 나이 열한 살 때 부친의 최후를 내 눈으로 직접 보았다. 늘 돌아가신 아버지를 그렸으나 이 깊은 궁궐 안에 보이지 않는 위태로움이 너무 많아 마음껏 펑펑 울지도 못하였다. 아버지를 죽음으로 몰아간 자들은 그 아들이자 세손인 나의 지위와 목숨까지 노리고 있었던 것이다. 그때 나를 지켜준 몇 안 되는 사람 중 한 사람이 강수항 화원이었다. 그는 도화서 화원이었으나 뜻이 깊고 학문이 출중했던 문사이기도 했다. 박제가와 이덕무를 위시해 북학의 뜻을 품었던 젊은 선비들이 몹시 따르기도 했지. 젊은 개혁가들은 중신들의 방해를 피해 세자를 접견할 수 있는 강수항을 통해 젊은 뜻을 부친께 전했다. 하지만 저들의 간교한 획책으로 조정 안에서 소외되었던 부친은 죽음으로 내몰리고 말았지. 선대왕은 나를 사랑하셨으나, 나는 그분의 눈빛 하나에도 오줌을 지리던 아이였다. 그런 나를 화원은 곱게 품어 다독여주셨지. 비밀스런 어진을 조를 때까지만 해도 나는 아직 열여덟의 철없는 아이였다."

잠시 갈라지는 말을 멈춘 주상의 두 눈이 붉어졌다. 홍도와 윤복은 그 낯을 바로 보기 황송하여 고개를 떨구었다. 주상의 떨리는 목소리가 나직하게 이어졌다.

"어느날부터인가 아버지의 얼굴을 떠올리려 해도 떠올릴 수가 없었다. 아버지라는 흐릿한 형체는 있으나 그 용모를 떠올릴 수가 없었다. 그분의 눈빛이 어떠하였는지, 그분의 입매가 어떠하였는지, 그분의 턱선이 얼마나 강건하였는지… 사무치는 그리움에 나는 울면서 화원에게 애원했다. '화원은 아버지를 오래 보았으니 아버지를 기억할 것이 아니오. 지금도 부친의 용모를 떠올릴 수 없는데, 세월이 점점 지나면 나는 영원히 아버지를 잃어버리고 말 것이오. 부디 내 아버지의 어진 한 점 그려주기를 간청하오.' 화원은 며칠을 방설이며 나를 달랬다. 서슬퍼렇게 선대왕이 보위에 계시니 사도세자라는 이름만 꺼내어도 파직을 당하고 봉변을 당할 것은 불을 보듯

뻔한 일이었다. 하지만 나는 나의 목을 겨누는 칼날조차 알아차리지 못할 만큼 철없는 아이였다. 아니면 억울하게 돌아가신 아버지에 대한 그리움이 사무쳐 다른 것은 생각할 겨를조차 없었던 것인지도 모르지. 닷새 동안 조용히 나를 달래던 화원은 나에게 '다시는 아버지라는 말을 입에 올리지 않는다'는 약조를 받고 한 점의 어진을 그리기로 했던 것이다."

"화원은 어떤 방식으로 어진화사를 진행했사옵니까?"

홍도는 어느덧 왕의 화원이 아니라 십 년 전의 미제사건을 파헤치는 조사관이 되어 있었다.

"나는 알지 못한다. 다만 이십일 후, 모든 화사가 끝났으며 부친의 어진이 완성되었다는 화원의 말을 들었다. 하지만 난 끝내 그 완성된 어진을 보지 못했다. 다음날 아침, 화원은 시신으로 발견되었고 어진은 감쪽같이 사라졌기 때문이다."

"그런데 어찌 대화원의 죽음을 밝히려는 소인에게 한마디 언급도 하지 않으신 것입니까?"

홍도가 따지듯 물었다. 주상이 참담한 표정으로 입을 열었다.

"철없던 시절에 대한 자책 때문이었다. 대화원은 나에게나 너에게나 아버지 같은 화원이었으며 스승이었지. 그런 분을 돌아가시게 했다는 가책은 누구에게도 드러낼 수 없었다. 또 하나의 이유는 사방에서 나를 노리는 자들 때문이었다. 임금이 된 후에도 궁궐로 자객이 침입하는 상황에서 나는 누구도 믿을 수 없었다. 심지어 홍도 너까지 벽파와 줄이 닿아 있지 않을까 의심한 적이 있을 정도였지. 설사 그렇지 않다 해도 나를 돕던 사람들은 그들의 손에 하나하나 죽어가고 위해를 당했다. 그러니 이 일을 알고 깊이 개입하면 너에게 닥칠 위해 또한 두려웠다."

홍도는 그제서야 왜 자신이 사건의 핵심으로 나아가지 못하고 겉돌기만

했는지를 알 것 같았다. 그때 강수항의 화사가 발각되었다면 조정에는 피바람이 불었을 것이고 여러 명이 목숨을 부지하지 못했을 것이다. 그 중에서도 가장 위태한 사람은 바로 세손, 즉 지금의 주상이었을 것이다.

"하지만 대화원을 죽인 자를 미치도록 찾고 싶었다. 그자를 찾으면 부친의 어진을 찾을 수 있을 것이기 때문이었다. 그러니 이제 홍도에게 명한다. 죄없는 화원을 원통하게 죽인 자들을 밝혀다오. 그리고 윤복에게 명한다. 뛰어난 화원이 남긴 마지막 유작을 찾아다오. 그것이 억울하게 돌아가신 내 아버님의 유일한 흔적이다."

주상의 목소리가 떨리고 있었다. 윤복은 그 눈을 보며 생각했다. 열한 살에 정적들의 혀끝에 부친을 잃어야 했던 주상의 슬픔을, 그 뒤로도 자신을 노리는 감시와 위협 속에서 부친의 이름조차 입에 올리지 못하고 살아온 이십여 년을…….

"이제는 아버지의 얼굴을 떠올리려 해도 기억을 할 수 없구나."

윤복의 가슴속에서 뜨거운 것이 치밀었다. 어린 세손에게서 부친을 앗아간 자들은 지금도 조정 곳곳에 또아리를 틀고 날카로운 눈으로 주상을 노리고 있다. 그들은 아직도 사도세자의 죽음을 한낱 패륜을 일삼던 광인의 죽음으로 치부하고 있다. 그들은 강고한 권력에의 욕망으로 파당을 지어 주상의 허점을 노리고 있다. 왕이 되었으나 아직도 간교한 파당의 공세 속에서 위태로운 주상이었다.

윤복은 처연한 슬픔을 담은 주상의 눈동자를 마주보았다. 넓고 넓은 세상을 자신의 것으로 가졌다지만, 그는 존재할지도 그렇지 않을지도 모르는, 어쩌면 그려지지 않았을지도 모르는 그림 한 점을 가지지 못해 슬퍼하고 있다.

이 넓은 궁궐 속에서 주상은 자기를 진정으로 이해하고 감싸줄 사람 하나 없이 홀로 고적했다. 사방에는 자신을 거꾸러뜨리려는 모반의 기운이 떠나지 않고, 갓 즉위한 왕위는 위태롭기 짝이 없었다.

윤복은 공허한 주상의 눈빛이 자신과 닮아 있다고 생각했다. 천하의 재능을 가졌지만 누구에게도 인정받지 못하는 화원……. 넓은 도화서 안에서도 질시와 비난의 눈빛을 견뎌야 하는 자신의 처지와 다를 것이 무엇인가.

"분부대로 거행하겠사옵니다."

윤복은 수백 년 동안 수백 수천의 중신들이 했던 그 말을 또박또박 반복했다. 수많은 중신들이 부국강병을 위한, 백성의 안위를 위한 정념을 가슴속에 새기며 통절하게 읊었고, 또다른 수많은 중신들은 패악한 왕의 눈에 들기 위해, 더 높은 벼슬과 더 화려한 자리를 위해 아부하느라 떨리는 목소리로 읊었던 말이었다.

하지만 윤복은 지금 이 순간, 자신과 같은 아픔을 드러낸 한없이 위태로운 한 사내를 향한 위안으로 그 말을 던졌다. 그 말대로 될 수 있을지는 알 수 없었다. 하지만 윤복은 할 수 있는 모든 일을 하고 싶었다.

〈2권에 이어집니다〉

266

바람의 화원 1

초판 1쇄 발행 | 2007년 8월 17일
　　　23쇄 발행 | 2008년 6월 20일

지은이 | 이정명
펴낸이 | 박이화
편집 | 전용문 · 이효원 · 이어라 · 양선화
마케팅 | 박준수 · 이경태 · 정혜승 · 전영은
디자인 | 씨오디
교열 | 한정수
용지 | 월드페이퍼

펴낸곳 | (주)밀리언하우스
등록 | 2004년 5월 10일 제16-3269호
주소 | 서울시 서초구 잠원동 29-10번지 301호
전화 | 02-541-2179
팩스 | 02-541-2258
전자우편 | millionhouse@naver.com

값 | 10,000원
ISBN 978-89-91643-26-0 04810
　　　978-89-91643-28-4 04810 (전 2권)